U0514009

王运熙 ／著

杨焄 ／导读

中古文学课堂

上海古籍出版社

**图书在版编目(CIP)数据**

王运熙中古文学课堂 / 王运熙著；杨焄导读. —
上海：上海古籍出版社，2024.5
ISBN 978－7－5732－1155－2

Ⅰ.①王… Ⅱ.①王… ②杨… Ⅲ.①中国文学—古
典文学—文学理论 Ⅳ.①I206.2

中国国家版本馆 CIP 数据核字(2024)第 096635 号

# 王运熙中古文学课堂

王运熙　著

杨焄　导读

上海古籍出版社出版发行

(上海市闵行区号景路 159 弄 1－5 号 A 座 5F　邮政编码 201101)

(1)网址：www.guji.com.cn

(2)E-mail：guji1@guji.com.cn

(3)易文网网址：www.ewen.co

浙江新华数码印务有限公司印刷

开本 890×1240　1/32　印张 10.125　插页 5　字数 202,000

2024 年 5 月第 1 版　2024 年 5 月第 1 次印刷

印数：1—2,100

ISBN 978－7－5732－1155－2

I·3831　定价：58.00 元

如有质量问题,请与承印公司联系

王运熙先生像

王运熙先生与本书导读者杨焄合影（2003 年）

后记

　　本书是一本通俗性的供广大读者学习、品味唐诗的读物。其它的编注宗旨和体例已见卷首凡例。参加本书稿写作的共有四人，其任分工如下：

　　王运熙：确定选目，规划和注释体例要求，通读全书并修改全稿。

　　杨明：核读并修改大部分注释稿。

　　归青：注释前五卷诗篇。

　　杨焄：注释后五卷诗篇。

　　在编选、注释过程中，我们曾参考了不少前代和现当代的不少唐诗选本。限于体例，不能一一注明，请读者谅解。并欢迎读者来函指出书中谬误和不当之处。

　　　　　　　　　　　　　　王运熙 于复旦大学
　　　　　　　　　　　　　　2007年3月

王运熙先生《唐诗精读·后记》手稿

《王运熙文集》书影（2014 年版）

# 目　录

## 奠　基　篇

## 进　阶　篇

## 拓　展　篇

# 奠基篇

导 读

　　王运熙先生从上世纪四十年代末开始从事中国古典文学研究,除了撰写、主编大批专精的论文和专著外,还陆续发表过一些有关学习心得和研究方法的普及性文章。这类接引后学入门的文章其实很难着笔,俯身迁就固不免流于浮泛,陈义过高又无以付诸实践。王先生很注意结合自己的亲身体验,对初学者做切实有效的指点,所以读来尤觉亲切有味而可资借鉴。他晚年曾将这些文章结集为《谈中国古代文学的学习与研究》,另摘取若干片段编入《望海楼笔记》卷一《治学漫话》。本书从《望海楼笔记》中选录数则,以供读者参考。

　　以下选录的前两则短论阐说目录学的重要性,具有提纲挈领的意义。王先生尽管并不专治流略之学,可是非常重视目录学"辨章学术,考镜源流"的功用,早年曾认真研读过《四库全书总目提要》等目录专书。借助《四库提要》以窥知学术堂奥,也是现代众多文史研究者的共识:余嘉锡先生认为,该书"足为读书之门径,学者舍此,莫由问津"(《四库提要辨证·序录》);张舜徽先生强调,"苟能熟习而详绎之,则于群经传注之流别,诸史体例之异同,子集之支分派衍,释道之演变原委,悉憭然于心"(《四库提要叙讲疏·自序》);吕思勉先生还回忆道,"苏常一带读书人家,本有一教子弟读书之法,系于其初能读书时,使其阅《四库全书》书目提要一过，使其知天下共有学问若干种？每种的源流派别如何？重要的书共有几部？实不害于读书之前，使其泛览一部学术史，于治学颇有裨益"(《吕思勉论学丛稿·从我学习历史的经过说到现在的学习方法》)。王先生在治学伊始，同样受惠于此。他在《研究乐府诗的一些情况和体会》中提到，《四库提要》"对我的启发帮助尤大，我感到从它那里得到的教益，比学校中任何一位老师还多"。他还仿效其例编纂过《汉魏六朝乐府诗研究书目提要》，迄今仍是一份极具实用价值的专题目录。如今古籍数字化的发展日新月异，确实极大地提高了研究效率，但若想更充分地发挥数字化古籍的功用，或准备深入了解历代学术的源流迁变，基本的目录学知识还是不可或缺的。上述诸位学者的经验之谈，直到今天依然值得重视。

随后选录的六则短论先后围绕研读基本文献、借鉴前人成果、撰写学术论文等主题，王先生也都从个人的研究经历出发，娓娓道来，富有启发。其中例举的部分论文已经编入本书，可以比勘参照。

# 读书要找指路灯

我在少年时代就开始接触并爱好中国古典文学。记得在小学二年级时，父亲教我念一些浅近的唐人绝句，如李白《静夜思》、孟浩然《春晓》等等，感到它们语言明白亲切，音节和谐，读起来琅琅上口，从此就喜爱唐诗。到小学四年级时，认字稍多，阅读《水浒传》《西游记》等章回小说，也就饶有兴趣了。初小毕业时，父亲给了我一本简明的《中国文学史》，是刘麟生编的，世界书局出版。这本书的质量并不算高，但使我初步开阔了眼界，认识到我国古代有很多重要的作家和好作品，因此在中学时便注意找文学史一类书来阅读。这类书中印象特别深的是郑振铎的《插图本中国文学史》，它材料丰富，视野广阔，图文并茂，读来趣味盎然，得益匪浅。高尔基在《我怎样学习写作》一文中曾告诉人们，他学习文学，把文学史作为入门书。我也有这样的体会。读了几部中国文学史后，对于中国古代有哪些重要作品，它们的特点、价值、历史地位怎样，便可获得一个大致的了解。这样，结合自己的爱好、要求、原有基础等情况，选择阅读哪些作品，便可心中有数，而不致茫无头绪了。

后来我进复旦大学中文系学习。学习期间听过"目录与版本"课程，初步认识到学习文献目录的重要性。大学毕业后，留在复旦做助教，开始从事中国古典文学的研究工作。我当时买了一部清代纪昀主编的《四库全书总目提要》置诸案头，经常翻读。这部书搜书极广，对每一部书都有较具体的介绍与评价，指出它的特色与优缺点等等。它对我帮助极大，无异于一盏指路明灯，告诉我在每一学科或每一研究领域内，过去已有哪些重要或比较重要的成果、有什么价值、存在什么问题等等，为古代许多门类的学问做了一个总结。从此每当我对古典文学的某一方面想进行深入了解时，总要先翻阅此书中的有关部分，常常由此摸清了做学问的门径。当然，这部书也有其局限。如清代中期以后书籍不及收入，正统观念强，不收戏曲小说一类书籍。这些缺憾，得靠阅读其他目录书来解决，如《四库未收书目提要》《曲海总目提要》《中国通俗小说书目》等等。目录对学习的指路作用，许多著名学者都是很重视的。鲁迅先生的老友许寿裳曾经在《亡友鲁迅印象记》中说起，他的儿子许世瑛读大学中文系，请教鲁迅应当看哪些书，鲁迅开列了十二种，其中之一是《四库全书简明目录》（《四库全书总目提要》的简编）。

在我的学习过程中，曾经得到一些前辈（老师、亲戚）的教导和帮助，使我终身难忘。但对我的帮助更具体、更经常的，乃是文学史、书目提要一类入门书。

1988 年

# 读一些目录学基本书籍

　　培养对古代文史的独立工作能力，读一些目录学基本书籍很是必要。过去一些研究文史的著名学者，对目录学都十分重视。清代中期的汉学家王鸣盛说："目录之学，学中第一紧要事。必从此问途，方能得其门而入。"（《十七史商榷》卷一）许寿裳曾经说起，他的儿子许世瑛读大学中国文学系，请教鲁迅应该看些什么书。鲁迅为他开列了《唐诗纪事》等十二种，其中有一种是《四库全书简明目录》（见《亡友鲁迅印象记》第二十三节）。现代著名史学家陈垣在与北师大历史系毕业生谈话中，认为目录学能使人们了解"祖遗的历史著述仓库里有什么存货"。又说："目录学就好像一个账本，打开账本，前人留给我们的历史著作概况，可以了然。古人都有什么研究成果，要先摸摸底，到深入钻研时才能有门径，找自己所需要的资料，也就可以较容易的找到了。"（《与毕业同学谈谈我的一些读书经验》）陈氏的话非常中肯。他是史学家，因此从历史著作角度讲，对于研究古代文学、哲学的人来说，道理是一样的。

　　优秀的目录学著作，不但分门类、按次序、有系统地介绍历代重要书籍，而且对各门类学科常有叙说，概括介绍某学科的渊源流变，像章学诚所说的"辨章学术，考镜源流"（《校雠通义叙》），因而具有学术史性质。至于有各书提要的目录书，内容就更详赡了。读了这类目录书，对于我们所要了解的某些书籍，它在某一门类学科的历史发展过程中，其地位和价值怎样，就容易获得一个概括的印象，起了重要的引导作用。

中国古代的目录学，有十分丰富的遗产。如果专门研究它们，可以花上毕生的精力。对于一般古典文学研究者来说，目录学不是专门研究对象，而是作为向导和工具，不需要许多时间。从打基础的角度讲，只要读少数最基本的书籍。我以为以下四部著作尤为重要。（1）《汉书·艺文志》，是班固根据西汉后期刘向、刘歆两大图书整理家的著作删节而成，系统叙录了先秦至西汉的典籍和学术，是目录学之祖。其中六艺、诸子、诗赋三略，系统介绍经、子、文学三部门著作，尤应精读。（2）《隋书·经籍志》，是唐初所编《隋书》中的一篇，承《汉书·艺文志》之后，系统介绍汉魏两晋南北朝隋代的著作。它确立了经、史、子、集的四部分类法，对后来影响深远，与《汉书·艺文志》同为目录学的奠基著作，应当精读。（3）《四库全书总目提要》，它是对《四库全书》所收各书的提要，除各门类有叙说外，各书均有较详提要，说明其特点、价值、得失等，各部提要均出自专家之手，内容大体精审，备受学人重视，为研治古籍者的必读书。但全书达二百卷，卷帙浩繁，不必全读；在了解全书的体例、结构后，可以选读一部分，日后结合自己的研究方向，可以精读其中部分，并参读今人余嘉锡《四库提要辨证》、胡玉缙《四库提要补正》等书。(4)《书目答问补正》，此书原传为清末张之洞编，后经民国范希曾补正。此书胪列四部重要书籍，迄于清代后期，下延较《四库提要》为长，可补其不足。全书无叙说、提要，分类列书目，便于检阅、精读。各书下注明版本，便于读者寻检原书。以上四种著作，除《四库提要》可浏览、选读外，其馀三种均可精读，分量不大，约花半年时间即可通读完毕。熟悉了它们，对目录学就有了一定基础，找古代典籍就方便了。以后打算研究某一方面，再找有关的目录书看。如研究唐代文学，就看《旧唐书·经籍志》《新唐书·艺文志》等。

现代学者还有一类提要式的专著。他们选择少数重要古籍，作详细的题解，便于初学。如梁启超《要籍解题及其读法》、吕思勉《经子解题》、周予同《群经概论》、张舜徽《中国古代史籍举要》等，均可参考阅读。若要了解戏曲、小说等方面的目录，则应当参考传为黄文旸编的《曲海总目提要》、孙楷第《中国通俗小说书目》等。在阅读以上目录学著作时，可以参阅今人所编的目录学概论一类著作，借以了解中国古代目录学的大概情况。如余嘉锡《目录学发微》，汪辟疆《目录学研究》，程千帆、徐有富《校雠广义·目录编》，来新夏《古典目录学浅说》等，选读其中的一两种即可。

掌握了中国古典目录学的基本知识，我们就能较方便地找到自己所需要的图书，并且能获得一个轮廓的了解。如果我们已经具有较高的古文阅读能力和较广泛的古代历史文化知识，就容易读懂找到的图书。能找到古文献的材料，又能读懂它们，这样就具有了较良好的文史基础和独立工作能力，为此后深入学习和研究提供了有利的条件。当然，我们还应当使用字典、辞书、索引等一些重要的工具书。这通过实践，也是不难掌握的。

1997 年

# 读一些四部经典书籍

中国古代图书，隋唐以来一直分为经、史、子、集四大部分，简称四部。四者学科分部虽相区分，但互有关联，深入学习古典文学（集部）的人们，对于经、史、子三部中一些最重要的典籍，也应有所了解甚至熟悉。这是古典文学工作者基本功的一部分，不容忽视。

经部先是"五经"：《周易》《尚书》《诗经》《礼》《春秋》；其后《礼》分为《周礼》《仪礼》《礼记》三种，《春秋》分为《春秋左传》《春秋公羊传》《春秋穀梁传》三种，加上《易》《书》《诗》，成九经；再加上《论语》《孟子》《孝经》《尔雅》，便成十三经。在长期的中国古代社会中，经书受历代统治者的提倡，被视为至高无上的权威，经书是人们（特别是士人）学习文化知识、谋求出路的必读书。人们不论做人、办事、写文章，都要依据经书中的言论作为准则，它们是当时社会的统治思想。古代大量的文学作品，不论思想内容还是文辞形式，都蒙受经书的影响。经书对古代文化、文学的深广影响，有如新、旧约《圣经》和希腊神话对欧洲文化、文学的浸润。对经书有所了解，对于理解许多文学作品思想、文辞的渊源，大有好处和必要。

十三经加上注疏，字数浩瀚，不必全读。大致说来，《周易》《尚书》《诗经》《论语》《孟子》《孝经》应通读；《礼记》《春秋左传》分量大，可以选读其中的一部分；其他的不一定读，有馀力者可以浏览。注释可看简明扼要的，如《诗经》可看朱熹的《诗集传》。《十三经注疏》和清代学者不少高水平的经书新疏，内容太繁重，不必通读。如对某经或经书中的某些问题、辞句求得透彻理解，可细读其有关部分。一般的基本功和专题研究要求不同。以《诗经》为例，基本功要求熟悉《诗经》本文，读简注本即可；研究《诗经》，则应读后代的不少重要注本和研究成果。《论语》、《孟子》和《礼记》中的《大学》《中庸》两篇，宋代朱熹编为《四书》，又编了《四书集注》，影响很大，也应熟悉。今人编撰的经书新注新译，初学困难时可以拣质量较高者参读，但应以读原著、旧注为主。

史部的"廿四史"中，《史记》《汉书》《后汉书》《三国志》四部产生时代早，文笔又好，最受前人重视，称为"四史"。"四史"中《史记》《汉书》两书（简称"史汉"）为古时士人的必读书，影响尤大。"史汉"中许多历史事实，常为后人所称引，成为流行的故实。北宋苏舜钦常常一边饮酒，一边读《汉书》，以作助酒之物，传为佳话（见宋龚明之《中吴纪闻》卷二）。后来《桃花扇·馀韵》中提及苏昆生、柳敬亭两位技艺人会晤饮酒时，也以《汉书》为下酒物，于此可见《汉书》影响之大。《史记》记载先秦至西汉史实，上下数千年，知识更加广泛丰富。从艺术上看，"史汉"又是后代散文的典范。《史记》句式长短错落，语言雄奇奔放，被唐宋以至明清古文家奉为圭臬。《汉书》句式较整齐，接近骈文，风格渊雅，在魏晋南北朝骈文流行时代特受重视。熟悉"史汉"，对认识、掌握汉以后散文（包括骈文）的语言、风格特色及其渊源很有裨益。读"史汉"后，有馀力者可以读《后汉书》《三国志》等。"史汉"中的书、志以及像《孔子世家》《孟子荀卿列传》《儒林列传》等，包含了丰富的文化学术史料，宜仔细研读。读其他史书也是如此。研究文学，应注意其历史背景，一定要读有关史书。比如研究先秦西汉文学，要用心读"史汉"等；研究唐代文学，要用心读《旧唐书》《新唐书》等。但读"史汉"又有其特殊意义。它们像"五经"、"四书"一样，在古代广泛被人们学习和取资，因而影响深远，所以我们应把它们作为打好文史基础的经典书籍来认真阅读。

子部书中，儒、道两家影响最大，最宜注意。古代士人，大抵奉行"穷则独善其身，达则兼济天下"的主张，仕宦得意时，以儒家入世思想为指导；失意退隐时，往往宗奉道家隐遁避世的主张，所以儒、道两家思想，对众多士人的世界观、人生观影响最为深远。儒家思想，主要见于"五经""四书"，孔孟之书已入经部，次则《荀子》较为重要。道家之书，以《老子》《庄子》最为重要，宜细读；次则《列子》。儒、道两家外，法家的《韩非子》一书，集法家思想的大成，文辞亦富美，宜加注意。小说家中的《世说新语》一书，记载魏晋名士言行，隽永有味，对后世影响深远，也应阅读。

集部之书，自《楚辞》以下，分别集、总集两大类。从打好基础看，应着重读一些重要总集。一些重要总集，选录了某一阶段或某一方面的代表性作品，宜于精读。别集收集单个作家的全部作品，往往精粗杂陈，宜于作为研究对象，不宜作为打基础的读本。《诗经》《楚辞》其实是先秦诗、赋的总集。两书以后，汉魏六朝文学总集，宜读萧统《文选》。该书选录战国至齐梁时赋、诗、各体骈散文（以骈文为主），基本上代表了汉魏六朝文学的精华。李善注详赡准确，价值也高。关于唐宋古文，宜读姚鼐《古文辞类纂》，该书以唐宋八大家古文为主体，上溯战国秦汉，下逮明清，体现了明清古文家的主张和标准。中国古代诗、赋、文等正统文学，大抵分为骈体、散体（古体）两派，两派有斗争起伏，也能同时并存。《文选》《古文辞类纂》两书分别是两派文学的代表。《古文观止》一书为清代前期吴楚材、吴调侯所选的通俗选本，所选文章大多精美，且篇幅较短小，便于诵读。所选以散体的古文为主，但又夹杂少量骈文，如《陈情表》《北山移文》《滕王阁序》，体例不纯，学术品格不高，故为一部分学者所轻视。唐宋诗文词的较好总集，尚有清代沈德潜《唐诗别裁集》、朱彝尊《词综》和现代高步瀛的《唐宋诗举要》《唐宋文举要》，龙榆生《唐宋名家词选》等，宜于阅读。元明清时代，戏曲小说发展，诗文缺少创造性，从打基础角度看，可以从缓阅读。

史、集两部是文学、历史，子部包括哲学、社会科学、自然科学，而以哲学、社会科学为主。经部各书，按其学科性质，可以分别归入文、史、哲三类。文学和历史、哲学、社会科学关系密切，读一些四部经典书籍，不但有利于了解文学的渊源，而且有助于从历史的文化背景中更深刻地理解文学。

以上所举四部基本典籍，是最基本的，读者可以根据自己的具体情况，订立计划和进度，坚持阅读。少则两三年，多则四五年，便可读完。关键是要下决心，具有持之以恒的毅力。阅读中遇到的不少无关紧要的字、词、句、名物等方面的疑难，不妨采取不求甚解的态度。对不少细碎的问题，一一求甚解，花时很多，收获不大，而且影响进度。经历一段时间后，读的书多了，整个理解力提高，回过头来看一些疑难问题，便往往容易理解了。

1997 年

# 研读古代文学须明其义例

在长期从事中国古典文学的教学、研究工作中，感到读古书和古代文学作品，必须了解掌握其义例，如此才能对古书和古代文学作品获得准确的理解，否则很容易产生疑惑和误会，甚至厚诬古人。这里举两个感受较深的例子来谈谈。

一是对六朝乐府吴声、西曲许多歌辞内容的理解问题。六朝乐府清商曲中的吴声歌曲和西曲歌两大部分，现存曲调数十种，歌辞数百首。其中有不少曲调，其创制者和产生背景，过去《宋书·乐志》《古今乐录》《旧唐书·音乐志》等都有记载，但都很简略。"五四"以后，学术界重视民间文学，也重视吴声、西曲的文学价值。但有的研究者未加细考，认为《宋书·乐志》《古今乐录》的记载不可信，甚至认为出于捏造附会。形成这种误会的原因有二。一是没有注意到古籍中其他方面的有关记载，这类记载有时还颇为具体。例如吴声中的《长史变歌》，《晋书》《宋书》的《乐志》，都说是"司徒左长史王廞临败所制"，仅这么简单一句。如果仔细考察，便可发现《晋书·王导传》《宋书·王华传》《魏书·司马叡传》都载有王廞的具体事迹，只是地位不显著，因此不为人们所注意。又如《碧玉歌》，相传为东晋孙绰所作，叙述晋汝南王爱妾碧玉之事；钩稽各种记载，也属可信。

形成误会的另一个原因是由于现存不少歌辞内容与《宋书·乐志》等所载的本事、缘起不相符合。这类现象也属屡见不鲜。例如吴声中的《丁督护歌》，《宋书·乐志》载其本事云：

> 《督护歌》者，彭城内史徐逵之为鲁轨所杀，宋高祖使府内直督护丁旿收敛殡殓之。逵之妻，高祖长女也。呼旿至阁下，自问敛送之事。每问，辄叹息曰："丁督护！"其声哀切，后人因其声广其曲焉。

这事件在《宋书·武帝纪》也有记载。《武帝纪》云："（义熙）十一年正月，公（指武帝刘裕，时为宋公）……率众军西讨。……三月，军次江陵。……公命彭城内史徐逵之、参军王允之出江夏口，复为轨所败，并没。"督护本指收尸人丁旿。徐逵之西征丧身，而现存的《丁督护歌》却写女子送督护北征，前去洛阳，与本事大不相同。原来宋高祖长女哭其夫徐逵之战殁，痛呼"丁督护"，声调哀切，后人利用其声调写作歌辞，以表现女子送别丈夫出征时的哀伤之情，这就是《宋书·乐志》所谓"后人因其声广其曲"。这种后人因声广曲的情况，在吴声、西曲中屡见不鲜。如《阿子歌》，相传原是晋穆帝升平年间的童谣，后人利用其和送声写出若干内容很不相同的歌辞。又如《乌夜啼》曲，原为宋临川王义庆得罪遇赦后所作，以表示庆幸之情；但现存歌辞，《旧唐书·音乐志》已指出"似非义庆本旨"，原因也是后人因声广曲。我在四十年代末期到五十年代初写成的《六朝乐府与民歌》一书，用了较多篇幅考订了吴声、西曲一部分重要曲调的作者、本事，并通过对曲调、和送声的分析，解释了现存许多歌辞内容与本事不相符合的疑问。

乐府诗中这种歌辞内容与本事不相符合的现象，其实在汉魏乐府中也常有出现。例如相和歌辞《陌上桑》曲，据崔豹《古今注》，原系写邯郸王仁妻秦罗敷拒绝赵王强夺之事，今传《陌上桑》古辞《日出东南隅》篇，已是后起之作。又如《雁门太守行》，按题名原来应当歌咏雁门太守，但今传古辞却是歌咏洛阳令王涣的政绩，显然也不是原始之作。唐代李贺也写了一首《雁门太守行》，内容写幽蓟一带地方长官抗击敌人的英勇战斗。原来，《雁门太守行》被后人当作歌咏地方贤明长官的一种曲调来进行模拟和再创作，其歌咏的对象却不一定是雁门太守。后世有的李贺诗的注释者，硬把此篇背景落实到唐代的雁门一带地区，就不免穿凿附会。

《乐府诗集》说："凡歌辞，考之与事不合者，但因其声而作歌尔。"（卷八七《黄昙子歌》题解）乐府歌辞多因旧声作新辞，故后来歌辞内容往往与本事不相符合，这是乐府诗的一个特点，也是我们阅读乐府诗时必须明白和掌握的一个重要义例。

第二个例子是对钟嵘《诗品》的理解问题。《诗品》品评汉魏六朝诗人，喜言师承流变，往往指出某人之诗源出某某。这一点往往为后世所诟病，特别是陶潜源出应璩一点，后人议论尤多。《诗品》把陶潜置于中品，的确品评不当，但它反映了当时骈体文风昌盛，不少评论者重视语言华美，不能充分认识陶诗艺术价值的偏见。有的《诗品》研究者根据《太平御览》一本的引文，说《诗品》原把陶潜置于上品，这是不可能的。因为按照《诗品》的义例，上品之人不可能出于中品。《诗品》认为陶诗源出应璩，应璩在中品，陶潜当然不可能属上品。这个问题，就是依据《诗品》全书义例得到澄清的（参考钱锺书先生《谈艺录》）。

《诗品》说陶诗源出应璩，宋代叶梦得《石林诗话》曾批评为"此语不知其所据"。但细考《诗品》全书义例，钟嵘的说法还是有其理由的。《诗品》所谓某人源出某人，指出前后诗人在创作上的渊源继承关系，主要是从诗歌的体制、风格立论。《诗品》一开头评古诗云："其体源出于《国风》。"其后评张协云："其源出于王粲，文体华净，少病累，又巧构形似之言。"评谢灵运云："其源出于陈思，杂有景阳（张协）之体。故尚巧似，而逸荡过之。"评张华云："其源出于王粲，其体华艳，兴托不奇。"可见《诗品》所谓某人源出某人，是指诗歌的体而言。它所谓体，指作品的体貌，即《文心雕龙·体性》篇所说的体，相当于今天所说的风格。如张协的"华净"、张华的"华艳"，都是其例。又如张协诗"巧构形似之言"，谢灵运诗也"尚巧似"，故说谢诗"杂有景阳之体"，这就明显地从体貌上指出其渊源继承关系了。南朝文论，多言体貌的特征和继承变化。除《文心雕龙》《诗品》外，如《宋书·谢灵运传论》指出自汉至魏，文体经历三次变化，《南齐书·文学传论》认为宋齐时代文章可分为三体，都是其例。《诗品》这种据体貌分析某人源出某人的议论，正是这种时代风气的反映。《诗品》说陶诗源出应璩，也是从体貌上立论的。《诗品》说陶诗体貌特点是"省净""真古""质直"。应璩诗"善为古语"，"古语"意为语言古朴。应璩源出魏文，魏文诗"鄙质如偶语"。三家之诗体貌都是古朴质直，《诗品》正是从这个角度来说明他们之间的渊源继承关系。《诗品》的这种评论不一定都恰当，但从全书义例看，说陶诗源出应璩，还是有理由的。

《四库提要》评《诗品》有云："唯其论某人源出某人，若一一亲见其师承者，则不免附会耳。"这一评论也是欠妥的。南朝文人写诗，往往有意识地模拟前人，有时在题目上都予以标明。如鲍照有《学刘公幹体》五首，江淹有《效阮公诗》十五首。谢灵运诗在南朝影响广泛，史传等记载中述及当时文人作诗学谢灵运体的，屡见不鲜。从写作角度看，学习前人诗体，已成为一种风气；那么从评论角度看，研讨后起者在诗体上主要接受前代哪些人的影响，也是很自然的事。《诗品》探讨前后作家渊源关系的评论，固然不一定都中肯，但这种研究评论方法却未可厚非，它正是结合创作实践来进行的。

司马迁曾就历史著述发表主张说："好学深思，心知其意。"（《史记·五帝本纪赞》）我一直很服膺这句话，把它作为阅读古籍、做研究工作的原则。对古书上的记载和言论，我们固然不能一味盲从，但也不宜轻易怀疑以至否定（特别是那些有功力、写作态度认真的著作）。阅读古书，应当全面考察，虚心体会，以探明其原委。读古书要达到心知其意，明白、掌握书的义例，是一个相当重要的条件。

1985 年

# 学习古典文学要注意几个关系

学习、研究中国古代文学，要注意处理好几个关系。

一是通与专的关系。通指总揽全局。就中国古代文学来说，就是指能够纵贯各个朝代、横贯各种文体，对文学遗产有一个全面的了解。中国古代文学有诗、文、赋、词、散曲、戏曲、小说、讲唱文学等等诸多体裁，它们从古代到近代，各有其历史发展变化过程和杰出作家作品，内容异常丰富。对它们有一个简要的全面了解是必需的，这样才能胸罗全局，目光清晰；在认识和评价单个作家作品时，能够把它放在整个文学流程中去考察和衡量。现在高等学校中文系都设有"中国古代文学作品选""中国文学史"一类课程，系统地对中国古代文学作品及其发展历史进行讲授。这对了解中国古代文学是必需的。对于自学者来说，找一部中国古代文学作品选和中国文学史来仔细阅读，也能认识中国古代文学的大概面目。

中国古代文学遗产异常丰富，一个人的精力有限，不可能全部熟悉；因此，在掌握了简要的通史知识以后，应该向专的方向发展。这可以从时期分，如先秦、两汉、魏晋南北朝、唐代等，专研一个阶段；也可以从一种文体分，如诗歌、散文、词、小说等，专研一种文体。从深入研究的角度讲，上面的区分范围还嫌太大，还应当缩小，研究某一时期的某种文体，如先秦散文、汉赋、唐诗、宋词等等；还可以再行缩小，如中唐大历诗歌、宋代江湖诗派以至于单个作家作品。大抵题目愈小，在材料发掘和论述分析方面就能愈加深入细致。建国以前，中国文学通史一类著作出版数量很多（恐怕有上百种），但高质量的极少。几种最负盛名的著作，如刘师培《中国中古文学史》、王国维《宋元戏曲史》、鲁迅《中国小说史略》等，都是分时期或分体论述的。建国以后，个人编写的中国文学通史著作出得很少，几部有分量的中国文学史，除刘大杰的《中国文学发展史》（旧作改编）外，都是集体编写的。当然，个别学者，如果他在中国古代文学方面具有渊博的知识、卓越的眼光，对中国文学的历史发展有独到的看法，也仍然有可能编撰出成一家之言的通史类著作。

二是点和面的关系。中国古代文学是一个大范围的面，它可以分为先秦、两汉、魏晋南北朝、唐宋、元明清等各个历史时期，每个历史时期又有诗歌、散文、小说等各种体裁的作品。唐代文学、唐诗、初唐诗、盛唐诗等等是局部缩小的面。至于初唐四杰、李白、杜甫、王维等，那就是一个个点了。要深入理解点，理解某一些重要作家作品，必须放在他所处时代的文学环境中来考察，还要放在文学历史的发展过程中来考察；因此，不能孤立地研究一个个点，必须把点和面结合起来。当然，面的范围广，不能全部要求像点一般了解得深入，但是必要的知识应该具备。对于研究工作开始不久的同志来说，研究的范围应狭小一些；如果对许多重要的点情况没有了解，就把面作为研究对象，那是很容易蹈空的。

要掌握面上的知识，读一些选本或总集十分必要。举例说，萧统《文选》编选了自战国至南朝齐梁时代的七百多篇辞赋、诗歌、骈散文，汉魏六朝文人文学的优秀作品，大多数入选。你要研究该时期某一作家（例如曹植、陶渊明），总得对该时期文学有一个大概的了解，把单个作家放在该时期的文学环境中进行考察，那就得仔细读《文选》。再如要研究唐代的某个诗人，总得对唐诗有一个大概的了解，那就应选择一两种较有分量的唐诗选本通读，例如沈德潜的《唐诗别裁集》（选了近二千首诗歌）。当然，许多选本的选篇，都受到编选者文学观念的指导，往往带有某些偏见和局限，我们阅读时应予注意，不要被编选者的偏见所支配。但好的选本，能够较客观地选录某一时期、某一方面的具有代表性的优秀作品，对于学人了解掌握面上的知识，是很有裨益的，不宜忽视。

三是左右前后的关系。所谓左右关系，就是指一个作家同时代的与之比较密切的人物，他们在创作上常常彼此互相启发，互相影响，因而应当把他们联系起来研究。例如白居易，他与元稹、张籍、刘禹锡等诗人友谊很深，具有某些共同的创作倾向，就应当联系起来研究。这种在创作上关系密切的作家，经常形成一个流派，我们要把研究单个作家和他所属的那个流派放在一起来考察。所谓前后关系，是指某个作家对前代文学的继承和对后代文学的影响。比较说来，了解与前代文学的关系尤为重要；因为我们评价作家的一个重要标准，就是看他比过去时代的文学家提供了什么新的东西，如果对过去的文学家不了解，我们就不能在这方面作出判断。我在研究李白诗歌以前，曾经有一个时期学习研究汉魏六朝文学，仔细阅读了《文选》和《乐府诗集》，因此对李白诗歌如何继承了汉魏六朝文人诗作和乐府民歌的优良传统并有所发展，就理解得比较清楚。再如研究王维的田园山水诗，那不但得了解六朝时代陶渊明、谢灵运、谢朓等一些田园山水诗歌，以探明王维诗对它们的继承和发展；还得了解王维同时代储光羲、孟浩然、李白等人的田园山水诗，比较其异同，这样方能显示王维诗的艺术特色和创新。

学习和研究，有广度、有深度，二者有区别又有联系，没有一定的广度，深度就要受到限制。但广度有时浩无涯际，要根据自己的条件和目的要求进行控制。上面说的三种关系，大体说来，通、面、前后左右等与广度关系密切；而专、点等则与深度关系密切。

四是博览和精读的关系。阅读古代作品和有关文献资料，必须区别博览和精读，不能平均使用力量。重要的书籍要多下功夫仔细读、反复读，一般的可以采取浏览的方法略观大概。一个研究对象，总有少数几种重点书籍。譬如《诗经》，历代注释著作，少说也有数百种，但真正重要的、代表一个时期的研究水平和成果的，不过《毛诗正义》《诗集传》《诗毛氏传疏》《诗三家义集疏》等几种。历来关于乐府诗的注释、研究著作，也有几十种，但最重要的还是郭茂倩的《乐府诗集》。研究时必须把主要精力放在这些重点书上。我研究乐府诗时，仔细地读了《乐府诗集》，因而对乐府诗的分类、体制、源流等获得比较清楚的认识，仿佛抓到了纲，许多问题就容易识别和掌握了。《乐府诗集》的许多小序、题解，内容翔实，引证丰富，我反复读了多遍，并根据它们提供的线索，再去查阅有关资料，对乐府诗的理解就逐步得以深入。元明清人所编的乐府总集，如《古乐府》《古乐苑》等等，大体上都根据《乐府诗集》略加变化，出入不大；因此，熟悉了《乐府诗集》，这些集子一般只要采取翻阅方式，就能知其有何特色和价值了。博览也很重要。上面说过，许多同研究的点有关的面上知识必须了解。这一般可以采取博览方式，浏览的面要广些，但可以读得快一些、粗一些，中间遇有同研究对象关系密切的问题则须仔细推敲。我在研究汉魏六朝乐府诗过程中，翻阅了丁福保《全汉三国晋南北朝诗》、严可均《全上古三代秦汉三国六朝文》，碰到与乐府有关的诗文，就仔细读。就专题研究讲，要尽可能广泛地浏览、涉猎各种文献，从各方面获取有关资料。

五是文学创作和文学批评的关系。文学批评是文学创作经验的总结和理论概括。又回过来影响创作，二者相互依存，关系密切。中国古代有许多文人，既是杰出作家，又是重要批评家。对于他们的创作和理论批评，更应当结合起来研究。过去不少学者常认为《文选》《文心雕龙》两部典籍须配合起来阅读，这很有道理。《文选》选录了汉魏六朝骈体文学昌盛时期的许多作品，而《文心雕龙》所研讨的也是骈体文学的写作方法，它所涉及的众多作品，有许多见于《文选》。因此，把两书配合起来读，不但能了解《文心雕龙》的批评对象，而且能帮助了解《文选》选篇的艺术特色、价值以及《文选》编者的选文标准。我在教学和研究工作中，先是读《文选》，其后读《文心雕龙》，后来把两书结合起来反复比较阅读，感到相得益彰，收获甚多。

1997 年

# 向前辈和前代学者学习

现代和前代的不少著名学者，他们有关古代文史的优秀学术著作和论文，应当重视学习。从这些研究成果，我们不但可以学到许多渊博的知识、精湛的见解，而且在做学问的方法方面，从读书、找材料、观察和分析问题等诸多方面获得无穷的启示。不少优秀的研究成果，为我们提供了一个个范例，教导我们如何深入认识并解剖种种纷纭复杂的历史现象。

20 世纪以来，由于接受西方文化的影响，接受西方和日本学者的启发，关于中国古代文史的研究，方法趋于科学化，视角也趋于新颖，陆续涌现了一些杰出的学者与学术著作。学习、研究古代文史，首先应注意向这些学者及其研究成果学习。

王国维、陈寅恪是两位史学大师，兼治古代文学，王氏有《人间词话》《宋元戏曲史》等，陈氏有《元白诗笺证稿》等，都是精辟深入的论著。两人的不少史学论文，常有石破天惊的见解，开创历史研究的新篇章，也宜选读。王氏长于博综多方面史料，缜密分析，提出精辟的看法，令人信服。陈氏独具只眼，长于从寻常史料中发现问题，提出己见，令人有耳目一新之感。他目光敏锐，议论风发，给人启发甚多。他的诗歌研究著作，常用诗、史二者互相证明之法，内容十分博赡。胡适对《水浒》《红楼梦》等若干著名章回小说进行考证，开创了对古代小说作家作品进行深入研究的风气，成绩也颇突出。他的《白话文学史》着重发掘介绍古代口语化的文学作品，也能独树一帜，可惜仅写到唐代。鲁迅的《中国小说史略》是一部有系统的小说史专著，功力甚深，对许多作品的特点及其历史背景，常有扼要精到的论断。闻一多有《神话与诗》《唐诗杂论》等古代文学研究论文集。闻氏视野开阔，思路活跃，善于运用神话学、民俗学等理论解释古代文学现象，议论新颖。他的旧学根柢又好，所以能新而不流于架空。钱锺书有《谈艺录》《管锥编》《七缀集》等。钱氏博闻强记，于中西文学均甚谙熟，善于将二者进行比较阐发。其论著常采用笔记式，不作长篇大论，但取材宏富，议论精辟，尤长于语言艺术分析，对读者启发良多。

以上略举几位突出的古典文学研究大家，其著作限于论说性的，注释、笺证一类此处不论。此外，如朱自清、朱东润之于《诗经》和文学批评，游国恩之于楚辞，萧涤非之于汉魏六朝乐府诗和杜甫诗，王瑶之于中古文学，任半塘之于唐代音乐文学，夏承焘之于唐宋词，余嘉锡、郑振铎之于小说，郭绍虞、罗根泽之于文学批评均有精到的论著，可以参阅。以上所举，限于已故学者，囿于见闻，不能备列，请读者从多种渠道加以注意。上海古籍出版社于八十年代曾出版数十种现代名家古典文学论文集，读者可以自行选择阅览。

古代学者自宋至清，也有不少值得重视的著作。《书目答问》子部儒家类考订之属部分，列举了不少书目，它们大抵均采取札记形式，其内容涉及经史子集各方面。就我浏览所及，觉得宋洪迈《容斋随笔》、王应麟《困学纪闻》，明代杨慎《丹铅总录》、胡应麟《少室山房笔丛》，清代顾炎武《日知录》、俞正燮《癸巳类稿》《癸巳存稿》、赵翼《陔馀丛考》等，均有部分内容涉及文学，作者均为饱学之士，议论有见地，读后得益颇大。此外考订史实的著作如王鸣盛《十七史商榷》、赵翼《廿二史劄记》，考订阐释文学的著作如明胡应麟《诗薮》、胡震亨《唐音癸签》，清赵翼《瓯北诗话》、潘德舆《养一斋诗话》等都值得重视。以上所举著作的内容，以考订解释各种历史现象（包括文学历史）为主，还有不少有价值的著作，是以文字训诂和文学评论为主的，这里就不谈了。以上这类著作，有的卷帙颇大，涉及对象广泛复杂，不必读全书，可采取选读或泛读方法。

清代朴学兴盛，学术著作往往材料翔实，论断谨严，对于文史研究者培养实事求是的优良学风，大有帮助，尤宜重视学习借鉴。我在学习过程中，感到受赵翼《陔馀丛考》《廿二史劄记》《瓯北诗话》诸书影响特别大。赵氏每论一事，常常胪列有关史实和证据，平心静气地加以归纳分析，提出比较客观通达的看法，使人首肯。在搜集运用材料、分析评论问题方面，态度较客观全面，方法的科学性较强。多读其著作，感到受益良多。清代学者在文史研究领域比前代有长足进展，有多方面的丰硕成果，不但表现在对各种历史现象的考订解释方面，更突出地表现在训诂注释方面。清儒的学术研究成果，今天应注意吸收继承。梁启超的《中国近三百年学术史》书中的《清代学者整理旧学之总成绩》一部分于此有系统介绍，可以参阅。梁氏的《清代学术概论》一书写得比较简明扼要，也值得一读。

1997 年

# 搜集、积累材料

搜集、积累材料，根据汇集的材料对研究对象与问题进行分析，得出自己的看法，这是写作论文最重要的准备工作。做好这方面的准备工作，论文有了充分的思想内容，下笔就方便了。

搜集、积累材料的情况大致有两种。一是先有了一个研究对象和目标，就根据它来有系统地搜集有关材料。二是事先没有确定的研究对象，那么可以划定一个范围（不宜太大），在此范围内有系统地阅读有关文献，留心考察，积累有价值的材料和心得体会，然后从中获得并确定论文的题目。我在四十年代后期刚开始做研究工作时，以汉魏六朝诗歌为范围有系统地读书，在阅读中于六朝乐府诗吴声歌曲、西曲歌方面，发现材料、问题较多，于是就以它为专题研究对象，后来写成了我的第一本著作《六朝乐府与民歌》。

搜集材料，要力求广泛，旁搜博采，不怕麻烦，肯下工夫，要有竭泽而渔的毅力。我在研究汉魏六朝乐府诗时，除读有关诗歌集子和正史音乐志外，通读了《汉书》《后汉书》《晋书》《南史》等正史，翻读了"三通"、《西汉会要》、《东汉会要》、《唐会要》等，浏览了丁福保《全汉三国晋南北朝诗》、严可均《全上古三代秦汉三国六朝文》，还读了一部分有关地理志、类书、笔记小说等，从各方面得到不少有价值的材料。我研究汉魏六朝乐府诗，重点放在相和歌辞、清商曲辞方面，其中多民歌，现在一般称作乐府民歌。我研究它们，注意联系其历史文化背景来广泛搜集材料，所以获得了不少为前此研究者所忽视的有价值材料。

阅读文献时，要注意利用前此有价值的研究成果。例如我读《汉书》等正史时，就翻读王先谦《汉书补注》《后汉书集解》，吴士鉴等《晋书斠注》。碰到与研究对象有关的文字，就细心查看这些较详注本中提供了什么材料或线索，再跟踪追查，颇多收获。要多方面地阅读有关文献，搜集材料，须借助于目录学。我研究乐府诗阅读有关地理志、类书时，就是根据《四库提要》《书目答问补正》等书的指引，一部部地翻读。一些杰出文史学家的著作、论文，往往善于从多方面搜集、综合材料，并从中提出自己的独到看法。我们要注意在这方面向他们学习。从这些优秀的著作、论文中，可以学习到许多写论文的方法。我在四十、五十年代进行研究和写作时，从王国维、陈寅恪、闻一多、杨树达、余嘉锡、萧涤非诸前辈的著作中，在这方面获得很多启发和教益。

搜集、审读材料时要仔细谨慎。有些重要的材料要一字一句地细心读，反复读，方能获得透彻的了解并从中发现问题。我在研究乐府诗时，感到《宋书·乐志》、郭茂倩《乐府诗集》（特别是它包含着丰富资料的小序、题解）是最重要的资料，细心反复阅读，并参证其他有关文献，由此认清了不少现象。后来研究《文心雕龙》，为学生开设"《文心雕龙》研究"专题课，对该书反复研读多遍，对全书五十篇逐步融会贯通，对其中不少问题有了新的认识和体会。俗话说，熟能生巧，对研究的对象也是如此。对过去学术著作中引用的材料，有原书存在的，要尽可能加以复核。古代不少学者引用材料，往往仅凭记忆下笔，因而引文与原文时有出入，古代编纂的不少类书，引文常有删节。如果不查核原书，仅仅根据这些引文，那会影响理解、立论的精确程度。现代学人引用材料，一般说来比古代要严谨些，但作者众多，学风各异，还是尽可能查核原书为好。还有一些伪书伪作，前此学者有辨伪论著的，要注意吸取。有些伪书伪作，反映了作伪者那个时代，也仍然有其历史文献价值。

搜集材料，要注意获得一些对研究问题性质具有关键作用的材料。我在读唐代高仲武所编《中兴间气集》时，看到有一条编者评孟云卿诗的评语，其中说起他根据孟云卿的诗歌复古主张，写了《格律异门论》及《谱》两文来加以阐发。孟云卿的诗论和高仲武这两篇文章均失传，但从《格律异门论》这一题目，可知该文是阐述格诗（即古体诗）与律诗（即近体诗）二者门径不同，由此可知以沈千运、孟云卿为首的中唐前期的这一复古诗派，是以提倡古体诗、反对近体诗为主要宗旨。又如唐传奇《虬髯客传》，过去多认为系出自唐末文人杜光庭之手。我在读唐末苏鹗所撰笔记《苏氏演义》时，发现苏鹗曾说："近代学者著《张虬须传》（即

《虬髯客传》），颇行于世。"唐宋人所谓"近代"，常指时间上比较接近的前代。苏鹗与杜光庭都是唐代末叶人，他不可能称杜光庭为"近代学者"，因而认为《虬髯客传》的作者不可能是杜光庭。我们阅读材料时一定要细心，培养一种敏锐的观察力，于古人行文的细小处发现对解决问题具有关键作用的材料。

搜集材料，不能一蹴而就，要靠长期的积累。于此要有恒心和耐心。要花工夫有系统地阅读有关文献，记下有价值的材料和自己的心得体会。积累的材料、心得丰富了，分析问题、写作论文就有了坚实的基础。如果要写一部长篇的论著，更是应该如此。过去不少著名学者的不朽著作，在材料积累上往往会花去数十年的时间。

1997 年

# 分析、论证问题

在搜集、积累材料过程中，我们逐步涌现出自己的一些看法。到一定阶段，搜集的材料比较丰富、充分了，便可对某些现象、问题进行较深入的分析、论证。

分析问题，一定要照顾全面，切忌片面性。鲁迅曾说过："我总以为倘要论文，最好是顾及全篇，并且顾及作者的全人，以及他所处的社会状态，这才较为确凿。"（《题未定草七》）他以陶渊明诗歌为例，指出陶诗并不都是浑身静穆，还有金刚怒目的一面。他劝告人们不要只读选本，因为选本经过编者的选择，往往不能看出作者的全人。的确，某些选本（特别是一些分量小的选本），往往只能显示作者的某一方面。我们进行研究，一定要注意照顾全面。例如李商隐，他不但擅长写情意缠绵的《无题》一类爱情诗，还写了一部分关心国事、政治性颇强的诗篇，像《行次西郊一百韵》《有感》《重有感》等。他还重视李白、杜甫关心政治、社会的诗篇，说过"推李杜则怨刺居多"（《献侍郎钜鹿公启》）的话。这后一方面比较容易被忽视。又如白居易对诗歌的看法，其名篇《与元九书》强调讽谕诗的意义和重要性，其次则肯定闲适诗，而对感伤诗、杂律诗评价不高。但在他的其他诗文中，不少场合对感伤诗、杂律诗作了赞美与肯定。如果仅就《与元九书》分析，是不能看出白居易诗论的全貌的。

在分析指出某个作家、批评家的多种现象时，也应当进行具体分析，分别其主次。例如陶潜诗的思想内容，确有关心现实、金刚怒目的一面，但表现宁静的田园生活和诗人恬淡的心境，毕竟是其主要方面。再如《文心雕龙》一书对汉魏六朝时代昌盛的骈体文学的态度。我们看到，刘勰对此时期诗歌、辞赋、各体文章的重要作家作品都作了不同程度的肯定，他重视声律、对偶、辞藻、用典等骈文修辞因素，并细加研讨；《文心雕龙》全书又是用精美的骈文写成。由此可见，刘勰对此时期的骈体文学是支持和肯定的，这是其主导方面。另一方面，刘勰对晋、宋、南齐时代浮诡靡丽的文风进行严厉的抨击，并提倡宗经，企图参酌经书朴实的文风来挽救时弊。总之，他是在肯定骈体文学的前提下主张变革的改良者，不是骈体文学的反对者。

分析问题，一定要掌握前此已有的重要研究成果，并在此基础上提出新见，方能把研究工作推向前去。如果不了解前此研究成果，自以为提出了新见，可能是人家早已讲过的，也可能是已经被否定的看法，这样就不好。例如《木兰诗》的产生时代，过去有多种说法。后经现代学者考证，此诗曾被释智匠的《古今乐录》记载，释智匠是南朝陈代人，《隋书·经籍志》已有记载，宋王应麟《玉海》引《中兴书目》更具体指出此书智匠撰于陈光大二年。这是过硬的证据。因此，说《木兰诗》产生于隋唐时代，无疑是靠不住了。又如李白《蜀道难》的主旨，过去也有不同说法。经现代学者考订，此诗被收入殷璠《河岳英灵集》，而该集编定于唐玄宗天宝十二载，《蜀道难》必作于此年以前。这也是相当硬的证据。因此，如果再说此诗是为唐玄宗因安史乱起奔蜀（事在天宝十二载以后）而作，也就不可能了。

分析问题，提出自己的看法，要力求有较充分的证据，避免孤证与证据薄弱，这样始有较强的说服力。上文提到中唐沈千运、孟云卿一派诗歌的创作倾向为重视写作古朴的五言古诗，除掉高仲武为他们的主张写了《格律异门论》及《谱》以外，还有其他证据：这派诗人作品，除孟云卿有少数近体外，均为五古；杜甫《解闷》诗说孟云卿论诗主张师法李陵、苏武，世传苏、李诗均为五古；擅长五古的韦应物称赞孟云卿诗"高文激颓波"（《广陵遇孟九云卿》）；晚唐张为《诗人主客图》以孟云卿为"高古奥逸主"，其上入室一人即为韦应物。这些证据合起来，就比较有说服力了（参考拙作《元结〈箧中集〉和唐代中期诗歌的复古潮流》一文，收入拙著《汉魏六朝唐代文学论丛》）。又如关于《虬髯客传》的作者，除上文述及的《苏氏演义》称作者为"近代学者"外，还有其他证据：一些较早的典籍如《太平广记》《崇文总目》《通志·艺文略》均不署《虬髯客传》的作者名氏，洪迈《容斋随笔》始署为杜光庭；杜光庭是一位编辑家，其所编《神仙感遇传》（此书收录《虬髯客传》，但文有节录）、《墉城集仙录》等大抵辑录他人文字成书。这些证据合起来看，说杜光庭并非《虬髯客传》的作者，就较有说服力了（参考拙作《〈虬髯客传〉的作者问题》一文，收入拙著《汉魏六朝唐代文学论丛》）。在证据不充分时，不要急于下论断，要采取存疑的态度和假设的语气。

分析问题，不但要阐述历史现象的真实面貌，而且应进一步指出其形成原因，即不但要明其然，而且要明其所以然。这后一方面的工作做得好，就使论文更具有深度。例如钟嵘《诗品》评阮籍诗，说"其源出于《小雅》"。这引起一些读者的疑问，阮籍诗内容颇多涉及求仙，与楚辞接近，为什么说它源出《小雅》？原来《诗品》说某家诗源出某某，是从"体"（着重指语言风格）立论。阮籍的诗语言很质朴，不像《国风》、楚辞那样有文采，所以说它源出于质朴的《小雅》。如果我们认清了《诗品》评述诗人继承关系的关键在于体制风格，问题就容易讲清了。这里需要了解《诗品》全书的评价义例。

上面说的是应了解掌握作品的体例、义例，方能认清表面看来似乎矛盾欠通的现象。还有一类疑难现象，需要了解作品产生的时代背景诸如社会风气、士人心态、创作风尚等情况才能认识清楚。例如元稹在《唐故工部员外郎杜君墓系铭序》提出他的李杜优劣论，认为李白的长律（五言排律）较杜甫远远不如，其成就还没到杜诗的藩篱，何况堂奥。这也引起了后人的非议和疑问。原来，唐代中后期文人喜作五言长律，以此炫耀作者的才华和学问，形成风尚，擅长长律的人不少，中期有杜甫、元稹、白居易、张祜等人，连古文家刘禹锡、柳宗元均喜写长律，直到晚唐温庭筠、李商隐，此风不衰。明了了中晚唐时期的这种诗歌创作风尚，那么对于元稹用是否擅长长律为标准来衡量李杜诗的成就和优劣，就不至感到奇怪了。上面说的对许多乐府诗的体例要有所了解，需要在诗歌领域有比较广阔丰富的知识；这里说的要了解文学作品的历史背景（不是一般历史书上所提供的泛泛的背景，而是具体细致的背景），就需要更为广阔丰富的知识。探讨文学史上的某些具体问题，如果把它放在历史（特别是文化史）的大背景中加以深入考察和分析，就较能获得中肯甚至精辟的看法。这也是微观和宏观相结合的一种研究方法。

1997 年

# 进阶篇

# 陶渊明诗歌的语言特色和
# 当时诗风的关系

## 导 读

受时代风会的影响，魏晋南北朝文学在上世纪五六十年代已经成为被严厉批判甚至近乎全盘否弃的对象。可如何恰如其分地评价生活于晋宋之际的陶渊明，却难免令人颇费踌躇。《光明日报·文学遗产》副刊曾就此组织过一次讨论，编辑部从大批来稿中遴选出部分论文，汇编为《陶渊明讨论集》。可惜统观全书，绝大部分作者都热衷于探讨诸如陶渊明究竟算不算"现实主义诗人"这样的问题。以至该书《前言》不得不强调，还有其他重要议题尚未经深入研讨，"例如陶渊明在文学史上究竟占有何等地位；他在文学发展上所起的作用；陶诗的艺术风格"，等等。

王运熙先生显然有感于此，特意撰写此文，着重分析陶诗的语言风貌及其形成背景，如实揭示了陶渊明在文学史上的地位和贡献。文中议及的《中国文学史教学大纲》由高等教育部审定颁布，具有权威的指导作用；《汉魏六朝诗选》和《中国文学史纲》凝聚了余冠英、谭丕模两位先生多年研究、教学的心得，也足资采掘依循。可王先生却能不趋时风，坚持独立思考，显示了实事求是的风范。

王先生还指出，面对当时盛行的玄言诗，陶渊明也并无对抗立异的自觉。玄言诗因为喜好谈论哲理，历代以来本就多受苛责，在当时更成为六朝文学腐朽没落的重要罪证。在《陶渊明讨论集》里有一篇由复旦中文系56级本科生撰写的《谈对陶渊明的评价问题——与刘大杰先生商榷》，强调"当时的文坛上，充斥着逃避现实的'玄言诗'"，"而陶渊明以清新自然的诗句，歌颂了农村淳朴的生活。这是带有革命精神的"，矛头指向的虽是刘先生，可王先生在课堂上面对的也正是这批年轻学子。不难想见他对陶诗濡染玄风的评议看似寻常，实则需要莫大的勇气。

❋❋❋❋❋❋❋❋❋❋❋❋

关于陶渊明诗歌的语言特色和他当时诗歌风气的关系问题，近来在不少古典文学著作中常常发生一种误会，本文打算提出来商榷一下。

高等教育出版社出版的《中国文学史教学大纲》中揭示陶诗的艺术特色时说："在骈俪盛行的时代，陶渊明独能创作那样质朴优美的诗歌和那些优秀的散文，具有非常进步的意义。"余冠英先生在他的《汉魏六朝诗选》的前言中说："他（指陶潜）的诗是当时形式主义风气的对立面。他不讲对仗，不琢字句，'结体散文'，只重白描，——和当时正统派文人相反。"谭丕模先生在他的《中国文学史纲》（人民文学出版社1958年版）中说："在陶渊明的时代，一般诗人的风尚，不是'文章殆同书钞'（钟嵘《诗品序》），便是'情必极貌以写物，辞必穷力而追新'（刘勰《文心雕龙·明诗》）。只有陶渊明不随波逐流，傲然独往，高度地发挥他的独创精神和独创能力。"这些意见的共同点是肯定陶诗的语言特色和当时诗歌崇尚骈俪和辞藻的风气相对立，表现出独创性。

陶诗语言具有很大的创造性，那是没有疑问的；但说陶诗的语言特色和当时诗歌崇尚骈俪和辞藻的风气相对立，就须要商榷了。诚然，整个魏晋南北朝是骈俪文风盛行的时代，但这段时期很长，其中也有曲折和变化，不能一概而论。与陶渊明同时代的著名诗人谢灵运、颜延年的确崇尚骈俪，堆砌词藻；但他们两人毕竟是陶渊明的后辈，创作活动主要在刘宋初年元嘉时期。陶渊明的创作活动主要在东晋末年，入宋以后，他活得并不长久，其创作活动已是尾声了。显然，陶渊明诗歌的风格在晋代已经形成，他在创作上是不可能有意识地和颜、谢相对立的。谭丕模先生引《诗品序》、《文心雕龙·明诗》篇所说的诗风，原书也是指颜、谢以后的现象，与东晋末期无关。

陶诗风格形成的东晋末期的诗风究竟如何呢？《诗品序》说得很明白：

永嘉时贵黄、老，稍尚虚谈，于时篇什，理过其辞，淡乎寡味。爰及江表，微波尚传。孙绰、许询、桓、庾诸公诗，皆平典似《道德论》，建安风力尽矣。先是郭景纯用隽上之才，变创其体；刘越石仗清刚之气，赞成厥美。然彼众我寡，未能动俗。逮义熙中，谢益寿（谢混小字）斐然继作。元嘉中有谢灵运，才高词盛，富艳难踪，固已含跨刘、郭，凌轹潘、左。故知陈思为建安之杰，公幹、仲宣为辅；陆机为太康之英，安仁、景阳为辅；谢客为元嘉之雄，颜延年为辅。斯皆五言之冠冕，文词之命世也。

按照《诗品》的说法，自西晋末年以来，以迄东晋，玄言诗流行，它的特点是"理过其辞，淡乎寡味"，"平典似道德论"，恰恰和崇尚骈俪辞藻的风气相反。在这段时期中，虽有郭璞、刘琨以至东晋末期安帝义熙年间（即陶渊明的主要活动时代）谢混等人的创作特出流俗，但只是少数人的现象，未能形成风气；直至谢灵运出来，风气才大变，钟嵘认为他的成就可以上接陆机、曹植（刘琨、郭璞的诗，我们现在看来并不很华美，但比当时流行的玄言诗已算是很有文采的了）。

　　对这一段时期诗歌历史发展作这样的评述，并不是钟嵘一人之见，当时人们大抵都有这种看法。例如：

　　　　沈约《宋书·谢灵运传论》："自建武（东晋元帝年号）暨乎义熙，历载将百。虽缀响联辞，波属云委，莫不寄言上德，托意玄珠。遒丽之辞，无闻焉耳。仲文（殷仲文）始革孙、许之风，叔源（谢混字）大变太元之气。"

萧子显《南齐书·文学传论》："江左风味，盛道家之言，郭璞举其灵变，许询极其名理，仲文玄气，犹不尽除，谢混情新，得名未盛。颜、谢并起，乃各擅奇。……"

《文心雕龙·时序》篇："自中朝贵玄，江左称盛，因谈馀气，流成文体。是以世极迍邅，而辞意夷泰。诗必柱下之旨归，赋乃漆园之义疏。"

檀道鸾《续晋阳秋》："至过江，佛理尤盛。故郭璞五言，始会合道家之言而韵之。询（许询）及太原孙绰，转相祖尚，又加以三世之辞，而诗骚之体尽矣。询、绰并为一时文宗，自此作者悉体之。至义熙中，谢混始改。"（《世说新语·文学》篇注引）

综合以上引文，可见整个东晋时代是玄言诗的时代，它的内容专谈哲理，语言枯燥，"遒丽之辞，无闻焉耳"。直至东晋末年的谢混，风气始有改变，但只是一个开头，"得名未盛"。直至谢灵运出来，玄言诗在诗坛的长期统治地位才被打倒。所以《文心雕龙·明诗》篇又说："江左篇制，溺乎玄风。嗤笑徇务之志，崇盛亡机之谈。……宋初文咏，体有因革，庄老告退，而山水方滋。"陶渊明既然是谢灵运的前辈，他的创作活动主要在东晋末期，那时还是玄言诗的时代，那时玄言诗的基础虽然已经开始动摇，但还没有失去统治力量，还没有让位于后出的山水诗。陶诗的语言风格，还是在玄言诗流行的环境中形成的。玄言诗既然并不崇尚骈俪辞藻（玄言诗的风格，看现存孙绰的诗和当时兰亭集会时诸人的诗作即可明白），因此上面所举的著作以为陶诗语言特色与当时形式主义诗风对立之说，就无法成立了。

对于当时流行的玄言诗，陶诗是受到它的影响的。在这方面，朱自清先生的意见比较中肯。他在为《陶渊明批评》一书（萧望卿著）所作的序中说：

> 陶诗显然接受了玄言诗的影响。玄言诗虽然抄袭老庄，落了套头，但用的似乎正是"比较接近说话的语言"。因为只有"比较接近说话的语言"，才能比较的尽意而入玄；骈俪的词句是不能如此直截了当的。那时固然是骈俪时代，然而未尝不重"接近说话的语言"。《世说新语》那部名著便是这种语言的记录。这样看，渊明用这种语言来作诗，也就不是奇迹了。他之所以能够超过玄言诗，却在能摆脱那些老庄的套头，而将自己日常生活体验化入诗里。

所以我们只能说，陶渊明以来的一段长时期内，由于崇尚骈俪辞藻的诗歌盛行，陶诗没有受到当时人们的重视；却不能说陶诗的语言风格和当时诗风（玄言诗风）有意识地相对立。

最后要补充一点，即玄言诗中也有一部分讲对仗的，如孙绰的《兰亭》和《秋日》；但这只是部分现象，其他诸家的《兰亭》诗就大多不讲对仗。而且这种对句也很质朴，缺少文采，情况正跟陶诗中的一部分对偶句相像，跟重视藻饰的作品是大不相同的。

殷仲文、谢混生活于东晋末叶义熙年间，与陶渊明同时。殷仲文的《南州桓公九井作》诗、谢混的《游西池》诗，均见《文选》卷二十二，虽胜于玄言诗，但和陶诗的成就不能相比。丁福保《全晋诗》尚有殷仲文诗一首（残阙）、谢混诗两首，比《文选》所选者更差。平心而论，陶诗语言尽管受到玄言诗影响，但他用朴素而口语化的诗笔，"将自己日常生活体验化入诗里"，诗歌形象鲜明，耐人咀嚼，全然改变了玄言诗"理过其辞，淡乎寡味"的现象，在东晋末叶，他是冲破玄言诗传统取得突出成就的大诗人。殷仲文的诗，"玄气犹不尽除"；谢混诗歌，成就也不突出。但后来评论家钟嵘、沈约、萧子显、檀道鸾论及当时诗歌，都不提陶诗而推殷、谢（或只推谢混一人）。究其原因，一方面是由于南朝文人重视骈俪辞藻，陶诗语言质朴自然，"世叹其质直"（《诗品》），在南朝不为一般文人所重视，影响亦小。另一方面，殷仲文、谢混的诗，则比较讲究对仗辞藻，"义熙中，以谢益寿（混）、殷仲文为华绮之冠"（《诗品》），成为后来谢灵运的前驱，所以得到南朝许多文人的注意和肯定。轻陶诗，重殷、谢，显然反映了南朝文人在文学欣赏和评论上的偏见。

1961 年初稿，1979 年 6 月稍作修改

（原载《光明日报》1961 年 5 月 7 日

《文学遗产》副刊第 362 期）

# 钟嵘《诗品》陶诗源
# 出应璩解

钟嵘《诗品》将陶渊明置于中品诗人之列，自明、清以来有过许多非议，在现代学界更是引发过一场旷日持久的激烈争论。古直先生在《陶靖节诗笺》和《钟记室诗品笺》中，率先根据《太平御览》中引录的片段，断言"今传《诗品》列之中品乃后人错乱之本"，"陶公本在上品"，并迅即得到不少同行的赞誉和肯定。尽管有学者从版本源流、晋宋诗风等角度提出过质疑，但并未彻底消除疑窦。直至许文雨先生的《文论讲疏》，才着眼于《诗品》自身的撰著体例，强调"记室绝无源下流上之例"，钟嵘既然已经判定陶诗"源出于应璩"，而应璩位列中品，则陶渊明绝不可能躐等而跃居中品。稍后钱锺书先生的《谈艺录》又在此基础上统观全局，进一步归纳总结了钟嵘在推溯诗人源流时所遵循的基本规律，继而梳理了自魏文帝曹丕至应璩再至陶渊明这一系诗人的前后承传关系，同时再辅以版本校勘、时代风尚等相关佐证，才对古氏之说做了彻底的批驳。

尽管如此,钟嵘认为陶诗"源出于应璩",在后世同样聚讼纷纭。宋人叶梦得指出两者诗风"了不相类"(《石林诗话》卷下),近人陈衍甚至斥责《诗品》所言"何止梦呓"(《钟嵘诗品平议》卷中),而这显然直接关系到钟嵘评定的"陶诗品第"是否合理公允。王运熙先生虽然并没有直接介入这场论争,但本文通过细致缜密的个案研究,着重阐明钟嵘在考察诗人渊源关系时主要关注的是体貌风格,而并非题材内容,更不是用韵、隶事等枝节问题,并根据有限的材料辨析应、陶两位诗人在语言风貌上的类似之处,有助于廓清前人对钟嵘所述陶诗渊源的误解,加深对《诗品》体例义法的领会。

✤✤✤✤✤✤✤✤✤✤✤✤

钟嵘《诗品》谓陶渊明诗源出于曹魏应璩,后人或讥其立论不当,或为之解释,但论证不足,未能尽惬人意。本文拟就钟嵘《诗品》全书的品评义例对此问题进行探讨,以期获得比较圆满的解释。如有谬误不当之处,请同志们批评指正。

《诗品》列陶渊明于中品,其评语全文云:

> 宋征士陶潜,其源出于应璩,又协左思风力。文体省净,殆无长语。笃意真古,辞兴婉惬。每观其文,想其人德。世叹其质直。至如"欢言酌春酒""日暮天无

云”，风华清靡，岂直为田家语耶！古今隐逸诗人之宗也。

宋代叶梦得《石林诗话》不同意钟嵘陶诗源出应璩的意见，其说云：

> 魏晋间人诗，大抵专工一体，如侍宴、从军之类，故后来相与祖习者，亦但因其所长取之耳。谢灵运拟邺中七子与江淹杂拟是也。梁钟嵘作《诗品》，皆云某人诗出于某人，亦以此。然论陶渊明乃以为出于应璩，此语不知其所据。应璩诗不多见，惟《文选》载其《百一诗》一篇，所谓“下流不可处，君子慎厥初”者，与陶诗了不相类。五臣注引《文章录》云：“曹爽用事，多违法度。璩作此诗，以刺在位，意若百分有补于一者。”渊明正以脱略世故，超然物外为意，顾区区在位者，何足累其心哉！且此老何尝有意欲以诗自名，而追取一人而模仿之，此乃当时文士与世进取竞进而争长者所为。何期此老之浅，盖嵘之陋也。（《历代诗话》本卷下）

按《诗品》谓某人诗源出某人，立论虽未必尽当，自有其义例，叶氏仅从侍宴、从军等题材着眼分析应、陶两家之诗，遽谓《诗品》之论“不知所据”，未免轻下断语。再则，陶渊明诗虽多避世绝俗之语，但也有一部分篇章关心政治，眷念晋室，颇有愤激之语。此点过去早有不少人指出，叶氏概谓"渊明正以脱略世故，超然物外为意"，持论也失之片面。近人古直《钟记室诗品笺》说："璩诗以讥切时事、风规治道为长，陶诗亦多讽刺，故昭明序云：'语时事则指而可想。'源出于璩，殆指此耳。"其意见虽未必中肯，但指出陶诗内容"亦多讽刺"的一面，与应璩《百一诗》有相通之处，可以帮助证明叶氏议论的片面性。

明代许学夷对此问题也有分析，其言云：

　　钟嵘谓渊明诗其源出于应璩，又协左思风力，叶少蕴（即叶梦得）尝辩之矣。愚按太冲诗浑朴，与靖节略相类。又太冲常用鱼、虞二韵（原注：鱼、虞古为一韵），靖节亦常用之，其声气又相类。应璩《百一诗》，亦用此韵，中有云："前者隳官去，有人适我闾。田家无所有，酌酒焚枯鱼。"又《三叟诗》简朴无文，中具问答，亦与靖节口语相近。嵘盖得之于骊黄间耳。（《诗源辩体》卷六）

许氏于用鱼、虞韵上求陶诗与左思、应璩两家的渊源关系，未免有些支离破碎，但他又从风格浑朴、语言简朴无文上指出陶诗与左、应两家类似之处，则颇有见地。郭绍虞同志也说："《诗品》之论应璩，称其'善为古语'，论陶潜，称其'笃意真古'，则其所以系陶潜于应璩者或即在此。"（《中国文学批评史》上册，1934年版）这种看法是比较中肯的。

讨论这一问题，我以为首先要把《诗品》所谓某人源出某人的一系列议论的义例弄清楚。《诗品》所谓某人源出某人，指出前后诗人的渊源继承关系，主要是从诗歌的体制、风格立论，而不是就内容题材而言。《诗品》一开头评古诗云："其体源出于《国风》。"其后评张协云："其源出于王粲，文体华净，少病累，又巧构形似之言。"评谢灵运云："其源出于陈思，杂有景阳（张协）之体。故尚巧似，而逸荡过之。"评魏文帝云："其源出于李陵，颇有仲宣之体。"评张华云："其源出于王粲，其体华艳，兴托不奇。"可见《诗品》所谓某人源出某人，是指诗歌的体而言。他的所谓体，指作品的体貌，相当于今天所说的风格。如张协的"华净"，张华的"华艳"，都是其例。又如张协诗"巧构形似之言"，谢灵运诗也"尚巧似"，故称谢诗"杂有景阳之体"，这就明显地从体貌上指出其渊源继承关系了。南朝文论，常用"体"字来代表一个作家或一个文学流派的风格特征。如《文心雕龙》的《体性》篇，专门探讨作家的才情学力同作品体貌风格的关系。篇中把作品分为典雅、远奥、精约、显附等八体，并指出由于作家的才性不同，作品的体貌也不一，如"贾生俊发，故文洁而体清；长卿傲诞，故理侈而辞溢"等等，逐一指明了汉魏两晋十二个著名作家的风格特征。《宋书·谢灵运传论》《南齐书·文学传论》着重探讨文学流派，都从体貌立论。《宋书·谢灵运传论》认为自汉至魏四百馀年，文体经历三次变化："相如工为形似之言，二班长于情理之说，子建、仲宣以气质为体，并标能擅美，独映当时。"
《南齐书·文学传论》把当时文章分为三体，分别指出其
特色，并认为这三体是分别由谢灵运、鲍照等大家所开创。
由此可见，从作品的体貌来分析探讨作家和文学流派的特
征，是当时文学评论界的一种流行风气。钟嵘《诗品》正
是在这种风气中产生，着重从体貌来探讨许多诗人的创作
特征及其渊源继承关系的。

由上可知，《诗品》谓陶潜诗其源出于应璩，是说陶诗
的体貌源于应璩。陶诗的体貌或风格的特征是什么呢？是
"省净""真古""质直"。所谓"田家语"，指农村日常语
言，其特点是质朴无文。魏明帝曹叡《诏陈王植》云："吾
既薄才，至于赋诔特不闲。从儿陵上还，哀怀未散，作儿
诔，为田公家语耳。"（《太平御览》卷五九六引）此处的田
公家语，意同田家语。曹叡自谦"于赋诔特不闲"，"为田公
家语"，是说自己的作品语言质朴，文采不足（曹叡的诔文
今不传）。陶渊明的诗歌，南北朝时公认为文采不足。《诗
品》说"世叹其质直"，表示当时多数人认为陶诗"质直"。
《诗品》提出"欢言酌春酒"（《读山海经》）、"日暮天无
云"（《拟古》）两篇风华清靡，文辞绮丽，不能算是田家
语，说明陶诗大部分是田家语一类。北齐阳休之《陶集序
录》也说渊明作品"辞采未优"。可见说陶诗古朴质直，文
采不足，是当时人们的共同认识与评价。《诗品》评应璩云：
"祖袭魏文，善为古语。……至于'济济今日所'，华靡可讽
味焉。"古语指语言古朴，正与陶诗的"真古""质直"相

同。"华靡"即"风华清靡"。钟嵘认为应璩诗体貌古朴，只有个别篇章"华靡"，其风格特征正与陶诗相同，所以说陶诗源出应璩。又钟嵘谓应璩诗祖袭曹丕，《诗品》评魏文帝云："百许篇率皆鄙质如偶语。惟'西北有浮云'十馀首，殊美赡可玩，始见其工矣。"钟嵘说曹丕大部分诗歌的语言风格特征是鄙质，即通俗质朴，与应、陶两家同，所以说为应璩所祖袭。偶语是指俚俗的对话。按《史记·秦始皇本纪》："有敢偶语《诗》《书》者弃市。"《正义》："偶，对也。"偶语同田家语一样，其特点是通俗质朴。钟嵘说陶诗源出应璩，应诗祖袭魏文，三家的诗，其体貌特征都是质朴少文，从这个角度来说明三家诗的渊源关系，从《诗品》全书的义例来说，是完全讲得通的。

应璩的诗歌，现存不多。丁福保《全三国诗》录存七首：《百一诗》三首（内一首残缺），《杂诗》三首（内一首残缺），《三叟》一首。此外，《全三国诗》失收，见于张溥《汉魏六朝百三名家集·应休琏集》的尚有《百一诗》五篇（似均有残缺）及遗句若干。把应璩诗与陶诗对照参读，发现两家诗歌的风格的确相当接近。总的说来是古朴质直，但还可以进一步分析其具体特色。这里指出两点。

其一是语言通俗、口语化，有时还带一些诙谐的风趣。试比较应璩的《三叟》诗与陶潜的《责子》诗：

　　　古有行道人，陌上见三叟。年各百馀岁，相与锄禾莠。住车问三叟：何以得此寿？上叟前致辞，内中妪貌

丑。中叟前致辞，量腹节所受。下叟前致辞，夜卧不覆首。要哉三叟言，所以能长久。(《三叟》)

白发被两鬓，肌肤不复实。虽有五男儿，总不好纸笔。阿舒已二八，懒惰故无匹。阿宣行志学，而不爱文术。雍端年十三，不识六与七。通子垂九龄，但觅梨与栗。天运苟如此，且进杯中物。(《责子》)

对读之下，我们不能不惊讶两诗的风格何其相像！这种情况并不是个别的，如应璩《百一诗》"下流不可处"篇通过客主问答表明自己才学空虚，陶潜《饮酒诗》"清晨闻叩门"篇亦用客主问答体表明自己不愿出仕的意愿，虽然两诗的主旨不同，但风格却非常相像。这一特点，只要细读两家诗，便可明白。

其二是喜欢用通俗的语言说理发议论。如应璩的《杂诗》云：

细微可不慎，堤溃自蚁穴。腠理早从事，安复劳针石。哲人睹未形，愚夫暗明白。曲突不见宾，焦烂为上客。思愿献良规，江海倘不逆。狂言虽寡善，犹有如鸡跖。鸡跖食不已，齐王为肥泽。

这诗几乎是通篇发议论。这种现象在陶集中也不乏其例。《形影神》三首不必说了，他如《饮酒》二十首中的"积善云有报"、"道丧向千载"篇、《咏贫士》七首中的"安贫守贱者"篇,都可说属于这一类。还有则是全篇中部分语句发议论,如应璩《百一诗》开头云:"下流不可处,君子慎厥初。名高不宿著,易用受侵诬。"接下去是叙事。这种部分议论的现象在陶诗中随处可见,如《庚戌岁九月中于西田获早稻》云:"人生归有道,衣食固其端。孰是都不营,而以求自安。"类此之例尚多,不用再举了。应、陶两家诗爱发议论,但常和抒情、叙事结合在一起,辞句口语化而仍有色泽,所以读起来不使人感到枯燥乏味,是含有哲理的诗章,而不像玄言诗那样成为枯燥干瘪的说理韵文,毫无诗味。

今人陈延杰《诗品注》解释陶诗源出应璩,是由于两家诗多化用《论语》语句,其言有云:

沈德潜《古诗源》曰:"先生专用《论语》。……"刘熙载《艺概》曰:"渊明则大要出于《论语》。"按钟氏谓陶源于应璩,沈、刘二氏,则谓出于《论语》,其实一也。盖应璩亦学《论语》者,如《百一诗》:"下流不可处""是谓仁之居"二句,可证也。陶诗引《论语》者不一。若《五月旦作和戴主簿》"曲肱岂伤冲",用《论语》"子曰:饭蔬食,饮水,曲肱而枕之,乐亦在其中矣"。……《癸卯岁始春怀古田舍二首》"是以植杖翁,悠然不复返",用《论语》"植其杖而芸"。"先师有遗训,忧道不忧贫",用《论语》

"君子固穷"。《庚戌岁九月中于西田获早稻》"四体诚乃疲,庶无异患干",用《论语》"四体不勤"。《咏贫士》"朝与仁义生,夕死复何求",用《论语》"子曰:朝闻道,夕死可矣"。此皆以《论语》入诗而得其化境者。

这种看法,同上引许学夷说左思、应璩、陶潜诗均喜用鱼、虞二韵一样,不免支离破碎。实际除《论语》外,陶诗用《庄子》《列子》语句典实也很多。朱自清先生在《陶诗的深度》一文中指出:"从古笺定本(指古直《陶靖节诗笺定本》)引书切合的各条看,陶诗用事,《庄子》最多,共四十九次,《论语》第二,共三十七次,《列子》第三,共三十一次。"即从引用古书语句典实看,《论语》也不居首位,所以陈氏之说颇难成立。我以为陶诗喜用《论语》及《庄》《列》语句典实,在内容上固然是由于他接受儒、道两家思想影响,在形式上则与他喜欢在诗中说理发议论有关。陈氏所指出的喜用《论语》一事,可以作为次要的一个具体特点,概括在我上面所说的陶诗喜欢用通俗的语言说理、发议论这一项中去。

最后,想附带谈一下《诗品》谓陶诗"又协左思风力"的问题。风力即风骨,《诗品序》有"建安风力尽矣"句,建安风力即指建安风骨。关于风骨一词的涵义,现在研究者意见分歧,尚未统一。我以为根据《文心雕龙·风骨》"结言端直,则文骨成焉,意气骏爽,则文风清焉",

"练于骨者，析辞必精，深乎风者，述情必显"等话，风骨是指作品的一种优良风格，其特征是思想感情表现鲜明爽朗，语言刚健有力。六朝时代，许多作品堆砌辞藻，结果使思想感情表现得晦昧不明朗，语言柔靡不振，所以刘勰、钟嵘等提倡风力，企图矫正其病[1]。左思《咏史》等诗歌，写得爽朗刚健，富有风骨。《诗品》说左思的诗源出于刘桢，而刘桢诗则是"真骨凌霜，高风跨俗"，风骨突出；左思既源出于刘桢，当然也富有风骨。刘桢、左思的诗，质朴刚健，但比起曹植、陆机来，文采稍逊。《诗品》说刘桢诗"气过其文，雕润恨少"，说左思诗"野于陆机"（"野"字取《论语·雍也》"质胜文则野"之意），都是这个意思。陶潜的诗，质朴而不重词藻，风格确与左思接近。他的作品，思想感情表现得颇为鲜明爽朗，萧统《陶渊明集序》称赞它们"跌宕昭章，独超众类，抑扬爽朗，莫之与京"，指出了它们爽朗的特色。他的《拟古》"辞家夙严驾"、《咏荆轲》诸篇通过咏史抒发怀抱，笔力雄健，风格也与左思《咏史》诗相近，但这种诗在陶集中毕竟很少。总的说来，陶诗风格的主要特征是古朴质直，与应璩诗接近，也有与左思诗风相通之处，但左思诗歌雄迈有力的特征，仅在陶诗少数篇章中见之。从风骨说，陶诗风清（即鲜明爽朗）的特征比较突出，骨峻（即刚健有力）则稍逊。比较起来，陶诗风格与

---

〔1〕 参考拙作《〈文心雕龙〉风骨论诠释》，载《学术月刊》1963 年第 2 期。

应璩更为相近。《诗品》说陶诗"其源出于应璩，又协左思风力"，把应璩的影响放在第一位，左思的影响放在第二位，还是符合实际情况的。

1977 年 6 月作

（原载《文学评论》1980 年第 5 期）

# 范晔《后汉书》的序和论

在范晔撰著《后汉书》之前，已有刘珍等《东观汉记》、谢承《后汉书》、司马彪《续汉书》等多种同类性质的著作相继问世。尽管范著最终后来居上，可恰如《宋书》本传所言，其书"乃删众家后汉书为一家之作"，对前代史著多有依傍。在当时人看来这倒也不足诟病，因为古人纂修史书，就纪、传部分的史实叙述而言，大抵承袭前人。史家要发挥个人褒贬，展现撰作特色，主要通过依附于纪、传的序、论、赞、述等，这也成为衡量史才高下的主要依据。范晔在《狱中与诸甥侄书》里津津乐道自己笔下的序、论等"皆有精意深旨"，"笔势纵放，实天下之奇作"，又自诩"赞自是吾文之杰思，殆无一字空设"，对纪、传本身却不置一词，原因正在于此。萧统编《文选》时明确说明不选录史著，可其中的赞、论、序、述却因为符合"事出于沉思，义归乎翰藻"的标准，依然酌情予以采录，同样是注意到这些内容最能呈现史家的精思独运和斐然文采。《文选》"史论"类收录历代作品共九篇，范晔获选的作品最多；《隋书·经籍志》著录过范晔《后汉书赞论》四卷，当是从《后汉书》中析出单行于世。足见南朝人对史著序、论的重视，而范晔之作的地位及影响也不言而喻。

王运熙先生此文从思想、内容、体制和语言等多个角度，翔实考察了范晔所撰序、论的优长所在，对了解史书序、论一类文体的特色以及古人评议史著时的关注重点也很有启发。朱东润先生早年深入考察过范著的蓝本、特点等问题，推断范晔"对于东汉这一代，会不会有一种新的认识，使他觉得即使没有新的史料，也不妨重新写出一部作品呢？"（《后汉书考索·范晔作书的动机》）故对王先生能就此深入研讨尤为赞赏。

❀❀❀❀❀❀❀❀❀❀❀❀

范晔《后汉书》中的一部分纪传有序和论（序在传前，论在传后），表现作者对后汉历史人物和历史事件的评价；它们是我国古代史论中杰出的篇章，具有较高的文学价值，值得文学史研究工作者的重视。

对《后汉书》中的序和论，范晔自己估价甚高，在《狱中与诸甥侄书》中说："详观古今著述及评论，殆少可意者。……吾杂传论，皆有精意深旨，既有裁味，故约其词句。至于《循吏》以下及六夷诸序论，笔势纵放，实天下之奇作。其中合者，往往不减《过秦》篇。尝共比方班氏（指班固）所作，非但不愧之而已。"（见《宋书》卷六九《范晔传》）魏晋南北朝人把贾谊《过秦论》作为史论的模范，陆机《辨亡论》竭力摹拟《过秦》，左思《咏史》诗有"著论准《过秦》"之句；范晔自称其序论为天下奇作，合者"不减《过秦》篇"，其自负可见。《宋书·范晔传》在这封信后加按语道："晔自序并实，故存之。"可见沈约同意范晔的自我评价。《昭明文选》有"史论"一类，专门选录史书中的序、赞和论，共录九篇——班固《汉书》一篇、干宝《晋纪》二篇、范晔《后汉书》四篇、沈约《宋书》二篇；范晔之作为最多。《文选》对史传作品，一般不选，仅选其中少数序、赞和论。其理由是："若其赞论之综缉辞采，序述之错比文华，事出于沉思，义归乎翰藻，故与夫篇什，杂而集之。"（《文选序》）简单地说，就是由于它们有文采。由此可见，《后汉书》序论具有较高的文学价值，不是范晔一人的自诩，而是南朝文学批评家的公论。

一

《后汉书》的一部分序论，具有比较深广的内容，使人感到充实、有见地。范晔自己特别重视《循吏传》以至六夷诸序论，这些篇章的传名是：《循吏》、《酷吏》、《宦者》、《儒林》、《文苑》（序论已佚）、《独行》、《方术》、《逸民》、《列女》、《东夷》、《南蛮、西南夷》、《西羌》、《西域》、《南匈奴》、《乌桓、鲜卑》。自《循吏》至《列女》各传，都是合同类的人于一篇的类传，自《东夷》至《乌桓、鲜卑》各传，每篇涉及一个边疆方面的外族，这些列传的题材都比较广泛，不同于一人的专传和少数人的合传。范晔在论述时又往往目光四瞩，穷源竟委，详述东汉一代（有时甚至上溯至先秦西汉）某一方面史事的沿革得失，使这些序论带有某种专门的政治史、文化史、民族史等概论的性质，再加上作者往往颇为精当的见解，因此就具有相当深广的内容。除《循吏》至六夷诸序论外，其他各篇性质略同的尚有《皇后纪序》（论外戚）、《中兴二十八将论》（在《马武传》后）、《王充传论》（论学术思想）、《党锢》诸篇，写得都颇出色。清代王鸣盛《十七史商榷》说："（《后汉书》）《党锢传》首总叙，说两汉风俗之变，上下四百年间，了如指掌。下之风俗，成于上之好尚，此可为百世之龟镜。蔚宗言之切至如此，读之能激发人。"（卷三八"《党锢传》总叙"条）话说得很中肯。我们感到除《党锢传》外，《后汉书》中还有一部分序论，如《宦者》《儒林》《东夷》《西羌》《南匈奴》等篇，论述史事，都使人有"上下数百年间，了如指掌""其言切至"的感觉。《狱中与诸甥侄书》中说："欲遍作诸志，《前汉》所有者悉令备。……又欲因事就卷内发论，以正一代得失，意复未果。"这部分作品没有写成是很可惜的。

东汉一代，初期如光武帝的处理开国功臣，后期如外戚、宦官擅权和党锢之祸，都是一代大事。《后汉书》的《中兴二十八将论》《皇后纪序》《宦者传序论》《党锢传序》诸篇论述这些史事，显得特别精彩（其中前三篇均为《文选》采录)。不但内容条贯，上下数百年间事，使人了如指掌，而且往往发表了精辟的见解。如《中兴二十八将论》指出西汉初年刘邦屠杀功臣，是由于：“翼扶王运，皆武人屈起，亦有鬻缯屠狗轻猾之徒。或崇以连城之赏，或任以阿衡之地。故势疑则隙生，力侔则乱起。”光武帝纠正前汉之失，优待功臣而不假以权，“高秩厚礼，允答元功；峻文深宪，责成吏职。建武之世，侯者百馀；若夫数公者，则与参国议，分均休咎；其馀并优以宽科，完其封禄，莫不终以功名延庆于后”。见解相当中肯。《宦者传论》推究宦官所以获得君主信赖的因由道：

> 至于衅起宦夫，其略犹或可言。何者？刑馀之丑，理谢全生，声荣无晖于门阀，肌肤莫传于来体，推情未鉴其敝，即事易以取信，加渐染朝事，颇识典物，故少主凭谨旧之庸，女君资出内之命，顾访无猜惮之心，恩狎有可悦之色。亦有忠厚平端，怀术纠邪；或敏才给对，饰巧乱实；或借誉贞良，先时荐誉。非直苟恣凶德，止于暴横而已。然贞邪并行，情貌相越，故能回惑昏幼，迷瞀视听，盖亦有其理焉。

指出宦官身份、生理上的特点所形成的客观条件，容易取得统治者的信任，加上他们主观上的狡诈善变，就更容易迷瞀视听，分析可说很细致深刻。以后欧阳修《五代史·宦者传论》的论述，大约受到此篇的影响。《党锢传序》上半篇论述自先秦至两汉各个历史时期不同的政治形势造成了不同的社会风俗，其特色已如王鸣盛所指出。下半篇全面介绍朋党形成过程及两次党锢之祸的始末情况，以简练的笔墨把复杂的情况交代得清清楚楚，也见出作者驾驭文字的本领。

除掉上面类传、载记性质各传的序论外，《后汉书》中一部分个人列传的论，也写得颇为精彩，表现出作者的卓特见识。如《隗嚣传论》指出隗嚣虽然终于覆亡，但能抚养士众，得人死力，故能以一隅之地，支撑很久。最后加以评论道："夫功全则誉显，业谢则衅生；回成丧而为其议者，或未闻焉。若嚣命会符运，敌非天力，虽坐论西伯，岂多嗤乎！"能不囿于"成败论人"的成见。其他如《郑兴、贾逵传论》批评东汉君主迷信谶纬，《张衡传论》推崇张衡精于技艺，虽然文辞比较简朴，但都表现出作者的进步思想。

推崇儒学，表彰忠义节行，赞美志士仁人的杀身成仁，是《后汉书》诸序论思想内容的一个重要特色。范晔在《班固传论》中批评班固及其《汉书》道："彪（固父）、固讥迁（司马迁），以为是非颇谬于圣人，然其论议常排死节，否正直，而不叙杀身成仁之为美，则轻仁义、贱守节愈矣。"跟班彪、班固的论议相反，范晔特别强调忠义节行和杀身成仁之美，这表现于《后汉书》的传记中，也表现于它的序论中。在《李固传论》中，范晔比较全面地表现了他对于仁义和杀身成仁的看法：

夫称仁人者，其道弘矣。立言践行，岂徒徇名安己而已哉！将以定去就之概，正天下之风，使生以理全，死与义合也。夫专为义则伤生，专为生则骞义，专为物则害智，专为己则损仁。若义重于生，舍生可也；生重于义，全生可也。上以残暗失君道，下以笃固尽臣节。臣节尽而死之，则为杀身以成仁；去之不为求生以害仁也。顺、桓之间，国统三绝，太后称制，贼臣虎视。李固据位持重，以争大义，确乎而不可夺，岂不知守节之触祸，耻夫覆折之伤任也。观其发正辞，及所遗梁冀书，虽机失谋乖，犹恋恋而不能已，至矣哉，社稷之心乎！其顾视胡广、赵戒，犹粪土也！

范晔认为所以要重仁义、重名节，并不是为了邀取个人名位，而是为了尽臣节以报效国家，为了培养良好的社会风俗。这个前提弄对了，杀身成仁和全身远害都值得肯定。因此他对于李固的以身殉国作了高度赞美。在《陈蕃传论》中范晔评述陈蕃与宦官斗争，终于牺牲的情况道：

彼非不能洁情志、违埃雾也。愍夫世士以离俗为高，而人伦莫相恤也。以遁世为非义，故屡退而不去；以仁心为己任，虽道远而弥厉。及遭际会，协策窦武，自谓万世一遇也。憬憬乎伊、望之业矣！功虽不终，然其信义足以携持民心。汉世乱而不亡，百馀年间，数公之力也！

指出陈蕃等人不甘隐遁，终遭杀身之祸，也是为了国家社会，见解与《李固传论》相通。当然范晔对陈蕃等人的行为对后世的影响，也未免估计过高。在《儒林传论》中，范晔更为充畅地表达了上述的这种思想。他在正确地指出后汉儒学存在着门户之见和繁琐的缺点后接着说：

> 然所谈者仁义，所传者圣法也。故人识君臣父子之纲，家知违邪归正之路。自桓、灵之间，君道秕僻，朝纲日陵，国隙屡启，自中智以下，靡不审其崩离；而权强之臣，息其窥盗之谋，豪俊之夫，屈于鄙生之议者，人诵先王言也，下畏逆顺势也。……迹衰敝之所由致，而能多历年所者，斯岂非学之效乎？故先师垂典文，褒励学者之功，笃矣切矣。不循《春秋》，至乃比于杀逆，其将有意乎！

在范晔看来，东汉后期政治长久混乱而国不亡，一方面是由于长时期的儒家仁义名分的教化深入人心，形成一种强大的社会风气和舆论，使权臣不敢行篡夺之事；另一方面则是由于陈蕃、李膺等人维持仁义名教于上，身体力行，杀身而不悔，成为天下表率，也发生了强烈的影响。范晔的分析是符合于当时的历史事实的。

东汉最高统治者光武帝、明帝等有鉴于王莽篡位时当时士人随风而靡的史实，大力提倡儒学，提倡名节，借以改变社会风气，巩固汉王朝的统治。这种努力在东汉后期收到了很大的实效。范晔对此加以肯定和赞美，显然是被儒家"春秋大义"观念，束缚在效忠于一家一姓的正统思想的框框里。这是阶级局限的表现。但是，范晔所表彰的那些正人君子，确能公忠体国，主持正义，不畏强御，与外戚、宦官的恶势力作殊死斗争，终于以身殉国。他们的行为值得人们尊敬，范晔对他们给予热情洋溢的赞美，也是应该肯定的。这种赞美比起班固《汉书》的强调明哲保身而贬低杀身成仁之美的思想来要高明而进步得多。

范晔一方面表彰正人君子的坚持仁义节操，另一方面对那些为了个人名位、苟合取容的人，则加以批评讽刺。《胡广传》对胡广的贪恋高位、与恶势力妥协的卑鄙行为作了揭露，《胡广传论》和《李固传论》中都对他提出谴责。《马融传论》对马融的党附梁冀也加以尖锐讽刺，并且正确地指出了马融在政治上的堕落是由于贪恋舒适的物质生活。

范晔的重视和表彰节行，还明显地表现于《独行》《逸民》两传及其序中。《独行传序》指出那些独行者不得中庸之道，是所谓狂狷之士。他们"或志刚金石，而剋扞于强御；或意严冬霜，而甘心于小谅。亦有结朋协好，幽明共心；蹈义陵险，死生等节。虽事非通圆，良其风轨有足怀者"。在范晔看来，他们的行为所以值得表彰而特为立传，是因为可以激励人心，培养良好的风气。《逸民传序》指出那些逸民们"虽硁硁有类沽名者，然而蝉蜕嚣埃之中，自致寰区之外，异夫饰智巧以逐浮利者乎！荀卿有言曰：志意修则骄富贵，道义重则轻王公也"。范晔在政治上一般地是主张用世的，他甚至赞美王允、荀爽出仕于董卓手下，因为两人还是忠于汉朝（具见王、荀两人本传）。但他也赞美任性而行、甘贫贱而轻富贵的逸民，因为他们的行为真实不虚伪，有助于培养良好的社会风气。范晔在《丁鸿传论》中说："君子立言，非苟显其理，将以启天下之方悟者；立行，非独善其身，将以训天下之方动者。言行之所开塞，可无慎哉！"这种见解和《李固传论》的"将以定去就之概，正天下之风"的议论完全相同。这就是范晔提倡仁义和节行的根源，也是他品评人物的标准。正因此，他坚决反对沽名钓誉的自私行为，《丁鸿传论》说："故泰伯称至德，伯夷称贤人。后世闻其让而慕其风，徇其名而昧其致，所以激诡行生而取与妄矣。至夫邓彪、刘恺，让其弟以取义，使弟受非服而己厚其名，于义不亦薄乎！"范晔提倡仁义名节和杀身成仁之美，要求"正天下之风"，体现着儒家的积极进取和有所不为的进步思想，在封建社会中具有扶持正直勇敢、反抗黑暗强暴的进步作用。

范晔《后汉书》特别提倡儒学教化和仁义节行，是有其历史背景和家庭学术渊源的。曹魏时代，曹操尚刑名，曹丕尚通达，都不重儒学和仁义节行，于是东汉以来的士风为之一变。正始以后，老庄玄学盛行，知识分子专务清谈放诞，鄙薄仁义节行，风气更是大变（参考顾炎武《日知录》卷十三"两汉风俗"条）。其风弥漫西晋一代，促成政治社会的大混乱，国势衰弱不振，外侮频仍。干宝《晋纪总论》曾经慨乎其言道："风俗淫僻，耻尚失所。学者以庄、老为宗而黜六经，谈者以虚薄为辩而贱名检，行身者以放浊为通而狭节信，进仕者以苟得为贵而鄙居正，当官者以望空为高而笑勤恪。"迄于东晋，其流风依然相当强大。这是一方面。另一方面，范晔的祖父范宁、父亲范泰都是重视儒学的人物。范宁是东晋有名的经学家，著有《春秋穀梁传集解》。《晋书·范宁传》说："时以浮虚相扇，儒雅日替。宁以为其源始于王弼、何晏，二人之罪，深于桀、纣。乃著论曰……宁崇儒抑俗，率皆如此。（桓）温薨之后，始解褐为馀杭令。在县兴学校，养生徒，洁己修礼。志行之士，莫不宗之。期年之后，风化大行。自中兴以来，崇学敦教，未有如宁者也。"晔父范泰，亦重儒学。宋武帝（刘裕）时，"议建国学，以泰领国子祭酒"。泰在武帝、少帝、文帝三朝，屡次上疏议论政治，直言极谏，不惧得罪，表现出大臣风概（见《宋书·范泰传》）。范晔对他的祖父、父亲是很尊重的，《后汉书》中《黄宪传论》曾引范宁之说，《高凤传论》曾引范泰之说。我们可以这样说：范晔受到祖、父一贯重视儒学的影响，有鉴于曹魏以来老庄流行、士风堕落之弊，特意在《后汉书》提倡仁义节行，表彰杀身成仁之美，企图有助于社会风俗的改变。

如上所述，范晔《后汉书》的序论具有相当充实的内容，表现了作者的精辟见解和进步思想。另一方面，无可否认，在《后汉书》序论中也存在着若干思想局限和糟粕。上面提到的一家一姓的正统观念是一种。此外，范晔的定命论思想也比较显著。如《窦武、何进传论》把窦、何两人谋诛宦官的失败归之于天命，就是明证。但这些思想局限，大抵是古代史家所普遍存在的，不是范晔一人的突出问题。

## 二

《后汉书》的大部分序论，不仅是内容充实、见识颇高的历史著作，而且是优美的文学散文。范晔《狱中与诸甥侄书》说："常谓情志所托，故当以意为主，以文传意。以意为主，则其旨必见；以文传意，则其词不流。然后抽其芬芳，振其金石耳。"他要求文章内容（意）、形式（文）并重，而以内容为主，形式为表达内容（传意）服务。这种见解是很正确的。《后汉书》的序论就是内容和形式、思想性和艺术性结合较好的散文，优美的艺术形式有效地表现了它的充实精当的思想内容。

《后汉书》序论常常采用夹叙夹议的写法，叙述史事简练而又生动，于叙述中表现出作者对于人物事件的评价和鲜明倾向。序论是整个传记中的一部分，作为开头和结尾，它不需琐琐复述史实，因此或综括大端，或撮举要事，着墨不多，往往能抓住人物事件的重要关节，作为论断的有力根据，真是言简而意赅。《皇后纪论》《党锢传序》《宦者传序》诸篇，篇幅较长，描写更为精彩。它们一方面概述上下数百年间事，头绪分明，使人一目了然，显示出高度的综合能力；另一方面又有相当细致生动的描绘，使人感到形象鲜明。如《皇后纪序》：

东京皇统屡绝，权归女主，外立者四帝，临朝者六后，莫不定策帷帟，委事父兄，贪孩童以久其政，抑明贤以专其威。任重道悠，利深祸速。身犯雾露于云台之上，家婴缧绁于圄犴之下。湮灭连踵，倾轪继路。而赴蹈不息，燋烂为期，终于陵夷大运，沦亡神宝。

描写东汉许多外戚专擅权位、自取灾祸、不以前车为鉴戒的贪愚情态，曲曲如绘；而作者讥讽之意，亦隐然见于言外。又如《宦者传序》：

其后孙程定立顺之功，曹腾参建桓之策，续以五侯合谋，梁冀受钺，迹因公正，恩固主心，故中外服从，上下屏气。或称伊、霍之勋，无谢于往载；或谓良、平之画，复兴于当今。虽时有忠公，而竟见排斥。举动回山海，呼吸变霜露。阿旨曲求，则光宠三族；直情忤意，则参夷五宗。汉之纲纪大乱矣。若夫高冠长剑，纡朱怀金者，布满宫闱；苴茅分虎，南面臣人者，盖以十数。府署第馆，棋列于都鄙；子弟支附，过半于州国。南金、和宝、冰纨、雾縠之积，盈仞珍藏；嫱媛、侍儿、歌童、舞女之玩，充备绮室。狗马饰雕文，土木被缇绣。皆剥割萌黎，竞恣奢欲，构害明贤，专树党类。其有更相援引，希附权强者，皆腐身熏子，以自衒达。同敝相济，故其徒有繁，败国蠹政之事，不可单书。

这段文章对东汉后期宦官掌握中央大权、气焰嚣张、不可一世的情况，描摹得可谓淋漓尽致，色彩缤纷。作者憎恨他们植党营私、残害忠良、剥削人民的态度，在叙述中也表现得非常鲜明。我们不能不认为这是思想性、艺术性都相当高的散文。

《后汉书》序论在对人物事件进行评述褒贬时，往往情意深长曲折，抑扬反复，跌宕多姿。作者感情充沛，长于咏叹，使篇章带有浓厚的抒情味。如入选于《文选》的《逸民传论》，先述逸民任性而行，表现各异；其次赞美他们骄富贵、轻王公；最后概述西汉末年到东汉各时期逸民的主要表现。全文篇幅并不长，但徘徊曲折，变化多端，咏叹生情。又如《孔融传论》：

> 昔谏大夫郑昌有言："山有猛兽者，藜藿为之不采。"是以孔父正色，不容弑虐之谋；平仲立朝，有纾盗齐之望。若夫文举之高志直情，其足以动义概而忤雄心。故使移鼎之迹，事隔于人存；代终之规，启机于身后也。夫严气正性，覆折而已。岂有员园委屈，可以每其生哉！懔懔焉，皓皓焉，其与琨玉秋霜比质可也！

这篇传论确也是气势充溢，长于咏叹，跌宕多姿。但也应该指出，这里却也表露了作者有维护汉皇朝的正统观点。《后汉书》的人物短论中，文情并茂的佳构是可以发现不少的，如《窦宪传论》《臧洪传论》《马融传论》以及上面举过的《李固传论》《陈蕃传论》等都是。再看《蔡邕传论》：

意气之感，士所不能忘也；流极之运，有生所共深悲也。当伯喈抱钳扭，徙幽裔，仰日月而不见照烛，临风尘而不得经过，其意岂及语平日幸全人哉！及解刑衣，窜欧越，潜舟江壑，不知其远；捷步深林，尚苦不密；但愿北首旧丘，归骸先垄，又可得乎！董卓一旦入朝，辟书先下，分明枉结，信宿三迁。匡导既申，狂僭屡革。资《同人》之先号，得北叟之后福。属其庆者，夫岂无怀？

这里对于蔡邕一生主要遭遇的叙述，可说完全出之于抒情的笔调，叙事和抒情紧密地结合在一起。作者对于这位文学前辈的同情，洋溢在字里行间。《南史》卷三三《范晔传》说："（晔）左迁宣城太守，不得志，乃删众家后汉书为一家之作。至于屈伸荣辱之际，未尝不致意焉。"大约指的就是这类篇章吧[1]。再看《耿恭传论》：

余初读《苏武传》，感其茹毛穷海，不为大汉羞。后览耿恭疏勒之事，喟然不觉涕之无从。嗟哉，义重于

---

[1] 以下例也可以说是致意于"屈伸荣辱之际"的。《窦宪传论》："东方朔称用之则为虎，不用则为鼠，信矣。以此言之，士有怀瑰琰以就煨尘者，亦何可支哉！"《桓谭、冯衍传论》："夫贵者负势而骄人，才士负能而遗行，其大略然也，二子不其然乎！……光武虽得之于鲍永，犹失之于冯衍。夫然，义直所以见屈于既往，守节故亦弥阻于来情。呜呼！"这些话看上去似乎有借古人之事来发泄自己胸中不平之意。抄在这里以供参考。

生，以至是乎！昔曹子抗质于柯盟，相如申威于河表，盖以决一旦之负，异乎百死之地也。以为二汉当疏高爵，宥十世。而苏君恩不及嗣，恭亦终填牢户。追诵龙蛇之章，以为叹息。

这里不但对于历史人物的同情表现得非常鲜明强烈，而且连作者本人的身影都直接呈现出来了。它的风格跟《史记》的一部分论赞非常接近，它使人很容易想到《史记》中《孔子世家》《魏公子列传》《屈原贾生列传》等篇章的论赞。总之，强烈的抒情色彩，是《后汉书》序论具有较高的文学性的一个重要因素。

《后汉书》序论的语言特色是骈散相兼，文气疏朗，音节和谐，铿锵可诵。《后汉书》序论基本上使用骈文体，不论叙事议论，大量驱遣俪词偶句，富有文采。萧统对《后汉书》很重视，《文选》"史论"选其篇章独多，其故即在这里。《后汉书》的骈文特色是华美而雅洁，不刻意雕琢字句，不浮侈，不板滞，有工致之美而不伤自然。加上通篇常常奇偶相生，散文句错落其间，帮助咏叹，增加了文章疏宕之美。南朝的一部分骈文，由于过分追求辞藻的绮艳，陷于浮靡；或者属对过严，拘束弥甚，使文不流畅，"密则伤气"。这种弊病从齐梁时代开始比较显著。范晔的骈文没有这种弊病。孙德谦《六朝丽指》说得很中肯："余最爱读其（指范晔）序论，尝欲钞撮一编，以作轨范。盖蔚宗之文，叙事则简净，造句则研炼，而其行气则曲折以达，疏荡有致，未尝不证故实，肆意义，篇体散逸，足为骈文大家。"魏晋和刘宋时代骈文之佳者往往具有文辞雅洁、文气疏朗的优点，范晔的散文也具有这种特色。鲁迅先生的杂文和文言作品，也往往具有这种骈文之美，这是他接受魏晋文章影响的表现。

《后汉书》序论的另一点语言特色是音节和谐可诵。范晔很自负能懂得语言的音节。《狱中与诸甥侄书》说："性别宫商，识清浊，斯自然也。观古今文人，多不全了此处；纵有会此者，不必从根本中来。言之皆有实证，非为空谈。"魏晋以来，文学创作的音节更为获得作家们的重视，陆机《文赋》曾说："暨音声之迭代，若五色之相宣。"范晔的这段文章比起《文赋》来显示出更为自觉地重视音节，可以说是沈约声律论的前驱。我们读《后汉书》序论，感到那时由于四声说尚未形成，范晔对字的四声平仄的运用，还没有区别得很严格，但许多篇章都注意到字音的抑扬轻重，配搭得很好，因此念起来感到和谐流美，富于音韵之美。上面举过的《皇后纪论》《宦者传论》《蔡邕传论》《孔融传论》等都有这种特色。刘师培曾经说："范蔚宗文甚疏朗，且解音律。其自序云：'性别宫商，识清浊。'沈约诸人，多祖述其说。故其文之音节尤可研究。例如《后汉书·六夷传序》《党锢传序》《逸民传序》《宦者传序》诸篇，几无一句音节不谐。"[1] 刘氏的赞美不是没有道理的。

---

〔1〕 见罗常培编《汉魏六朝专家文研究》第六节，该书解放前由独立出版社出版。

我国古代史论，比较重要而又在范晔以前的有贾谊、司马迁、班固三家。贾谊的《过秦论》以纵横家游说之辞和辞赋的描写方法来进行论述，文章气势雄浑，文采绚烂。以后规摹《过秦论》的名作有陆机的《辨亡论》、干宝的《晋纪总论》，文字更趋骈化。司马迁《史记》的序赞，长于抑扬咏叹，文势曲折反复，文笔跌宕多姿，作者的感情色彩特别鲜明强烈，富于抒情诗的风神。班固《汉书》的序赞一部分沿袭《史记》，一部分出自创作。其优点是叙事简练核实而有条贯，文字干净。但语言一般都很朴素，文采不足；且不长于咏叹，缺少情韵（从写得较好而为《文选》采录的《公孙弘等传赞》来看，就可以获得证明）。因此文学价值不及贾谊、司马迁两家。《后汉书》序论一般篇章比较短小，字句比较简练，文气不及贾谊雄浑，但多俪词偶句，文采绚烂，撷有《过秦》《辨亡》诸论之长。其抑扬咏叹、跌宕多姿，则最能发挥史迁的特色。而在叙事简括、文字雅净方面也接受了班固的影响。可以说：范晔的序论是多方面承受了前此诸家史论之长，加以熔铸变化，创造了新的风格和特色[1]。假如说，《后汉书》的人物传记比起《史记》《汉书》来并没有什么新发展的话，那末它的序论可说是具有了比较显著的创造性和独特风格，它们在中国散文史上应当占有一定的地位。过去的选本，萧统《文选》非常重视《后汉

---

[1] 此外还受到华峤《后汉书》、袁宏《后汉纪》中评论的影响，但二家之作都不及范晔精美。参考戴蕃豫《范晔与其〈后汉书〉》一书中《与诸书之比较》章。该书解放前由商务印书馆出版。

书》的序论，而不选《史记》的序赞，那是骈文家的偏见；而姚鼐《古文辞类纂》选录《史记》的不少序赞，不取《后汉书》，那又是古文家的偏见。这两种偏见我们现在都应该打破。

范晔史论对后代发生的深远影响也不容我们忽视。史书中受他影响最深的当推沈约的《宋书》。看《文选》中所选《宋书》的《谢灵运传论》《恩幸传论》两篇，可以了解它的渊源所自。刘师培说："《宋书》为《三国志》以下最古之史，叙事论断，并有可观。其纪传叙论亦能夹叙夹议，各有警策。蔚宗而后，此实称最。"[1] 这评价还是有见地的。清代骈文名家汪中，受范晔影响特别深。近代骈文家李详评汪中之文说："容甫之文，出范蔚宗《后汉书》。……节宣于单复奇偶间，音节遒亮，意味深长。"[2]

我们现在写作历史论文和人物评述等文章时，当然不需要摹仿《后汉书》的序论，但它们的叙述简练生动、倾向性鲜明、感情洋溢、音节和谐等等优点，仍然对我们富有启发意义，可以作为今天写作上的一种借鉴。

1962 年 7 月

（原载《文学遗产增刊》第 10 辑，

作家出版社 1962 年出版）

———————————

〔1〕 见《汉魏六朝专家文研究》第二节。
〔2〕 见钱基博《中国现代文学史》上编《李详》篇引。

# 孔稚圭的《北山移文》

前人评议孔稚圭《北山移文》的创作旨趣，往往认定其中寓有批评贬抑的意味。清人林云铭称，"中间写出周子趋名嗜利一段热肠，可贱可耻，能令天下处士借终南为捷径者无所施其面目"（《古文析义》卷十），说得极为具体明晰。尽管偶有学者提出过不同意见，如明末张溥揣测作者所述不过是"调笑之言"（《汉魏六朝百三家集·孔詹事集题词》），但终因语焉不详而应者寥寥。

朱东润先生在上世纪六十年代初受命主编《中国历代文学作品选》，《北山移文》一篇由顾易生、徐鹏两位先生负责注释，在解题中承袭主流意见，指出"本文讽刺隐士贪图官禄的虚伪情态。全篇假设山灵口吻，斥责周颙，用拟人法写山中景物的蒙耻发愤心情"。然而在文末却另有按语强调，"本文是一篇游戏文章，其中所言周颙隐而复出之事，恐未必都有事实根据"，前后自相矛盾，读罢稍觉突兀。王运熙先生当年也参与编注此书，并协助朱先生审读过书稿，这段按语应该是他在审稿时另行添加的，只是点到即止，未便充分论述。在这篇论文中则畅所欲言，指出旧说多有扞格难通之处，并通过抽丝剥茧般的逐层剖析，最终推断此文只是谑而不虐的游戏笔墨。

北山位于南朝京城建康附近，由于地理位置特殊，且山上遍布各类寺院、道观和学馆，所以时有帝王贵族过访。在此居住自然近水楼台先得月，可以借机从容游走于山林和庙堂之间。《宋书·隐逸传·雷次宗》就记载宋文帝替名士雷次宗"筑室于钟山西岩下，谓之招隐馆，使为皇太子、诸王讲《丧服》经"。《南齐书》本传称周颙居官时"于钟山西立隐舍，休沐日则归之"，正是这种特殊生活方式的如实反映。本文考述的结论，也有助于理解此类隐逸风尚的特殊性质。

✧✧✧✧✧✧✧✧✧✧✧✧

孔稚圭的《北山移文》是我国古代骈文中的一篇名作，著名的选本《昭明文选》《六朝文絜》都加以选录。《古文观止》于六朝文选录极少，于东晋只取王羲之、陶渊明两家，于宋、齐、梁、陈四代只取《北山移文》一篇，可见对它的重视。解放后我国一些古典文学史研究专著，对骈文很少齿及，但于此文特垂青睐。高等教育出版社出版的《中国文学史教学大纲》说这篇文章"对于当代的假名士伪君子，作了尖锐的讽刺与抨击，揭露了他们的丑恶面貌"。北京大学1955级同学所编《中国文学史》（修订版）说："作品有力地斥责了周颙'身在江海之上，心系魏阙之下'的思想行为，而且有很高的艺术性。全篇行文，都很合山灵口吻，处处把自然景物人格化，使讽刺尖锐有力，而且生动活泼，趣味横生。"

最近重读《北山移文》，发现过去人们对这篇文章的内容和作者创作意图的解释，有可以令人怀疑之处。

《文选六臣注》吕向解释此文写作背景说："钟山在都（指建康，今南京）北。其先周彦伦（周颙的字）隐于此山，后应诏出为海盐县令，欲却过此山。孔生乃假山灵之意移之，使不许得至。"这样说，好像周颙原来隐居钟山，后来方始应诏出仕，故孔稚圭作移文讽刺。吕向之说，为后来许多人们所采用，但考之事实，其说却并无根据。《南齐书》卷四一《周颙传》历载颙前后仕履非常详尽，他在宋明帝元徽初年曾为剡令，齐高帝建元初为长沙王参军、后军参军、山阴县令，却不云曾为海盐县令。《文选》李善注于《移文》"张英风于海甸，驰妙誉于浙右"句下的注释，即以山阴当"浙右"，可见为海盐县令一说之不确。这还是小事。《南齐书·周颙传》记载周颙为官时，"于钟山西立隐舍，休沐日则归之"。这里问题就大了。首先是周颙在钟山立隐舍，是在他的生活后期，已在浙右为官之后。其次是他的立隐舍，并不是不做官，只是"休沐日则归之"——在假日休憩而已（《南齐书》关于周颙的记载，《南史》卷三四《周颙传》完全相同）。所以清代张云璈的《选学胶言》，就根据《南齐书》否定了吕向的说法，认为周颙"未尝有隐而复出之事"。这样看来，说《北山移文》是讽刺欺世盗名的假隐士出山，不是落空了吗？这是可疑者一。

《北山移文》描写周颙出仕后的情况道：

> 至其纽金章，绾墨绶，跨属城之雄，冠百里之首。张英风于海甸，驰妙誉于浙右。……常绸缪于结课，每纷纶于折狱，笼张、赵于往图，架卓、鲁于前录，希踪三辅豪，驰声九州牧。

本文宗旨既然在讽刺周颙出仕，为什么对周颙的政治生活又用一种赞赏的语句去描写，称之为"张英风""驰妙誉"，而且治绩架于汉代的张敞、赵广汉、卓茂、鲁恭等这些良吏之上呢？这是可疑者二。

《南齐书》卷五四《杜京产传》有这样一段有关孔稚圭的记载：

> 永明十年，稚圭及光禄大夫陆澄、祠部尚书虞悰、太子右率沈约、司徒右长史张融表荐京产曰："窃见吴郡杜京产，洁静为心，谦虚成性。……泰始之朝，挂冠辞世，遁舍家业，隐于太平。葺宇穷岩，采芝幽涧。耦耕自足，薪歌有馀，确尔不群，淡然寡欲。麻衣藿食，二十馀载，虽古之志士，何以加之！谓宜释巾幽谷，结组登朝，则岩谷含欢，薜萝起忭矣。"不报。

这篇荐表是孔稚圭带头写的，故严可均《全齐文》即系在稚圭名下。很奇怪，这篇文章一方面赞美杜京产隐遁山林，安于贫素，一方面又要他出山而仕，最后"岩谷含欢，薜萝起忭"两句，意思恰恰和《北山移文》中"林惭无尽，硐愧不歇，秋桂遣风，春萝罢月"诸句截然相反，使人疑心不可能出于一人之手。既然孔稚圭要杜京产出山而仕，为什么对周颙的这类行动要大加讽刺呢？这是可疑者三。

以上这些疑问应该如何解释呢？细读《南齐书》中的《周颙传》和《孔稚圭传》，我觉得以下几点情况值得注意：

第一，是周颙和孔稚圭两人的生活道路和情况很接近。六朝时代知识分子有一种风气，就是一边做官，一边度隐逸生活，周颙和孔稚圭都属于这一类人物。史载周颙自青年时解褐为官起，直至死亡，一生一直在做官。但又喜过隐士生活，除在钟山"立隐舍"外，《南齐书》又载他"清贫寡欲，终日长蔬食，虽有妻子，独处山舍。卫将军王俭谓颙曰：'卿山中何所食？'颙曰：'赤米白盐，绿葵紫蓼。'文惠太子问颙：'菜食何味最胜？'颙曰：'春初早韭，秋末晚菘。'"至于孔稚圭，《南齐书》卷四八本传也记载他从青年时解褐为官起，直至病死，也是一生不间断地做官，但又爱隐逸生活，"不乐世务，居宅盛营山水，凭几独酌，傍无杂事。门庭之内，草莱不剪，中有蛙鸣。或问之曰：'欲为陈蕃乎？'稚圭笑曰：'我以此当两部鼓吹，何必期效仲举。'"（《南史》卷四九《孔稚圭传》略同）对隐士杜京产，周、孔两人都很欣赏，《南齐书·杜京产传》说"孔稚圭、周颙、谢瀹并致书以通殷勤"。

第二，周、孔两人的知交朋友相同。《南齐书·孔稚圭传》说"稚圭风韵清疏，好文咏，饮酒七八斗。与外兄张融情趣相得。又与琅邪王思远、庐江何点、点弟胤，并款交"。《南齐书·周颙传》记载颙"兼善《老》《易》，与张融相遇，辄以玄言相滞，弥日不解"。又曾写信给何点（《南史》及《广弘明集》作何胤），劝他吃素。何胤曾向颙要他收藏的卫恒散隶书法，他没有答应。可见两人与张融（当时著名的风流旷达文士）、何点、何胤兄弟（当时著名隐士）都颇友好。

第三，周、孔两人在生活上都富有风趣，擅长言辞。上引孔稚圭的"两部鼓吹"的故事是很著名的。至于周颙，史载他"辞韵如流，听者忘倦"。何胤向他求卫恒散隶书法时，打算以倒薤书交换，"颙笑而答曰：'天下有道，丘不与易也。'"他与何胤俱精信佛法，文惠太子问他们两人造诣谁胜，"颙曰：'三涂八难，共所未免，然各有其累。'太子曰：'所累伊何？'对曰：'周妻何肉（是说自己娶妻，何胤吃荤）。'"

《南齐书》没有直接记载周、孔两人是知交，但从以上第一、二两点，我们认为周、孔两人既然生活情况如此相似，知交朋友又相同，两人在朝廷时必定有较好的友谊，至少不至反唇相讥。再结合第三点，我们推测《北山移文》只是文人故弄笔墨、发挥风趣、对朋友开开玩笑、谑而不虐的文章。这样理解作者的创作意图，前面的三点疑问也就可以解释了。第一点，既然是开开玩笑，文章内容与周颙出处细节是否贴合，就可不必顾及；第二点，既然是谑而不虐，褒贬兼具自也无妨；至于第三点的矛盾，就更不成问题了。

假如以上的考证可以成立的话，我认为：这篇文章内容固然对南朝士大夫知识分子表面崇尚隐居，实际企羡爵禄的生活状态和精神面貌有所反映，但对它的思想性不宜作过高的、不切实际的评价。

毫无疑问，《北山移文》在南朝骈文中是一篇艺术成就很高的作品。全篇写人写景，形象鲜明，生动突出；语言优美，富有诗意。

全文可分三段，善于通过对比法和拟人法刻画人物和景象。第一段从开头到"何其谬哉"，以抒情笔调发议论，把隐士分为三类，以前两类真隐士和第三类假隐士作对比，反衬出假隐士的可鄙可怜。本段中没有直接提出周颙，但已渲染出一种谴责、慨叹的气氛，为下文作张本。第二段从"呜呼！尚生不存"到"驰东皋之素谒"，详细描写周颙"变节"过程，是全文重点。上半段写周颙在山中时情状，其始至时是"风情张日，霜气横秋"，气概极高；等到朝廷征聘诏书来，就"焚芰制而裂荷衣，抗尘容而走俗状"，与过去判若两人。通过前后对比的夸张描写，深刻地揭露了假隐士的虚伪面貌。下半段写周颙出山后情状：一方面是周颙做地方官，政务繁忙，声名煊赫；另一方面是山中景象，幽寂荒凉，无人赏玩，且受附近诸山嘲弄。一方面是得意热闹；另一方面是失意落寞。生动的对比，有力地写出了周颙的负心和北山的蒙耻。本文全篇假山灵口气行文，是拟人法；本段更把山中许多具体景物人格化，如"风云凄其带愤"诸句，"使我高霞孤映"诸句，"故其林惭无尽"诸句，把它们凄怆落寞、蒙耻深重的精神状态刻画得非常细致深入，大大地增强了这篇文章的抒情气氛和感染力量。第三段从"今又促装下邑"到结尾，在第二段周颙负心、北山蒙耻的基础上提出勒移本旨。篇幅虽短，但语气坚决有力。仍用拟人法，表现了山林的果毅行为。最后以"请回俗士驾，为君谢逋客"两句作结，令人有笔力千钧之感。

这篇文章属对精工，文辞华美，声调和谐，它的语言形式的完整，达到了南朝骈文的高峰。孙月峰评它说："六朝虽尚雕刻，然属对尚未尽工，下字尚未尽险，至此篇则无不入髓，句必净，字必巧，真可谓精绝之甚。此唐文所祖。"（于光华《文选集评》引）许梿《六朝文絜》也说："此六朝中极雕绘之作，炼格炼词，语语精辟。……当与徐孝穆《玉台新咏序》并为唐人轨范。"都指出了这种特色。作者孔稚圭生于南齐永明时代，当时声律论已经形成（周颙就是声律论的提倡者），骈文语言的对仗、辞藻、用典、声律诸要素，在这时已经完全具备。语言形式如此完整、为唐代骈文开路的《北山移文》在这个时候出现，不是偶然的事情。骈文形式过于完整，容易产生雕琢、呆板的缺点。本篇却没有这个毛病，用词造句，非常精致，但又注意清新自然，不堆砌辞藻，给人以生动灵活的感觉。全篇除四言句、六言句外，错综运用着三言、五言、七言等各种句法。除对偶语句外，穿插了若干单行的关连语句，如"吾方知之矣""固亦有焉"等等。在句与句中间，成功地运用了一些虚词来联系，孙月峰评为"精神唤应，全在虚字旋转上"，许梿评为"其妙处尤在数虚字旋转得法"。以上几方面都使这篇文章增加了灵活性，避免了骈文特别是四六文常见的呆板缺点。

本文全篇用韵，采用辞赋体裁。我国古代游戏文章常采用韵文体，有它的传统，看《文心雕龙·谐讔》篇和《骈体文钞》中的"杂文"一类，便可明白。文中使用五、七言诗歌句法，更增加诗的味道。文中深慨隐士出山，用拟人法写山中景物神态，抒情气氛已极浓厚，加上形式上的诗歌因素，使它整个成为一篇美妙的抒情诗。相传宋代王安石特别欣赏"使我高霞孤映，明月独举，青松落荫，白云谁侣"四句，它的形象鲜明，语言优美，富有诗意，令人想起丘迟《与陈伯之书》的名句："暮春三月，江南草长，杂花生树，群莺乱飞。"

《南齐书·孔稚圭传》说："太祖（齐高帝）为骠骑，以稚圭有文翰，取为记室参军，与江淹对掌辞笔。"可见其文才为当时统治者所如何重视。《北山移文》和江淹的《恨赋》《别赋》，都可以说是骈体文的杰作，代表了当时骈文艺术的最高成就。

（原载《文汇报》1961 年 7 月 29 日）

# 《文心雕龙》的宗旨、
# 结构和基本思想

导 读

　　王运熙先生在上世纪六十年代初参与刘大杰先生主编三卷本《中国文学批评史》的撰稿工作，从此开始系统研究《文心雕龙》。刘先生虽以文学史研究知名，但对文学批评也多有涉猎。在修订旧著《中国文学发展史》时，他就强调《文心雕龙》的特色，"是作者能站在文学批评者的立场，把文学理论作为一门专门学问来研究的，这是魏、晋以来文学理论建设和发展的时代产物，而具有重大的历史意义"，又将此书分为全书序言、绪论、文体论、创作论、批评论进行介绍，自觉"这样的分类，还是较为清楚的"（第十章《南北朝的文学趋势》第四节《文学批评》）。这也代表了许多学者的意见：郭绍虞先生即称道刘勰"是当时文论之集大成者"，盛赞《文心》是"条理绵密的文学批评之伟著"（《中国文学批评史》第四篇第二章第二节第二目《诗品与文心雕龙》）；朱东润先生表彰刘勰是"六朝时代最伟大的文学批评家"，还沿用刘先生的分类来介绍《文心》的结构（《朱东润文存·论刘勰》）。

在执笔三卷本《中国文学批评史》中的《文心雕龙》一章时，王先生也沿袭着类似的见解。

随着研究的不断深入，王先生的认识逐渐发生了变化。本文代表了他对攸关《文心雕龙》全局的重新认识。尽管将此书性质判定为"写作指导或文章作法"，由此将文体论和创作论改称为"各体文章写作指导"和"写作方法统论"，似乎有悖于学界早已约定俗成的论调，贬低了此书在文学批评史上应有的地位和价值，实则更准确贴切地揭示了刘勰意在"言为文之用心"（《文心雕龙·序志》）的初衷。传统文史研究领域在晚近以来出现过疑古、信古和释古的不同归趋，王先生比较认同释古派的理念，主张实事求是地还原历史原貌。本篇就充分体现了这一治学特色。

❖❖❖❖❖❖❖❖❖❖❖

人们一提到《文心雕龙》，总认为它是我国古代最有系统的一部文学理论书籍，其性质相当于今天的文学概论那样。我过去也是这样看的。诚然，《文心雕龙》对不少重要的文学理论问题，如文学与现实的关系、内容与形式的关系、文学批评的标准和方法等等，都作了系统的论述，发表了精到的见解，理论性相当强，不妨把它当作一部文学理论专著来研究；但从刘勰写作此书的宗旨来看，从全书的结构安排和重点所在来看，则应当说它是一部写作指导或文章作法，而不是文学概论一类书籍。

《文心雕龙·序志》一开头说："夫文心者，言为文之用心也。"明确指出其书是讲如何用心做文章的。下文解释"雕龙"两字的含义说："古来文章，以雕缛成体，岂取驺奭之群言雕龙也?"按《史记·孟子荀卿列传》："谈天衍，雕龙奭。"《集解》引刘向《别录》解释说：驺奭发挥驺衍谈天之说，修饰得非常细致，有如"雕镂龙文，故曰雕龙"。"岂取驺奭"句与《杂文》篇"岂慕朱仲四寸之珰乎"句一样，都是用反诘语气表示肯定；句末"也"字作疑问助词用。刘勰用"雕龙"名书，似是说此书论述作文之法，像雕龙那样非常精细。关于这一点或许大家看法不尽一致；但《序志》篇开头那段话表明此书宗旨在讲为文之法，则是没有疑问的。

《序志》篇更指出作者撰写《文心雕龙》，是为了针对当时流行的不良文风，为写作指出一条正确的道路："唯文章之用，实经典枝条。……详其本源，莫非经典。而去圣久远，文体解散，辞人爱奇，言贵浮诡，饰羽尚画，文绣鞶帨，离本弥甚，将遂讹滥。盖《周书》论辞，贵乎体要；尼父陈训，恶乎异端；辞训之异，宜体于要。于是搦笔和墨，乃始论文。"也鲜明地表述了此书的宗旨是为了指导写作。范文澜同志说："《文心雕龙》的根本宗旨，在于讲明作文的法则。"(《中国通史简编》第二编五章三节)这话说得很中肯，可惜范氏对此没有展开论述。

《文心雕龙》这一宗旨，贯穿全书，许多地方都扣紧宗旨，论述如何把文章写好；而且在全书的结构安排上也体现出来，经纬交错，把如何写好文章的道理讲得很周密。《文心雕龙》共五十篇，除《序志》为自序外，此外四十九篇现在多数研究者认为大致可分为四个部分，下面就对这四个部分逐一进行分析。

一

自《原道》至《辨骚》五篇为第一部分，刘勰自称这是在讲"文之枢纽"，是全书的总纲。这五篇中，《原道》《征圣》《宗经》为一组；《正纬》《辨骚》为另一组。

《原道》等三篇关系非常密切，道、圣、经是三位一体，所谓"道沿圣以垂文，圣因文而明道"（《原道》），而其归宿则在于说明圣人之文（即"五经"）是文章的楷模。刘勰认为：文章是道的表现，古代圣人创作文章来表现道，用以治理国家，进行教化。圣人的文章很雅丽，"衔华佩实"，为后人树立了榜样。他更指出：如果作文能宗法"五经"，则有六种优点（即"六义"之美）：一是"情深而不诡"，即感情深挚而不浮诡；二是"风清而不杂"，即风貌清明而不芜杂；三是"事信而不诞"，即记事信实而不荒诞；四是"义直而不回"，即思想正直而不邪曲；五是"体约而不芜"，即体制要约而不杂乱；六是"文丽而不淫"，即文辞美丽而不淫艳。情深、事信、义直三点是就思想内容说的，风清、体约、文丽三点是就艺术形式和风格说的。如果不宗法"五经"，就会追随楚辞汉赋的流弊而不能自拔。所以《原道》

等三篇的主旨就在强调作文必须宗经。

刘勰虽然强调宗经，反对片面学习"楚艳汉侈"，但他对"五经"以后文学方面的新创造，并不笼统地加以排斥，而是主张在宗经前提下适当吸收。《正纬》篇从四个方面指责纬书多伪，与经背谬，但也肯定纬书"事丰奇伟，辞富膏腴，无益经典，而有助文章，是以后来辞人，采撷英华"，指出它们在题材、文辞方面均有可取之处，并为后人所采撷。《辨骚》篇对《楚辞》各篇的思想艺术作了具体分析，指出它们有"同于风雅"的四事，也有"异乎经典"的四事。但总的说来，他对楚辞的评价很高，认为《离骚》是"奇文郁起"，"其文辞丽雅，为词赋之宗"，《楚辞》各篇是"气往轹古，辞来切今，惊采绝艳，难与并能矣"。还指出了楚辞对后代产生深远影响，"其衣被词人，非一代也"。最后，刘勰认为作文必须"凭轼以倚《雅》《颂》，悬辔以驭楚篇，酌奇而不失其真（一作"贞"，意同"正"），玩华而不坠其实"。所谓"真""实"，兼指规正的内容和朴实雅正的语言风格；所谓"奇""华"，兼指奇特的内容和华美奇丽的语言风格。因此，"真""实"、"奇""华"也可指综合内容和形式的艺术风格，即体制。刘勰认为作文应以《雅》《颂》等经典为根本，同时尽量采取楚辞的优长，做到奇正相参，华实并茂，这是他总结了"五经"、纬书、《楚辞》等书的文学特色以后对创作提出的一个总原则或总要求。

自汉末建安年代以迄南朝，诗赋和各体骈文日益发展，作家们大量写作诗赋，注意抒情写景，忽视儒家所倡导的文学的政治教化作用；注意语言形式的华美，缺乏朴实的文风。对此，李谔在《上隋文帝书》中曾加以猛烈攻击。所谓"贵贱贤愚，唯务吟咏"，"竞一韵之奇，争一字之巧"，"连篇累牍，不出月露之形；积案盈箱，唯是风云之状"，"指儒素为古拙，用词赋为君子"。刘勰对这种"楚艳汉侈，流弊不还"的现象也有所不满，因此强调征圣宗经来加以纠正。在《征圣》篇中，他指出圣人之文在政治教化、外交、修身各方面的积极作用，指出"圣文雅丽，衔华佩实"，在《宗经》中，他指出宗经才有"六义"之美，都具有补偏救弊的意义。

但另一方面，刘勰也非常重视文采，重视文学的创新和变化。"五经"之文，除《诗经》《左传》的许多篇章富有文采外，其他各经的绝大部分都是质朴少文的，刘勰却称道"圣文雅丽"，《通变》篇也说"商周（主要指"五经"）丽而雅"，强调其丽，这实际上是片面夸大了"五经"的文采，来适合他所树立的艺术标准。他对楚辞奇丽之文，给予极高的评价，认为其"气往轹古"，《时序》篇也大力赞美屈宋辞赋，以为"观其艳说，则笼罩《雅》《颂》"，这实际上是肯定楚辞在艺术上超越《雅》《颂》，有着重大的创新。

《辨骚》实际上是酌骚。在对骚赋与"五经"进行具体比较、剖析其同异以后，刘勰认为在不违背"五经"雅正文风的前提下，应当尽量酌取楚辞的奇辞丽采，做到奇正相参，华实并茂。这种不囿于经书的旧传统、大胆肯定艺术上的发展与创新，是刘勰对文学创作总要求的一个重要方面，也是他善于总结历代文学发展经验的一个重要成果。它不但是刘勰对文学创作提出的一个总原则或总要求，也是他评价历代作家作品的一个总标准。刘勰把《辨骚》列入"文之枢纽"，而不是归于《明诗》《诠赋》一类，正是由于通过《辨骚》，与《宗经》等篇联系起来，完整地表明了他这个基本思想。

## 二

从《明诗》到《书记》二十篇为第二部分。这部分一般研究者称为文体论，我认为更确切地说，应称为各体文章写作指导，因为其宗旨是阐明写作各体文章的基本要求。《序志》篇介绍全书上半部内容云：

> 盖《文心》之作也，本乎道，师乎圣，体乎经，酌乎纬，变乎骚，文之枢纽，亦云极矣。若乃论文叙笔，则囿别区分，原始以表末，释名以章义，选文以定篇，敷理以举统，上篇以上，纲领明矣。

"论文叙笔，则囿别区分"两句，是说把文章分为有韵之文和无韵之笔两大类，分别加以论述。《明诗》至《谐讔》十篇论述有韵之文（其中《杂文》《谐讔》两篇兼有无韵之笔），自《史传》至《书记》十篇论述无韵之笔。"原始"以下四句，指出各篇内容大致分为四项：原始以表末，是叙述该体文章的源流；释名以章义，是说明该体文章名称的含义与性质；选文以定篇，是列举该体文章的代表作家作品加以评述；敷理以举统，是论述该体文章的体制特色和规格要求。四项内容，从次序和分量看，一般是：先是释名，很简括，分量最小；次讲始末，再次选文，这两项有时合在一块讲，提及不少作家作品，分量最大；最后敷理举统，分量较始末、选文两项为小，但它是各篇的结穴所在，前面三项内容，归结起来都为阐明各体文章的体制特色和规格要求服务，所以它的地位最为重要。上引《序志》篇说："上篇以上，纲领明矣。"这"纲领"指什么？它既可指《原道》等五篇，更着重指此处二十篇中的"敷理以举统"这一项。请看例证：

　　故铺观列代，而情变之数可监；撮举同异，而纲领之要可明矣。若夫四言正体，则雅润为本；五言流调，则清丽居宗。华实异用，惟才所安。（《明诗》）

　　凡说之枢要，必使时利而义贞，进有契于成务，退无阻于荣身。自非谲敌，则唯忠与信。披肝胆以献主，飞文敏以济辞，此说之本也。（《论说》）

　　故其大体所资，必枢纽经典，采故实于前代，观通变于当今，理不谬摇其枝，字不妄舒其藻。……然后标以显义，约以正辞。文以辨洁为能，不以繁缛为巧；事以明核为美，不以深隐为奇。此纲领之大要也。（《议对》）

上面的引文，均出自各篇的"敷理以举统"项内。很明显，所谓"纲领之要""枢要"，就是《序志》篇所说的"纲领"。又上引《明诗》篇自"故铺观列代"到"而纲领之要可明矣"这几句话，意为考察了历代的作家作品，因而明白了作诗的"纲领之要"，即诗歌的体制特色和规格要求，也正好说明原始表末、选文定篇两项内容归结起来是为敷理举统服务的。刘勰在这部分的首篇《明诗》明确指出"敷理以举统"是作文的"纲领之要"，而且指出研讨历代作家作品是为了懂得"纲领之要"，可说是起了提挈以下十多篇的作用的。

还有，各篇中的"敷理以举统"部分，常常把各体文章基本的体制特色和规格要求，称为"体""大体""体制""要""大要"等等，让我们举一些例子：

原夫登高之旨，盖睹物兴情。情以物兴，故义必明雅；物以情观，故词必巧丽。丽词雅义，符采相胜，如组织之品朱紫，画绘之著玄黄。文虽新而有质，色虽糅而有本，此立赋之大体也。（《诠赋》）

箴全御过，故文资确切；铭兼褒赞，故体贵弘润。其取事也必核以辨，其摛文也必简而深，此其大要也。（《铭箴》）

夫属碑之体，资乎史才。其序则传，其文则铭。标序盛德，必见清风之华；昭纪鸿懿，必见峻伟之烈。此

碑之制也。（《诔碑》）

　　凡檄之大体，或述此休明，或叙彼苛虐。……虽本国信，实参兵诈。谲诡以驰旨，炜晔以腾说。……故其植义飏辞，务在刚健。插羽以示迅，不可使辞缓；露板以宣众，不可使义隐。必事昭而理辨，气盛而辞断，此其要也。（《檄移》）

所谓"大体""大要"中的"大"字，也就是纲领的意思，大体、大要等等，就是指各体文章基本的体制特色和规格要求。它包括思想内容和文辞形式两个方面（《诠赋》篇所谓"丽词雅义"，《檄移》篇所谓"植义飏辞"，都明确表明了这一点），以及由这两方面综合而成的风格特征。《附会》篇说："夫才童学文，宜正体制：必以情志为神明，事义为骨髓，辞采为肌肤，宫商为声气。"这就清楚地表明了体制是情志、事义、辞采、宫商诸因素的综合表现，也就是思想和艺术的综合表现。

　　由于这个"体"或"大体"性质非常重要，所以刘勰不但在《明诗》以下二十篇中着重予以论述，而且在《文心雕龙》下半部也常常提及。这在《镕裁》篇中表现尤为突出。《镕裁》篇说"规范本体谓之镕"，"镕则纲领昭畅"。本体就是大体，本体或大体抓好了，就是抓到了文章的"纲领之要"，当然就能取得"纲领昭畅"的效果。《镕裁》篇又论作文次第云："是以草创鸿笔，先标三准：履端于始，则设情以位体；举正于中，则酌事以取类；归馀于终，则撮辞以举要。"这里"位体"的体，也就是大体或本体；因为它是文章的基本体制特色和规格要求，所以在依据思想感情进行写作时，必须首先加以经营设计，这就是"设情以位体"的意思。

大抵古人作文，除诗、赋外，就是各体骈散文，它们在体制上都各自有其特点。作者写作时，首先得依据其特点从总体上经营设计，进行适当的安排。《文心雕龙》把《明诗》到《书记》这部分诗、赋和各体骈散文作法紧放在"文之枢纽"后面进行论述，特别重视诗、赋和各体骈散文的体制特色和规格要求，结合对于历代作家作品的评述对它们作了明确的规定，为写作者树立了规范，指明了方向。如果我们明白了《文心雕龙》的宗旨在于指导写作，那末，对刘勰非常重视这个部分的二十篇，并把各篇核心"敷理以举统"一项称为纲领之要，就不难理解其用心所在了。

刘勰在"文之枢纽"中提出了写作的根本原则，即要求把儒家经典的雅正文风和楚辞的奇丽文风相结合，宗经和酌骚相结合，做到奇正相参，华实并茂。这一基本思想，在下半部《神思》以下十多篇中表现特别鲜明，在《明诗》以下二十篇中也时有表露。如《明诗》云："若夫四言正体，则雅润为本；五言流调，则清丽居宗。华实异用，惟才所安。"他认为以《诗经》为典范的四言诗风格雅润，偏于朴实；汉魏以来新起的五言诗风格清丽，偏于华美。他虽然尊四言诗为正体，但又正视建安以来五言诗已居诗坛主要地位的事实，所以《明诗》篇用了较多的篇幅来评价五言诗的作家和作品，结合《定势》篇"赋颂歌诗，则羽仪乎清丽"的话来看，实际上他已承认五言诗是诗歌创作的主要样式了。在《诸子》篇中，刘勰一方面从宗经立场出发，指摘《列子》"移山跨海之谈"、《淮南》"倾天折地之说"为"踳驳之类"，认为内容不正；另一方面又赞美《列子》"气伟而采奇"，《淮南》"泛采而文丽"，肯定其富有文采，鲜明地表现了酌奇玩华的思想。又如《章表》篇云："至于文举之荐祢衡，气扬采飞；孔明之辞后主，志尽文畅：虽华实异旨，并表之英也。"下面"敷理以举统"部分又云："必雅义以扇其风，清文以驰其丽。……繁约得正，华实相胜。"也是华实并重。又如《书记》篇赞汉代司马迁《报任安书》等书札为"志气盘桓，各含殊采"，赞美嵇康的《与山巨源绝交书》为"志高而文伟"，肯定他们的文章有奇采壮辞。刘勰在《征圣》篇中虽然认为圣文"雅丽""衔华佩实"，但如上文所指出，他对经文的丽是片面夸大了的，而且上面所举的不少作家作品，《列子》、《淮南子》、司马迁、孔融、嵇康等等，其丽辞异采，明显地超出了经书的传统，只有结合《辨骚》提出的酌奇玩华的原则来理解，才能够解释得通。只有在个别篇章中，刘勰强调了实的一面。如《史传》篇主张"务信弃奇"，批评"俗皆爱奇，莫顾实理"，那是因为历史内容必须真实的缘故。即使这样，他还是称赞司马迁有"博雅宏辩之才"，《汉书》的"赞序弘丽"，《三国志》

"文质辨洽"，仍然没有忽视文采。

# 三

从《神思》到《总术》十九篇为第三部分。这部分一般研究者称为创作论，我认为更确切地说，应称为写作方法统论，是打通各体文章，从篇章字句等一些共同性的问题来讨论写作方法的。第二部分分体谈作法，第三部分打通各体谈作法，一经一纬，相辅相成。二者宗旨都是讨论写作方法，区别只是角度不同罢了。

第三部分十九篇的结构次序，大体上先是谈谋篇，讨论文章的整体风格；次是谈用词造句，讨论具体的修辞手段和写作技巧；最后呼应前文，重复强调了谋篇的重要性。

第一篇是《神思》，谈作文的构思和想像。这是创作过程中的第一步，故首先予以论述。陆机《文赋》论创作，也是首先论述构思和想像，刘勰在这方面大约受到陆机的影响。下面《体性》《风骨》《通变》《定势》四篇都是着重讨论风格问题。《体性》篇指出由于作者才性学养的不同，形成了典雅、远奥等八种不同的文体（即风格）。《风骨》篇提倡明朗刚健的优良文风：述情必显，析辞必精，风清骨峻，文明以健。《通变》篇指出文风随着时代而变化，由质朴趋于华丽，降及晋宋，文风"浅而绮""讹而新"，即有浮浅奇诡之病。《定势》篇指出章表奏议、赋颂歌诗等不同体裁的文章，应具有典雅、清丽等不同的"势"（即风格）。

文章的风格，是就整篇说的，所以论述风格实际上就是谈的谋篇问题。《文心雕龙》书中屡有"篇体""篇制"字样用以指风格，如"江左篇制，溺乎玄风"（《明诗》）、"风清骨峻，篇体光华"（《风骨》）、"正始馀风，篇体轻澹"（《时序》），充分证明《体性》等篇着重谈风格，实际是讲谋篇，只是并非讨论整篇的安排结构，而是讨论如何获得整篇的优良风格。

下面是《情采》《镕裁》两篇。《情采》讨论情思与文采实即思想内容与运用语言的关系问题，指出必须为情造文，批判为文造情者的"淫丽而烦滥"的文风。《镕裁》篇讨论剪裁问题，指出必须"剪截浮词"。这都是针对当时过于浮靡的文风而发。《镕裁》后面《声律》等九篇着重研讨用词造句，敷设文采；在此前面，刘勰强调必须为情造文，剪裁浮词，指出敷设文采必须服从于情思，避免浮靡烦滥，是具有深意的。

下面是《声律》《章句》《丽辞》《比兴》《夸饰》《事类》《练字》《隐秀》《指瑕》等九篇，除《章句》篇兼论章（指小段）法外，其他各篇都是研讨用词造句和修辞手段等具体问题，也就是如何敷设文采。

后面《养气》《附会》《总术》三篇，又回过头来，呼应前文，补充论述有关情思、篇制问题。《养气》与《神思》遥相呼应。《养气》指出，"精气内销"，则"神志外伤"；为了做到写作时思路畅通，必须注意"清和其心，调畅其气，烦而即舍，勿使壅滞"。《神思》强调"陶钧文思，贵在虚静"；《养气》也宣称"水停以鉴，火静而朗，无扰文虑，郁此精爽"。《附会》讨论"附辞会义"，把文章的内容形式安排得当，做到"首尾周密，表里一体"。刘勰认为这是"命篇之经略"，也就是谈谋篇问题。不同的是，前面《体性》等篇是谈篇的风格问题，这里是谈篇的结构组织问题。《总术》强调作文必须通晓"术"，并批评许多作者追求新丽，"多欲练辞，莫肯研术"。从篇中"执术驭篇""务先大体"等语句看，这"术"就是《明诗》以下二十篇中屡屡提及的"大体"，就是《体性》以下四篇论述的体制，也就是《镕裁》中所说的"位体"，这是刘勰认为作文必须首先注意的问题。在这部分的末尾，在研讨了声律、丽辞等许多具体的用词造句问题后，刘勰生怕作文的人片面注意练辞，而忽略了这个"大体"，所以特列一篇，反复申述体制的重要性，以示其郑重叮咛之意。

刘勰在《辨骚》中提出的"酌奇而不失其贞，玩华而不坠其实"的思想，明显地贯穿在《神思》以下的十多篇中。《风骨》指出文章应当做到风骨与文采二者兼备，即既有明朗刚健的风格，又有华美的文采。《通变》指出作文应当"斟酌乎质文之间"，即质朴与华美结合得好，不要过于质朴，也不要过于华艳。《定势》指出，正与奇、典与华，必须"兼解以俱通"，即都要掌握，不可偏废。在这几对概念中，风骨、质、正、典，指的是质朴雅正的文风；采、文、奇、华等，指的是华美奇丽的文风。在"文之枢纽"中，刘勰使用了正与奇这对概念来概括这两种不同的文风；

在其他篇章中，按照不同情况，他分别使用了质与文、典与华等等内容接近的概念。

《定势》说："模经为式者，自入典雅之懿；效《骚》命篇者，必归艳逸之华。"指出了两种不同的风格分别来自"五经"和楚辞，与《辨骚》篇意旨相同。（上文曾指出刘勰说"圣文雅丽"，片面夸大了"五经"的文采；这里表明，他认为"五经"毕竟是以典雅质实见长的。）刘勰认为，逐奇失正的文风，始于辞赋，所谓"宋（玉）发夸谈，实始淫丽"（《诠赋》），到汉赋有进一步的发展。南朝文学沿着这条道路愈走愈远。所谓"后之作者，采滥忽真，远弃风雅，近师辞赋，故体情之制日疏，逐文之篇愈盛"（《情采》）。为了纠正这种近师辞赋、华而不实的文风，刘勰强调向文质兼备的儒家经典学习。《风骨》指出要"镕铸经典之范，翔集子史之术"，《通变》批评晋宋文风"浅而绮""讹而新"，认为要"矫讹翻浅，还宗经诰"，都是这个意思。他还提出了新旧今古的问题。《定势》说："旧练之才，则执正以驭奇；新学之锐，则逐奇而失正。"旧练之才，就是懂得宗法经诰的人；新学之锐，则是远弃风雅、近师辞赋的人。《风骨》说："跨略旧规，驰骛新作，虽获巧意，危败亦多。"也是对弃旧法而专事趋新者的批评。他要求新旧或今古相结合，所谓"望今制奇，参古定法"（《通变》），实际上也就是《辨骚》篇提出的"酌奇而不失其贞，玩华而不坠其实"的意思。稍后于刘勰的颜之推，也有这种古今结合的思想，《颜氏家训·文章》说：

> 古人之文，宏材逸气，体度风格，去今实远；但缉缀疏朴，未为密致耳。今世音律谐靡，章句偶对，讳避精详，贤于往昔多矣。宜以古之制裁为本，今之辞调为末，并须两存，不可偏弃也。

这段话的内容，同刘勰的主张非常接近，是可以互相参照的。

颜之推认为应该把古之制裁（即体制）同今之辞调结合起来，学古以学习体制风格为主，采今以采择文辞声调为主。刘勰也是这样看法。《通变》说：

> 夫设文之体有常，变文之数无方。何以明其然耶？凡诗赋书记，名理相因，此有常之体也；文辞气力，通变则久，此无方之数也。名理有常，体必资于故实；通变无方，数必酌于新声。

这里所谓"设文之体"，不仅指诗、赋等体裁，更主要的是指体制或大体，即上面所说的各体文章的体制特色和规格要求。所谓"名理相因"，是指根据各体文章的名目（如诗赋）来规定写作要领。以《诠赋》为例，"赋者铺也，铺采摘文，体物写志也"，这是释赋之名义；"原夫登高之旨，盖睹物兴情。情以物兴，故义必明雅；物以情观，故词必巧丽。丽词雅义，符采相胜"，这就是根据赋的"铺采摘文，体物写志"的名义提出的作赋之理，即赋的体制或大体。这种体制是有常规的，必须以古人之文为法，所以说"体必资于故实"。至于文辞（即颜之推所说的辞调），那是变化无方的，就应该多酌新声了。《总术》批评许多作者"各竞新丽，多欲练辞，莫肯研术"，只注意新丽的文辞，不肯重视研讨体制。

刘勰主张奇正结合，古今结合，在体制上宗法古人（以儒家经典为主），在文辞方面则崇尚新变。《风骨》《通变》《定势》诸篇，着重讨论体制风格，所以议论比较着重宗法经典，自《声律》至《隐秀》诸篇，讨论用词造句和修辞，议论就着重研讨文辞的华美了。东汉以来，骈体文学日趋发达，南朝益盛。南朝文人作骈体诗文辞赋，不但注意对偶和辞藻色泽之美，而且还注意用典和声律。从《声律》篇，我们看到刘勰完全拥护和支持沈约他们所提倡的声律论。在《丽辞》篇中，刘勰强调"体植必两，辞动有配"，认为对偶犹如人体的四肢，是必然的现象。《事类》篇指出运用成语典故，是"圣贤之鸿谟，经籍之通矩"，也是来自经典的不可或缺的手段。在这些篇章中，刘勰还细致地讨论了如何把声律、对偶、典故等运用得恰当和美妙。他还分别用专篇讨论了比兴、夸张、含蓄与警策等修辞手段，讨论了字形的美观问题（《练字》）。这些，充分表现了刘勰对骈体文学的语言形式之美，不但没有忽视和排斥，而且作了细致的研讨，充分体现了他那"数必酌于新声"的主张。对于文学创作上的新奇华美之风，他是主张参酌采用的；他反对的只是片面追求新奇、抛弃古法的风气。他要的是"执正驭奇"，

"望今制奇，参古定法"；反对的是"逐奇失正"。《体性》说："新奇者，摈古竞今，危侧趣诡者也。轻靡者，浮文弱植，缥缈附俗者也。"片面追求新奇轻靡、投合俗好的文风，才是他所贬责的。

黄侃《文心雕龙札记》解释《序志》篇"古来文章以雕缛成体"一句时说："此与后章'文绣鞶帨，离本弥甚'之说，似有差违；实则彦和之意，以为文章本贵修饰，特去甚去泰耳。全书皆此旨。"这话说得很中肯。因为刘勰主张"文章本贵修饰"，所以他对于汉魏六朝骈体文学的许多代表作家作品及其重要修辞手段，都加以肯定，《文心》全书也以精美的骈文写成。因为他主张"去甚去泰"，所以反对创作中那种"逐奇失正""玩华坠实"的文风。这是了解刘勰文学思想的核心所在。

# 四

自《时序》以下为全书的第四部分。其中《序志》为全书的自序，故这部分实际是《时序》以下五篇。其中《时序》论述各个朝代文学与时代的关系，各时期文学的发展与特色；《物色》论述文学创作与自然风景的关系；《才略》论述历代重要的作家；《知音》论述文学批评的态度和方法；《程器》论述作家的品德修养与政治才能。这些篇章，除《物色》一部分直接谈到写作方法外，其他四篇都没有谈到。它们在全书是杂论性质，在前面三部分分别论述了写作总原则、各体文章作法、写作方法统论以外，刘勰感到还有一些问题虽然非直接论作法，但从创作修养看，也颇重要，因而写下了这些篇章。

《时序》《才略》两篇都是评述历代文学，前者着重分析各时期文学创作总的趋势，后者着重评论重要作家，二者相辅相成，都带有文学史性质。值得注意的是，这两篇评述历代许多作家作品，虽然涉及面颇广，但还是以诗歌、辞赋二体及其作家为主。这就说明刘勰在全书中论列了许多文体，但毕竟认为诗、赋二体是文学创作的主要样式。这种看法同当时的一般主张，同沈约、萧子显、萧统等人的看法也是一致的。刘勰在书中虽然屡屡批评汉魏以来的某些作品淫丽过度，但从这两篇再结合《明诗》《诠赋》等篇来看，他对汉魏以至南朝的不少著名诗赋家，都是肯定或基本肯定的。这就说明，刘勰虽然宗经，但与扬雄晚年的态度很不相同。扬雄晚年笼统否定辞赋，认为只有写质朴的学术著作才有价值；刘勰则强调圣文雅丽，并主张酌取楚辞的奇文异采，使文学创作有所创新和变化，所以他对汉魏六朝的骈体文学给予充分肯定，并对其主要样式诗赋的成就与地位，也给予充分的重视。

《物色》一篇，内容着重谈了自然景色的描写，现代一些《文心雕龙》研究者往往主张此篇应移入第三部分，有的同志还认为《物色》现在次于《时序》之后，是后来编次错乱或传写之误。这种主张有一定道理，因为此篇谈到如何写好自然景色，内容与第三部分诸篇接近，但论据还不足。

因为：第一，说《物色》篇编次错乱，纯属推测，在版本上缺乏依据。第二，如前所述，第三部分诸篇，讲构思、篇的体制风格、用词造句，不但内容，就是篇名如《神思》《声律》等等，都是从写作方法角度着眼的，而"物色"却是指激发创作冲动的因素和文学描写的对象，与第三部分诸篇角度不同，移到前面，并不相称。第三，从第四部分的结构看，《时序》讲文学与时代（政治社会环境）的关系，《物色》讲文学与景物（自然环境）的关系，连在一起，也讲得通。两篇开头云：

> 时运交移，质文代变，古今情理，如可言乎！（《时序》）

> 春秋代序，阴阳惨舒，物色之动，心亦摇焉。（《物色》）

二者词句非常对称，内容都是说明环境对文学的影响，看来不是偶然的巧合，而是表明刘勰认为这两篇有着密切的关系。

《知音》篇专门论述文学批评，指责了常见的贵古贱今、崇己抑人、知多偏好等不合理现象，强调应当博观圆照，进行全面的理解和公正的批评。刘勰认为，批评者必须通过作品的艺术形式进而理解作者的思想感情，所谓"观文者披文以入情"，怎样披文入情呢？他提出了"六观"的方法：

> 是以将阅文情，先标六观：一观位体，二观置辞，三观通变，四观奇正，五观事义，六观宫商。斯术既形，则优劣见矣。

"位体"是指经营整篇的体制风格。刘勰认为写作时应首先注意"设情以位体"（《镕裁》），阅读时也应首先注意它。"置辞"是指运用辞采，包括《丽辞》《比兴》《夸饰》《练字》《隐秀》等篇中所论列的各种用词造句方法，再加上观事义（见《事类》）、观宫商（见《声律》）。当时写作骈体文字必须注意的辞藻、对偶、用典、声律诸因素，都包括进去了。"奇正"是指作品风格的奇正形势，"通变"是指作品能否折中古今，"斟酌乎质文之间"（《通变》）。刘勰要求作品的体制和语言都能做到"执正以驭奇"（《定势》），要求"望今制奇，参古定法"（《通变》）。这是他全面讨论创作的基本思想，因此在讨论文学批评时，也把它作为应当考察的重要方面。

在《程器》篇中，刘勰认为文人不但应当注重道德修养，还应有政治才能。他强调说："摛文必在纬军国，负重必在任栋梁，穷则独善以垂文，达则奉时以骋绩。"把建功立业、报效国家放在生活理想的首要位置来强调，鲜明地表现出儒家传统思想的影响。

《序志》篇称《明诗》以下二十篇为"纲领"，是因为全书宗旨在讲作文之法，其重点在端正各体文章的体制，所以称之为纲领。至于它把下半部称为"毛目"（细目），那大约是因为下半部有不少篇章讨论用词造句，相对来讲是比较细小的问题，所以叫做毛目了。

综上所述，可见《文心雕龙》是一部详细研讨写作方法的书，它的宗旨是通过阐明写作方法，端正文体，纠正当时的不良文风。《原道》至《辨骚》五篇是总论，提出写作方法的总原则和总要求，也就是全书的基本思想。《明诗》至《书记》二十篇，是各体文章写作指导，结合介绍各体文章的性质、历史发展、代表作家作品，分别阐明写作各体文章时所应注意的规格要求和体制风格。《神思》至《总术》十九篇，是写作方法统论，泛论写作各体文章都应注意的写作要求和方法，其中前面几篇着重谈体制风格，后面几篇着重谈用词造句。《时序》至《程器》五篇为第四部分，是附论，大抵不直接谈写作方法，讨论了文学同时代及景色的关系、文学批评的态度和方法等问题。

刘勰的文学基本思想是宗经与酌骚相结合，即主张雅正的"五经"文风与奇丽的楚辞文风相结合。刘勰身处南朝，当时诗赋和各体骈文日益发展，语言华美，刘勰对于汉魏以迄南朝骈体文学持肯定的态度，他处处强调文辞应当美丽，甚至片面夸张"五经"之文都是雅丽的。《声律》《丽辞》《事类》诸篇，分别肯定了骈文讲求声律、对仗、用典等艺术要素。这种文风，主要是从楚辞、汉赋发展而来的，刘勰虽然基本肯定它们，但又认为当时一部分作家作品片面追求华辞丽藻，缺少雅正的体制，故企图以圣人的"五经"为旗帜，提倡雅正文风与奇丽文风相结合，做到奇正相参，华实并茂，来矫正当时的某些不良文风。《文心雕龙》全书语言优美，富有文学性，可说就是实践了他的主张、风格雅丽的一部创作。

刘勰宗经、酌骚的基本思想，不但提挈于总论，而且贯穿于全书，成为全书思想的核心。这种思想，我们今天看来，意义倒不大。我们今天所特别重视的，不是他对写作各体文章的总的要求和分别的要求，而是其他方面，如他对楚辞艺术成就与特色的分析（《辨骚》），对五言诗发展的评述（《明诗》），对创作构思的描绘（《神思》），对内容与形式关系的论列（《情采》），对文学与时代关系的认识（《时序》），对文学批评正确态度与方法的总结（《知音》）等等。那是因为我们同刘勰所处的时代大不相同了，我们今天已不需要写作他所提倡的雅丽的骈文。《文心雕龙》原来的核心何在、重点何在，与我们今天认为此书的价值何在、精华何在，二者不是一回事，应当区别开来。

（原载《复旦学报》1981 年第 1 期）

# 《文选》选录作品的
# 范围和标准

    《隋书·经籍志》追溯总集的缘起，指出其本意在于"苦览者之劳倦，于是采摛孔翠，芟翦繁芜"。《四库全书总目提要》梳理总集的嬗变，也强调其目的之一是"删汰繁芜，使莠稗咸除，菁华毕出"。历代总集的纂辑者各出手眼，无疑有着不同的采摛范围和取舍标准。《文选》是现存最早且影响也最为深远的诗文总集，可惜萧统并没有明确交代选录的范围和标准。传统《文选》学早在隋唐之际就已逐渐兴起，历代研究成果更是汗牛充栋，不过根据今人骆鸿凯先生在《文选学·源流第三》里的总结，前人相关著述主要分为注释、辞章、广续、雠校和评论五类，对这些问题并无专门论说。而随着"五四"新文学运动中出现"选学妖孽"的激进口号，又使得《文选》研究长期陷于无人问津甚至频遭苛责的窘迫境地。

    王运熙先生在上世纪五十年代末讲授"《昭明文选》选读"，在当时撰写的《萧统的文学思想和〈文选〉》中就主张必须具体分析该书所选作品，反对将萧统视为"主张形式主义"的代表。本篇围绕《文选》编选中的几个重要问题，做了更周详深刻的探究。比如《文选》更青睐集部篇章，似乎很能说明当时文学观念的独立和明晰；他却着眼于文献部类的承传赓续，指出萧统此举主要取决于总集的体例和传统。朱自清先生《〈文选序〉事出于沉思义归乎翰藻》一文旁征博引，其见解多为现代学者采纳；他却结合具体作品和其他文论著作，对其结论提出商榷意见。自清人阮元以来，很多学者都径直将"沉思""翰藻"视为《文选》的选录标准；他却强调不能以偏概全，必须结合萧统的其他言论和《文选》的选录情况做具体讨论。他后来另撰有《〈文选〉简论》《〈文选〉所选论文的文学性》，对这几个议题还有过进一步申说。

✥✥✥✥✥✥✥✥✥✥✥✥✥✥✥

萧统《文选》选录先秦至南朝齐梁时期的文学作品，是《诗经》、楚辞以后我国现存最早的一部文学选本，后世流传广泛，成为人们学习汉魏六朝文学的主要读本。它的选录范围，是专选集部之文，不选经、史、子三部的篇章。它的选录标准，则主要注意作品是否富有或较有文采。这选录范围和选录标准二者，虽有一定的联系，但毕竟不能等同起来。本文试图就这二者分别作一些具体的分析。

# 一　篇章、篇翰、篇什

《文选》关于选录范围和标准的意见，见于萧统《文选序》，文云：

> 若夫姬公之籍，孔父之书，与日月俱悬，鬼神争奥，孝敬之准式，人伦之师友，岂可重以芟夷，加之剪截。老庄之作，管孟之流，盖以立意为宗，不以能文为本，今之所选，又亦略诸。
>
> 若贤人之美辞，忠臣之抗直，谋夫之话，辩士之端，冰释泉涌，金相玉振。所谓坐狙丘，议稷下，仲连之却秦军，食其之下齐国，留侯之发八难，曲逆之吐六奇。盖乃事美一时，语流千载，概见坟籍，旁出子史。若斯之流，又亦繁博，虽传之简牍，而事异篇章。今之所集，亦所不取。
>
> 至于记事之史，系年之书，所以褒贬是非，纪别异同，方之篇翰，亦已不同。若其赞论之综辑辞采，序述之错比文华，事出于沉思，义归乎翰藻，故与夫篇什，杂而集之。

以上第一小段说明经书因经过圣人周公、孔子创作编订，至高无上，不能随便摘选。老、庄、管、孟等子书，主旨在发表见解，不重在文辞，所以不选。第二小段说明有一些贤人、忠臣陈述谏诤之辞，谋夫、辩士的游说，它们分别见于经部（如《左传》）、史部（如《战国策》《史记》）、子部（如《汉书·艺文志》有《苏子》《张子》），虽颇有文采，但分量繁博，又非单篇文章，故亦不选。第三小段说明不选史书的记事褒贬之文，但其中某些赞、论、序、述，富有文采，故酌加采录。

《文选》是一部总集，总集的体例是编录别集中的文章。《隋书·经籍志》说："总集者，以建安之后，辞赋转繁，众家之集，日以滋广；晋代挚虞，苦览者之劳倦，于是采摘孔翠，芟剪繁芜，自诗赋下各为条贯，合而编之，谓为《流别》。是后文集总钞，作者继轨，属辞之士，以为覃奥而取则焉。"《文选》正是大致继承挚虞《文章流别集》体例而编选的一部总集，只选别集中的作品，即所谓篇章、篇翰、篇什，基本上不选经、史、子三部之文。《文章流别集》今已失传，但从残存的《文章流别论》片段看，《文选》的作品分类，也大致与《文章流别集》近似。

能不能这样说，萧统编《文选》，因为重视文采或文学性，因而不选文风比较质朴、偏于实用的经、史、子三部的作品呢？不能。从大体上看，经、史、子三部中的篇章，的确有很大分量偏于实用，文风质朴而缺少文采；但其中也有相当一部分具有文采，是文学作品或具有文学价值的历史、哲学等作品。

就经部而论，《诗经》当然是文学作品。在南朝，《诗经》具有崇高的文学地位。沈约《宋书·谢灵运传论》指出后代许多诗赋，"莫不同祖风骚"，把《诗经》、楚辞尊为诗赋的两大源头。刘勰《文心雕龙》提出作文应当"倚《雅》《颂》，驭楚篇"（《辨骚》），钟嵘《诗品》认为汉魏六朝五言远源于"国风"、"小雅"、楚辞三者，都非常推尊《诗经》，其地位还在楚辞之上。萧纲《与湘东王书》有云："未闻吟咏情性，反拟《内则》之篇。……迟迟春日（《诗经·豳风·七月》句），翻学《归藏》。"也指出《诗经》中的篇章是吟咏情性的文学作品，与哲学作品不同。《文选》选楚辞而不选《诗经》，正是由于楚辞在集部而《诗经》在经部。经部中的其他经书，文学性虽不及《诗经》浓厚，但其中一部分也具有不同程度的文学性。如《易经》中乾、坤两卦的《文言》，语言较有文采，且多偶句，在崇尚骈偶的南朝文人看来，正是富有文学性的。

《文心雕龙·丽辞》有云："《易》之《文》（《文言》）、《系》（《系辞》），圣人之妙思也。序乾四德，则句句相衔；龙虎类感，则字字相俪；乾坤易简，则宛转相承；日月往来，则隔行悬合：虽句字或殊，而偶意一也。"即是明证（清代阮元提倡骈文，也盛赞《文言》）。再如《左传》一书中，也不乏《文选序》所赞美的贤人、谋夫的美辞辩说，像《烛之武退秦师》《王孙满对楚子》《吕相绝秦》等节都是其例。因为格于体例，《易经》《左传》都不入选。

次说史部。史部《战国策》《史记》《汉书》中包括了不少贤人、谋夫等的辩说，《文选序》所举诸例，大抵也出自这些史书。对这类说辞，序文肯定它们"金相玉质""语流千载"，显然赞美其有文采。但它们不是篇章，即原来是单篇、后来收入别集中的作品，所以也不予选录。今考《文选》所选作品的"上书"类（见《文选》卷三九），像李斯《上书秦始皇》、邹阳《上书吴王》、司马相如《上书谏猎》、枚乘《上书谏吴王》等篇，其性质与贤人、谋夫的辩说相同，只因当时不但见于史籍，而且还以单篇文章流传，故遂被《文选》收录。《文选》"史论""史述赞"两小类（见卷四九、五十）中，还选录了《汉书》《晋纪》《后汉书》《宋书》中的十多篇赞、论、序、述，那是因为文采特别好，破例收入，序文中已作了交代。

再说子部。《文选序》认为老、庄、管、孟等诸子之书，"盖以立意为宗，不以能文为本"，意谓它们重在发表见解，不重文采。但不能由此就说萧统认为子书一概缺乏文采。实际上前人已经指出，《文选》所选贾谊的《过秦论》，原为贾谊《新书》中的一篇，曹丕的《典论·论文》则是其所著《典论》中的一篇，二者都属子书。又如《文选》"连珠"类选有陆机《演连珠》五十首，连珠体实肇始于《韩非子》的《外储说》，章学诚《文史通义·诗教上》曾加指出，《文心雕龙·诸子》称"韩非著博喻之富"。可见《韩非子》至少一部分篇章在南朝文人看来，应当是具有文采的。

由上可见，经、史、子三部书中，都有一部分具有文采或文学性的篇章，史、子两部书中的少数篇章，《文选》还破格予以选录。文选大抵选录集部的篇章，基本上不选经、史、子三部，是由于当时总集的体例和传统所决定。章太炎《文学总略》云："总集者，括囊别集为书，故不取六艺、史传、诸子，非曰别集为文，其他非文也。"这样解释还是中肯的。过去有的同志在评论萧统时，认为《文选》不选经、史、子三部的篇章，是说明编者有意识地把文学作品和学术著作区别开来，表明了当时人们文学观念的明确和进步。我过去也有这种看法。现在看来，这种说法并不确切。尽管在萧统眼中，经、史、子三部书中的许多篇章缺乏文采，但也有相当一部分是具有文采甚至富有文采的，情况已见上文的分析。《文选》基本上不选经、史、子，主要还是由于总集的体例使然。

## 二　综辑辞采，错比文华

《文选序》指出史书中的部分赞、论、序、述富有辞采、文华，并能沉思、翰藻，不同于一般记事之史文，因此酌加选录。所谓辞采、文华、翰藻，都是指富有文采的语言。而在骈体文学昌盛发达的魏晋南北朝时代，这种文采是指骈体诗文语言之美，具体地说，是指对偶、声韵、辞藻、用典等修辞手段。《文选序》没有说明辞采、文华等概念的具体内容，但我们参照时代略早于《文选》，见解多相通的《文心雕龙》，对此不难获得理解。《文心雕龙·风骨》把采又称为丰藻，即富丽的辞藻。该篇又把采喻为羽毛鲜艳的雉鸟。潘岳《射雉赋》云："敷藻翰之陪鳃。"李善注："藻翰，翰有华藻也。"藻翰与翰藻意思相通，前者指美丽的羽毛，后者指美如鸟羽的辞藻。后来二者通用，均指文采。《文心雕龙》有《情采》篇，把采作为表现感情的主要手段。书中《情采》篇后的若干篇章，即分别论述各种采。其中《声律》篇论声韵，《丽辞》篇论对偶，《事类》篇论用典，其他《比兴》《夸饰》《练字》《隐秀》诸篇，分别论述譬喻、夸张、字形、含蓄与警句等修辞手段，均属辞藻范围（从广义讲，对偶等也是辞藻之美）。大体说来，这些修辞手段可分为两大类：一是对偶、辞藻、用典等辞句的形态色泽之美，诉诸视觉；二是音韵声律之美，诉诸听觉。《文选序》赞美各体文章之美云："譬陶匏异器，并为入耳之娱；黼黻不同，俱为悦目之玩。"以音乐和刺绣作比，也是从声音美和色彩美两方面来说明文学作品的艺术美。而这种艺术美，正是汉魏六朝骈体文学的主要艺术特征。

我们回过头来看看《文选》所选的赞、论、序、述诸文，便不难发现这些作品具有这种骈文的艺术美。《汉书》撰成于骈文初兴的东汉，还不甚讲究对偶，声调，但骈句、排比句已相当多，且多数句式比较整齐，多四六句，如《公孙弘传赞》云：

　　是时汉兴六十馀载，海内乂安，府库充实，而四夷未宾，制度多阙。上方欲用文武，求之如弗及。始以蒲轮迎枚生，见主父而叹息。群士慕响，异人并出。卜式拔于刍牧，弘羊擢于贾竖，卫青奋于奴仆，日磾出于降虏，斯亦曩时板筑饭牛之明已。

到干宝《晋纪》，骈文文采有很大的发展，如《总论》论述西晋后期的乱亡云：

> 寻以二公楚王之变，宗子无维城之助，而阏伯实沈之郤岁构；师尹无具瞻之贵，而颠坠戮辱之祸日有。至乃易天子以太上之号，而有免官之谣。民不见德，唯乱是闻。朝为伊周，夕为桀跖，善恶陷于成败，毁誉胁于势利。于是轻薄干纪之士，役奸智以投之，如夜虫之赴火。内外混淆，庶官失才；名实反错，天网解纽。国政迭移于乱人，禁兵外散于四方。方岳无钧石之镇，关门无结草之固。李辰、石冰，倾之于荆扬；刘渊、王弥，挠之于青冀。二十余年而河洛为墟，戎羯称制；二帝失尊，山陵无所。何哉？树立失权，托付非才，四维不张，而苟且之政多也。夫作法于治，其弊犹乱；作法于乱，谁能救之？

它较之《汉书》的赞，骈偶句不但增多，而且对偶更为严格；在声调和谐、注意用典方面也有所发展。这种现象说明骈文经过建安、太康两个时期，文采有很大的发展。此后范晔《后汉书》、沈约《宋书》的传论，即是沿着这一轨迹继续向前发展，兹各节录一段：

《易》称"《遁》之时义大矣哉"。又曰:"不事王侯,高尚其事。"是以尧称则天,而不屈颍阳之高;武尽美矣,终全孤竹之洁。自兹以降,风流弥繁。长往之轨未殊,而感致之数匪一。或隐居以求其志,或回避以全其道,或静己以镇其躁,或去危以图其安,或垢俗以动其概,或疵物以激其清。然观其甘心畎亩之中,憔悴江海之上,岂必亲鱼鸟乐林草哉,亦云介性所至而已。(《后汉书·逸民传论》)

降及元康,潘、陆特秀,律异班、贾,体变曹、王,缛旨星稠,繁文绮合,缀平台之逸响,采南皮之高韵,遗风馀烈,事极江右。在晋中兴,玄风独扇,为学穷于柱下,博物止乎七篇,驰骋文辞,义殚乎此。自建武暨于义熙,历载将百,虽比响联辞,波属云委,莫不寄言上德,托意玄珠,道丽之辞,无闻焉尔。仲文始革孙、许之风,叔源大变太元之气。(《宋书·谢灵运传论》)

与《晋纪》相比较,可以看到《后汉书》《宋书》传论的翰藻又有新的发展:对偶更工致,注意平仄声间隔运用以求音韵和谐。后者在《宋书》中表现更为鲜明,说明了永明声律论对骈文写作也发生巨大的影响。

上面说的是史论。《文选》还选了《汉书》《后汉书》的史述赞四篇。赞是韵文的一体,当时的史述赞不但讲究押韵脚的音韵美，同时也重视对偶、辞藻之美，例如：

> 信惟饿隶，布实黥徒。越亦狗盗，芮尹江湖。云起龙骧，化为侯王。割有齐楚，跨制淮梁。(《汉书·述韩英彭卢吴传赞》节录)

> 炎政中微，大盗移国。九县飙回，三精雾塞。民厌淫诈，神思反德。世祖诞命，灵贶自甄。沈机先物，深略纬文。寻邑百万，貔虎为群。长毂雷野，高旗彗云。英威既振，新都自焚。(《后汉书·光武纪赞》节录)

这类史书的论、赞篇章，因为富有骈文语言之美，深受当时文人重视。范晔在其《狱中与诸甥侄书》中，对《后汉书》的论赞非常自负。称其一部分传记的序论"笔势纵放，实天下之奇作，其中合者往往不减《过秦》篇"。又称其传赞"自是吾文杰思，殆无一字空设，奇变不穷，同合异体，乃自不知所以称之"。《宋书》由沈约领衔，出于众手，但《谢灵运传论》则是沈约本人精心撰写的一篇史论。考《隋书·经籍志》史部正史类，有范晔《后汉书赞论》四卷，把赞论从《后汉书》全书中分离出来单独成书，便于读者学习揣摩。《隋志》又有范晔《汉书赞》十八卷，今已佚。这些都说明当时文人对史书中论、赞篇章因富有文采而予以重视的情况。

在骈体文学高度发达的南朝，大多数文人认为，文章之美就表现在语言的对偶、音韵、辞藻以至用典诸方面。《文选序》所谓辞采、文华、翰藻，也就是指的这些。《汉书》《后汉书》等史书的不少论、赞，富有这种语言之美，所以被《文选》破例选录了一部分。除史论外，《文选》还选录了十多篇论文，大致上也是从这个角度采择进去的。居论文之首的贾谊《过秦论》，辞藻富丽，排偶句多，开了八代论文重文采的先河，成为后代文人学习的范本。陆机《辨亡论》、干宝《晋纪总论》都是学《过秦论》的。左思《咏史诗》已有"著论准《过秦》"之句，范晔也极为推崇（见上文），看来它早已从《新书》中摘出单行，便于人们诵习，故《文选》把它作为单行篇章而加以选录。其他诸论文，各自具有不同程度的文采。反之，像《文心雕龙·论说》篇提到的夏侯湛、王弼、何晏等人的一些玄学论文，因为缺少文采，就都没有入选。诗歌方面的情况也是这样。曹植、陆机、谢灵运三家的诗，文采最为富艳，多数南朝文人评价最高，钟嵘《诗品》认为他们三人分别代表了建安、太康、元嘉三个时代的高峰，《文选》选录他们的诗也最多。曹操、陶潜的诗，尽管成就很高，但南朝人认为文采不足，《诗品》置曹操于下品，陶潜中品，《文选》于两人选篇也不多。

我们现在谈到叙事文学作品，总是首先想到人物形象是否描绘得真实生动。但在魏晋南北朝文人看来，叙述人物事迹，用单笔不用复笔，不讲究音韵声调，它们缺乏对偶、音韵、辞藻等骈体文学的语言之美，因而缺少文章的艺术性。因此，《文选》可以破例选录史书中的若干论、赞，但不可能破例选录史书中的一些优秀的人物传记。实际上除史书外，魏晋南北朝还有许多杂传记（包括志怪小说），其中也有不少优秀的描绘人物形象的作品，当时文人都把它们当作史部之支流而不认为是文学作品。

"综辑辞采""错比文华"，《文选序》用它来形容史书中一部分赞、论、序、述的艺术美。这种艺术美作为一种标准指导着编者选录了史书的一些片段，它还作为一个普遍的艺术标准，指导编者选录其他方面的文章。须要补充的是，对抒情性文学作品（主要是诗赋），则还要求抒情的真切生动。《文心雕龙》要求文章"情深而不诡"（《宗经》），赞美屈宋辞赋"叙情怨则郁伊而易感，述离居则怆怏而难怀"（《辨骚》），指出了抒情文学的思想艺术标准。萧绎《金楼子·立言》篇认为文章应当"咏吟风谣，流连哀思"，也很重视抒情性。《金楼子·立言》还认为文章应当"绮縠纷披，宫徵靡曼"，则是指的作品语言的形态色泽和音韵声调之美。萧绎的言论，较为全面地反映了南朝后期文人对文学作品的艺术要求。

## 三　事出于沉思，义归乎翰藻

"事出于沉思"二句也是《文选序》赞美史书中赞、论、序、述的话，与上文"综辑辞采"二句相结合，表明编者所以选录史书中这部分篇章的根据。翰藻即美丽的辞采，已见上文解释。这两句意思说：史家所写的一部分赞、论、序、述，能通过深沉的构思，运用美丽的语言把事义表达出来。关于事义的内涵，目前学术界尚没有一致的看法。朱自清先生曾撰有《〈文选序〉事出于沉思义归乎翰藻说》一文（收入《朱自清古典文学论文集》），认为事义指事类，即典故成语，翰藻则以运用比喻为主；因此，"事出"二句"不外善于用事，善于用比之意"。朱文引证丰富，见解独到，但《文选》中所选的这部分篇章，用典用比的比重并不很多，这样理解二句的意义，不免过于狭窄，不能全面概括这些篇章的艺术美。我以为，翰藻仍当指广泛的语言美，即上文所说的对偶、辞藻（包括比喻）、音韵、用典等因素；事义则指文中所述之事实和义理。前一点上文已有解说，此处仅就事义再作一些辨析。

按事义实有两种意思，一指典故成语，二指事实和义理（此点朱自清先生文也有涉及），当分别观之。《文选序》中的事义当指后一种意思。

先说前一种典故成语这种意思。从这方面看，事义即事类、用事之意。《文心雕龙·事类》云："事类者，盖文章之外，据事以类义，援古以证今者也。……明理引乎成辞，征义举乎人事。"事类、用事，因为通过运用古事来表现看法，所谓"据事以类义""征义举乎人事"，所以又称事义。因为即事见义，事和义二者关系紧密，所以二字大抵连属在一起运用。这在《文心雕龙》书中即有若干例子。《事类》又云："学贫者迍邅于事义。"因为运用典故成语，须仗平时多读书多积累，所以说学问贫浅者于运用事义即感艰难。《体性》云："事义浅深，未闻乖其学。"这是说运用典故的高明与否，取决于平时学问的积累，与上《事类》引文意思沟通。《知音》云："是以将阅文情，先标六观：一观位体，二观置辞，三观通变，四观奇正，五观事义，六观宫商。"这里事义位列第五，介乎奇正与宫商之间，当也是指具体的作文技巧，即运用典故成语。

事义的另一种意思是指事实和义理，在文章中分别指作品反映的外界事实和作者的思想观点（或事物的道理）。它不是因事见义，事和义二者关系不甚紧密，所以两字常常分开使用，但也有连属在一起的。先看《文心雕龙》的例子。《宗经》云："故文能宗经，则体有六义：一则情深而不诡，二则风清而不杂，三则事信而不诞，四则义贞而不回，五则体约而不芜，六则文丽而不淫。"在这六义中，情深、事信、义贞三者都属思想内容。当时诗赋和各体骈散文作品，其内容不外乎抒情、写景、记事、述义（即论说）四者。关于写景，大抵托物兴情，和抒情紧密结合，故从大范围看，可以包括在抒情之内；而描状京城、宫殿等内容，则大体可以归入记事范围。因此，刘勰所提情深、事信、义贞三者，大致上可以体现对各类作品思想内容的要求。其中诗赋类作品侧重于抒情、记事，史传类作品则侧重于记事、述义（史家的评论）。这里的前一点在《文心雕龙》的《明诗》《诠赋》《物色》等篇中颇多说明，后一点则在《史传》篇中有鲜明的表现。《附会》云："夫才童学文，宜正体制：必以情志为神明，事义为骨髓，辞采为肌肤，宫商为声气。"这里的事义应指事实和义理。上两句情志、事义均指作品的思想内容，下两句辞采、宫商则指作品语言形式的色彩美和音韵美。即事见义的典故，则包括在辞采之内。

事义作事实、义理解释，在魏晋南北朝的作品中还是并不少见的，这里再举若干例子。杜预《春秋经传集解序》云："故传或先经以始事，或后经以终义。"这里事指史事，义指史家之义旨。挚虞《文章流别论》论赋云："逸辞过壮，则与事相违；辩言过理，则与义相失。"这里的事、义分别指事实和义理。晋嵇含《怀香赋序》云："华丽则珠采婀娜，芳实则可以藏书。又感其弃本高崖，委身阶庭，似傅说显殷，四叟归汉，故因事义赋之。"（《艺文类聚》卷八一）这里的事指怀香的美好的色彩、芳香和弃高崖而来阶庭，义则指好像"傅说显殷，四叟归汉"那样的美好品德。这里的义虽也通过"弃本高崖，委身阶庭"的事表现出来，即事见义，但不是用典。《梁书·文学·刘杳传》载：沈约新构郊居阁斋，刘杳为赞二首呈约（赞文今不存）。沈约复信称其文"辞采妍富，事义毕举。句韵之间，光影相照"。这里的事、义也指事实和道理。沈约《光宅寺刹下铭序》云："圣心留爱闲素，迁负南郭，义等去丰，事均徙镐。"义、事也指义理、事实。《陈书·后主纪》载后主诏书有云："躬推为劝，义显前经；力农见赏，事昭往诰。"这里的义和事指封建统治者劝农的主张和行为。同篇另一诏书有云："若已预仕宦及别有事义不欲去者，亦随其意。"这里的事义则分别指事状和理由。以上诸例，或指称人、物，或说文章，事、义二字或连用，或分用，但均指事实、义理二者，而不是指典故成语一类。

史书中的纪、志、列传，大抵为记事，但其中的赞、论、序、述部分，则除叙事外，多发表史家的评论，正是事、义二者兼而有之。即以上面第二节的引文而论，《汉书·公孙弘传赞》一段为叙事；干宝《晋纪·总论》一段前面部分为叙事，"何哉树立失权"句以下为评论；《后汉书·逸民传论》一段为夹叙夹议；《宋书·谢灵运传论》一段为叙事；《汉书·述韩英彭卢吴传赞》一段、《后汉书·光武纪赞》一段均为叙事。总之，这类篇章的内容不出叙事、评论（即义）二者；在写法上则或叙事或评论，或夹叙夹议；其叙事部分由于运用词语颇为精炼讲究，有时也寓有褒贬。《文选序》"事出于沉思"二句，正是说史书的赞、论、序、述篇章，不论叙事、评论，都能以深沉的构思、运用华美的骈文语言表现出来。史书中的不少人物传记，尽管写得形象鲜明生动，但从当时文人看来，它们用散文写作，缺乏骈文语言的色彩、声韵之美，也就不是沉思翰藻之作，故其文学性不能与赞、论、序、述这部分篇章相提并论。这里反映了骈文高度发达时期人们的审美偏见。

"综辑辞采"等四句，《文选序》原来用以形容史书中的一部分赞、论、序、述，现在文学史研究者往往把它当作《文选》全书的选文标准来看待。这种看法有其道理，但又不够精确。说它有理，因为《文选》选录各体作品，的确都颇重视辞采、翰藻。说它不够精确，因为诗赋类作品内容以抒情写景、叙事状物为主，议论较少，有时甚至没有。这四句于作品的内容仅举事、义，不提情，显然不能覆盖《文选》所选的全部作品。《文选》全书的选文标准应当是：在抒情、叙事、述义诸方面都重视辞采、文华、翰藻。

　　注意辞采、翰藻，是《文选》选录作品的一个重要标准，但还不能说是惟一的标准。《文选》选文的另一个重要标准是注意风格的雅正。萧统在《答湘东王求文集及〈诗苑英华〉书》中指出，文章应当做到"丽而不浮，典而不野，文质彬彬"，就是说明他不但要求文章美丽有辞采，不失之野；同时又反对过度追求华美，失之浮艳。因之，他对南朝文人鲍照、汤惠休、谢朓、沈约等人的一部分诗作，内容着重咏物和描写男女之情、风格比较轻艳的作品，一概不入选。对六朝乐府中歌咏爱情之作，也一概不选。另外，《文选》对汉魏六朝的不少俚俗的作品也不入选。如辞赋中的通俗杂赋，像潘岳《丑妇赋》、束皙《卖饼赋》见于《文心雕龙·谐隐》所论述的，均不入选。对乐府民歌，不但一概不选六朝的吴声、西曲，连汉乐府的相和、杂曲，也基本上不选，其原因部分地由于浮艳外，也因其俚俗。对七言诗，仅选张衡《四愁诗》、曹丕《燕歌行》，晋宋以来不少优秀的七言诗均不入选，反映了"体小而俗，七言类也"（傅玄《拟四愁诗序》）的偏见。在萧统看来，这类俚俗的作品，不但风格不雅正，而且大部分又是缺少沉思、翰藻之美的。我们如果把《文选》所选诗篇与《玉台新咏》的选篇相比照，就会清楚地看到《文选》崇尚雅正、摒弃浮靡、俚俗的标准了。后世所谓选体、玉台体的名称，实际上也反映了这两部书所选诗歌的不同风格。这个问题可以另作专文细加剖析，本文对此不再详论了。

1988 年作

（原载《复旦学报》1988 年第 6 期）

# 谈李白的《蜀道难》

元代萧士赟《分类补注李太白诗》是现存最早的李诗注本，《四库全书总目提要》称许其"注中多征引故实，兼及意义"，"大致详赡，足资检阅"。关于《蜀道难》的创作背景，自唐代以来就多有歧说。萧士赟批评前人"以臆断之，其说皆非也"，自称"尝以全篇诗意与唐史参考之"，并结合安氏之乱中的具体史事逐层解说。明人胡震亨《李诗通》尽管认为前代各家所言"似并属揣摩"，指出李白只是依据乐府旧题拟作，"自为蜀咏耳"，可是并没有详细的分析。清人王琦辑注的《李太白全集》同时征引萧、胡两家意见以供读者参考，却并未评判孰是孰非，以致徐家瑞《颓废派之文人李白》、王瑶《李白》、苏仲翔《李杜诗选》、俞平伯《〈蜀道难〉说》等大批现代论著在比较斟酌之馀往往更倾向于采信萧说。

王运熙先生在上世纪五十年代后期开设过"李白研究"专题课，指导年轻教师和学生编注过一部《李白诗选》，并在此基础上与部分师生合作撰著《李白研究》。前者认为《蜀道难》"是李白初到长安时送友人入蜀所作"，后者也指出"这首诗是李白送友人入蜀时写的，充满着对友人的关心"（《李白诗歌的艺术特色》），这些主张都源于这篇论文。王先生批驳范摅、《新唐书》、萧士赟的意见，主要依据的是《河岳英灵集》的编集时间。他后来另撰《〈河岳英灵集〉的编集年代和选诗标准》，有更为翔实细密的考订。而他反对洪刍、沈括、洪迈的意见，则是在覆按新旧《唐书》、《资治通鉴》等史籍时，觉察到有龃龉不合之处。他在总结治学经验时强调"研究唐代文学，要用心读《旧唐书》《新唐书》等"（《望海楼笔记》卷一《读一些四部经典书籍》），确实是深造有得之言。

※※※※※※※※※※

关于李白《蜀道难》的创作年代和主旨，向来有好几种不同的意见，迄今尚无定论，这些分歧意见大致可分为四种。

唐孟棨《本事诗·高逸》和王定保《唐摭言》卷七都认为《蜀道难》的产生年代较早。两书记载太白入京，谒见贺知章。知章看到《蜀道难》，大加称赏。按李白于玄宗天宝元年入京，贺知章于天宝三载正月退休回乡（参考王琦《李太白年谱》），如《本事诗》《唐摭言》之说可信，则《蜀道难》应是天宝以前的作品。

相信这一创作年代的，在谈到诗的主旨方面又分为两说。北宋沈括《梦溪笔谈》卷四、洪刍《洪驹父诗话》[1]、南宋洪迈《容斋续笔》卷六认为是讽剑南节度使章仇兼琼而作。其根据是"李白集中称刺章仇兼琼"(《梦溪笔谈》),"尝见李集一本于《蜀道难》题下注:讽章仇兼琼也"(《洪驹父诗话》)。这是第一说。明胡震亨《李诗通》卷四说:"愚谓《蜀道难》自是古相和歌曲,梁、陈间拟作者不乏,讵必尽有为始作。白,蜀人,自为蜀咏耳。"这是第二说。

唐范摅《云溪友议》卷二、《新唐书·严武传》都主张《蜀道难》是李白为房琯、杜甫感到危险而作。严武镇蜀,房琯、杜甫为其下属,严武很暴虐,李白害怕房、杜遇祸,故作此诗。按严武首次镇蜀(为成都尹、剑南节度使),在肃宗上元二年,次年李白卒(参考闻一多《少陵先生年谱会笺》)。如此说可信,则《蜀道难》是李白暮年之作。这是第三说。元萧士赟《分类补注李太白诗》卷三说:"尝以全篇诗意与唐史参考之,盖太白初闻禄山乱华、天子幸蜀时(时为天宝十五载)作也。……太白此时盖亦深知幸蜀之非计,欲言则不在其位,不言则爱君忧国之情不能自已,故作是诗以达意也。"这是第四说。

以上四说中第四说章分句解,说得尤为动听。故沈德潜《唐诗别裁集》卷六许之"为得其解",陈沆《诗比兴笺》卷三誉为"迥出诸家之上"。最近苏仲翔先生编选的《李杜

---

[1]《洪驹父诗话》今佚,它关于《蜀道难》的话,见王琦《李太白文集》注引萧士赟语中提到。

诗选》也采用此说。其实三、四两说，均不足信。考《蜀道难》一诗被收入唐殷璠所编的《河岳英灵集》。殷璠在评李白诗时且说："至如《蜀道难》等篇，可谓奇之又奇。"又考明刊本《河岳英灵集》所载殷璠自序云："诗二百三十四首，分为上、下卷，起甲寅，终癸巳。"按序文称玄宗为主上，是其集必编集于玄宗时代，癸巳当为天宝十二载。闻一多《少陵先生年谱会笺》系此集之编成于天宝十二载，这是对的。北宋曾彦和跋《国秀集》云："殷璠所撰《河岳英灵集》，作于天宝十一载。"十一载当是十二载之误。《文苑英华》卷七一二、《全唐文》卷四三六载殷璠序文作"起甲寅，终乙酉"，乙酉为天宝四载。按日人遍照金刚（生当我国唐代后期）的《文镜秘府论》南卷引殷序作"终癸巳"，加上曾跋作十一载，当以作"终癸巳"为是[1]。要之，《蜀道难》的创作必在天宝十二载以前，是完全可以肯定的。第三说认为在肃宗时，第四说认为在天宝末，当然都不足信。

剩下一、二两说哪一说更可信呢？我以为是第二说。第一说何以不可信呢？首先，洪刍、沈括等说李白集中称讽章仇兼琼，这只是"一本"的注解，而且恐是后出的注解，否则范摅也当注意到。其次，考章仇兼琼在蜀的史实，没有根据得出李白作《蜀道难》讽他的结论。《旧唐书》

---

[1] 参考岑仲勉先生《唐集质疑》中"河岳英灵集"条，载《中央研究院历史语言研究所集刊》第九本。

卷一九六《吐蕃传》、《新唐书》卷二一六《吐蕃传》、《资治通鉴》均有章仇兼琼事迹的记载，《旧唐书》较明确，节录如下：

> （开元）二十七年……王昱既败之后，诏以华州刺史张宥为益州长史、剑南防御使，主客员外郎章仇兼琼为益州司马、防御副使。宥既文史，素无攻战之策，兼琼遂专其戎事。俄而兼琼入奏，盛陈攻取安戎之策。上甚悦，徙张宥为光禄卿，拔兼琼令知益州长史事，代张宥节度，仍为之亲画取城之计。二十八年春，兼琼密与安戎城中吐蕃翟都局及维州别驾董承宴等通谋。都局等遂翻城归款，因引官军入城，尽杀吐蕃将士，使监察御史许远率兵镇守。上闻之甚悦。……其年十月，吐蕃又引众寇安戎城及维州。章仇兼琼遣裨将率众御之，仍发关中矿骑以救援焉。时属凝寒，贼久之自引退。诏改安戎城为平戎城。

以上是章仇兼琼镇蜀时在军事方面的主要事迹。章仇兼琼在蜀地有没有劣迹呢？有的。《通鉴》卷二一五天宝四载八月有这样的记载：

> 杨钊（后改名国忠），贵妃之从祖兄也。不学无行，为宗党所鄙。从军于蜀，得新都尉。考满，家贫不能自归，新政富民鲜于仲通常资给之。……剑南节度使章仇

兼琼引为采访支使，委以心腹。尝从容谓仲通曰："今吾独为上所厚，苟无内援，必为李林甫所危。闻杨妃新得幸，人未敢附之。子能为我至长安与其家相结，吾无患矣。"仲通曰："仲通蜀人，未尝游上国，恐败公事。今为公更求得一人。"因言钊本末。……兼琼大喜，即辟为推官，往来浸亲密。乃使之献春绨于京师，将别，谓曰："有少物在郫，以具一日之粮，子过，可取之。"钊至郫，兼琼使亲信大赍蜀货精美者遗之，可直万缗。钊大喜过望，昼夜兼行，至长安，历抵诸姊，以蜀货遗之，曰："此章仇公所赠也。"……于是诸杨日夜誉兼琼。

《通鉴》同卷于天宝五载又记载说："五月乙亥，以剑南节度使章仇兼琼为户部尚书，诸杨引之也。"又唐诗人顾况有《露青竹杖（一作鞭）歌》一首，讽刺兼琼逼迫蜀地人民采马鞭进贡京师以邀宠的行动。诗颇长，录其首段：

鲜于仲通正当年，章仇兼琼在蜀川。约束蜀儿采马鞭，蜀儿采鞭不敢眠。横截斜度飞鸟边，绳桥夜上层崖颠。头插白云跨飞泉，采得马鞭长且坚。浮沤丁子珠联联，灰煮蜡楷光烂然。章仇兼琼持上天，上天雨露何其偏。（双峰书屋版《全唐诗》第四函第九册）

诗篇最后以"圣人不贵难得货，金玉珊瑚谁买恩"结束，讽意很明显。这样看来，似乎李白的《蜀道难》为讽刺章仇兼琼而作的可能性很大了。然而，兼琼在蜀的劣迹，主要是驱迫人民、冀邀主宠，而不是有恃险不臣的阴谋，跟《蜀道难》的内容并不符合。胡震亨说："兼琼在蜀，御吐蕃著绩，无据险跋扈迹可当此诗。"（《李诗通》）这见解还是中肯的。何况《本事诗》《唐摭言》说《蜀道难》曾在天宝初年为贺知章激赏，这记载还值得重视。李白写《蜀道难》时很可能在天宝以前，那时章仇兼琼是否已镇蜀，镇蜀是否已见劣迹，都成问题。《蜀道难》讽兼琼的说法，大约即是后人看到兼琼在蜀时有劣迹，加上顾况有诗讽刺，因而所作的一种推测，而没有注意到诗篇内容是否与兼琼事迹真正符合。

因此，我们认为以上四说中，还是胡震亨的见解最为客观可信。胡氏在《唐音癸签》卷二十一对《蜀道难》更有一段比较警辟的议论，他说："《蜀道难》自是古曲，梁、陈作者，止言其险，而不及其他。白则兼采张载《剑阁铭》'一人荷戟，万夫趑趄，形胜之地，匪亲弗居'等语用之，为恃险割据与羁留佐逆者著戒。惟其海说事理，故苞括大，而有合乐府讽世立教本旨。若第取一时一人事实之，反失之细而不足味矣。诸解者恶足语此？"这是最通达可取的议论。

一篇古典诗歌是否有美刺比兴；如有美刺比兴，是否有一定的具体对象，其具体对象又是什么？关于这方面的解释，都应该实事求是地建立在可靠的或比较可靠的根据上面，否则很容易成为主观的臆测。我们现在研究、注释古典诗歌，对前人在这些方面的言论，必须审慎地加以抉择。

1956 年

（原载《光明日报》1957 年 2 月 17 日

《文学遗产》副刊第 144 期）

# 《河岳英灵集》的编集
# 年代和选诗标准

导 读

　　目前可以考知的唐人所编唐代诗歌总集将近五十种,留存至今的则有十馀种(包括部分今人辑录本)。殷璠编选的《河岳英灵集》因聚焦于开元、天宝之际的盛唐诗坛,并通过卷首的叙、论以及对入选诗人的评议,具体阐说了对诗歌特质的认识,所以尤其受到后世推重。清人王鸣盛认为"昔唐人选诗,惟殷璠氏《英灵》一集高于诸选"(《凌祖锡诗序》),近人杨守敬更盛赞该书"编次既当,批摘又精,真诗中无价宝也"(《日本访书志》卷十二)。商务印书馆在编辑《四部丛刊》初编时,就特意影印过一种明刻三卷本,以便读者翻览。其实此书还有一种二卷本,不仅在结构上符合殷璠自述的"分为上下卷"(《叙》),其文字内容也更接近原貌,只是由于存世极稀,长期以来不为人知。二卷本《叙》在提及编集始末时也称"起甲寅,终癸巳",可知将其收诗的截止时间定于天宝十二载确有依据。当然,同样编纂于宋代的《文苑英华》此处作"起甲寅,终乙酉",仅仅凭此显然还不能成为定谳,尚需再做通盘考察。

本文由王运熙先生与弟子杨明先生合作撰写，因条件所限，当年只能依据《四部丛刊》中影印的明刻本，但他们通过对大量入选诗歌创作时间的严密考订，为确定全书编集时段提供了更多确凿的佐证。足见只要细致地研读文献，即便并无秘籍珍本可资依恃，仍然能有所发现。在分析殷璠的选录标准时，他们也仔细寻绎，一方面注重将书中评语与所论诗作相联系，另一方面更将其置于魏晋以来诗歌创作与诗学理论的演化中予以衡量考较，所以最终能见微知著，窥见殷璠所标举"风骨""兴象"等标准在中古时期的承传。王先生早年还有《释〈河岳英灵集序〉论盛唐诗歌》一文，另着眼于开元时期政治、文化的各种新动向进行探讨，可与本文相互参看。

〰〰〰〰〰〰〰〰〰〰

殷璠的《河岳英灵集》专选盛唐诗歌，是唐人选唐诗中十分重要的一种。编选者以选诗结合评论的方法，表达了自己对于诗歌的见解。卷首的序和《集论》介绍了选诗宗旨，并且简要中肯地指出了盛唐诗歌的特色和成就。本文拟通过集中几首诗写作年代的考订，论证该集的编撰年代；并对殷璠的选诗标准作一些分析。

一

首先谈谈《河岳英灵集》的编撰年代问题。

明刻本《河岳英灵集》序云所收诗"分为上下卷，起甲寅，终癸巳"，《文镜秘府论·南卷》所引同。按甲寅为开元二年，癸巳为天宝十二载。《国秀集》曾彦和跋云："殷璠所撰《河岳英灵集》作于天宝十一载。"当也是据殷璠序言之，而"十一"或是"十二"之误。但《文苑英华》卷七一二、《全唐文》卷四三六所载序文，均作"起甲寅，终乙酉"，乙酉为天宝四载。这便使人发生疑问。岑仲勉先生说："乙酉、癸巳孰是，非将全集稍加考证，不能遽定也。"（《唐集质疑》"《河岳英灵集》"条）余嘉锡先生《四库提要辨证》卷二四则断定曾彦和所言为是，因为《河岳英灵集》称贺兰进明为"员外"，据两《唐书·玄宗纪》，知天宝十五载时贺兰进明为北海太守，又据劳格《唐郎官石柱题名考》的考订，判断进明系由主客员外郎出任北海太守。而"集中犹称员外，则彦和谓其作于天宝十一载，信而有征矣"。按余先生所说略有小误。贺兰进明系由主客员外郎出为信安郡（即衢州）太守，安史乱起，方改任北海太守[1]。不过贺兰进明任信安太守当亦不致长达十年之久，故其由员外郎出守信安应在天宝四载以后。因此，殷璠称贺兰进明为"员外"，

---

[1] 李华《衢州刺史厅壁记》云："开元、天宝中，始以尚书郎超拜名郡，贺兰大夫为之，李郎中为之。自逆胡悖天地之慈，犯雷霆之诛，贺兰起北海之师，郎中佐浙东之幕。"明言贺兰进明于任北海太守前，曾守信安郡（即衢州），而李郎中似即继进明守信安者。《旧唐书·第五琦传》云：琦"累至须江丞，时太守贺兰进明甚重之。会安禄山反，进明迁北海郡太守，奏琦为录事参军"（《新唐书》本传同）。须江即信安郡属县。也可证进明先为信安太守，安史乱起，乃改任北海。

可作判定《河岳英灵集》撰于天宝四载以后的证据之一。现在大多数研究者都以天宝十二载之说为是，这是正确的。这里就集中若干首诗歌的写作年代再补充一些证据。

集中有李颀《听董大弹胡笳声兼语弄寄房给事》。房给事指房琯。按《旧唐书·房琯传》及《通鉴》卷二一五，房琯于天宝五载正月擢试给事中，六载正月，坐与李适之、韦坚交好，斥为宜春太守。诗末云："长安城连东掖垣，凤凰池对青琐门。才高脱略名与利，日夕望君抱琴至。"即指房琯任职于门下省而言。是知此诗作于天宝五载。

又所收高适《封丘作》，系作者任封丘县尉时所作。《旧唐书》本传云："宋州刺史张九皋深奇之，荐举有道科。时右相李林甫擅权，薄于文雅，唯以举子待之，解褐汴州封丘尉。"徐松《登科记考》卷九据晁公武《郡斋读书志》，谓高适于天宝八载举有道科中第。据萧昕《殿中监张公（九皋）神道碑》，张九皋为睢阳郡守（即宋州刺史，天宝元年改州为郡，刺史为太守）可能正在天宝八载前后，故晁氏之说可信。高适中第后不久即任封丘尉，故《封丘作》当是天宝九、十载间的作品[1]。

又集中李白《梦游天姥山别东鲁诸公》《忆旧游寄谯郡

––––––––––––––––––––

〔1〕 高适释褐封丘尉，王达津《诗人高适生平系诗》（收入《文学遗产增刊》第八辑）系于开元二十三年，彭兰《高适系年考证》（见《文史》第三辑）系于天宝六载，均不确；孙钦善《高适年谱》（载《北京大学学报》1963年6月期）系于天宝八载，是。参考傅璇琮《高适年谱中的几个问题》（收入作者《唐代诗人丛考》内）。

元参军》二诗，都是天宝三载作者被挤出京后所作。是年李白与杜甫、高适同游梁宋，次年春已至东鲁。其去鲁游越，当在天宝四、五载间[1]。《忆旧游》诗中云："北阙青云不可期，东山白首还归去。渭桥南头一遇君，酂台之北又离群。"此诗黄锡珪《李太白年谱》以为是天宝七载李白往谯郡寻元参军以后所作，詹锳《李白诗文系年》则以为游梁宋后居东鲁时所作，总之是天宝四载以后的作品。

又集中李白《远别离》有"君失臣兮龙为鱼，权归臣兮鼠变虎"之句，当是为玄宗晚年不理政事，李林甫之流擅权而作。按林甫自开元二十二年为相后，逐步骗取玄宗信任。据《通鉴》卷二一五所载，天宝三载玄宗已有"欲高居无为，悉以政事委林甫"之语。但当时李适之为左相，与林甫争权，林甫尚有顾忌，不敢跋扈太甚。例如四载他设计陷害李适之、张垍，并未十分得逞；夺取江淮租庸转运使韦坚之权，也还不得不采取"迁以美官，实夺之权"的手法。林甫专国柄、残杀异己，使得中外震骇，是在天宝五载以后。是年韦坚、皇甫惟明贬官出外，李适之罢相，林甫于是得以专擅朝政。他又诬韦坚与李适之等为朋党，于是韦坚流放，适之贬宜春太守，凡韦坚亲党坐流贬者数十人。又陷名士李邕、裴敦复、柳勣、王曾等，"十二月……勣及曾等皆杖死，积尸大理，妻子流远方，中外震栗"。六载，李邕、裴敦复、

---

[1] 杜甫《送孔巢父谢病归游江东兼呈李白》钱谦益注："公与（李）白别于鲁郡石门，在天宝四五载间。"闻一多《少陵先生年谱会笺》：天宝四载"公（杜甫）将西去，（李）白亦有江东之游"。

皇甫惟明、韦坚兄弟、李适之均被杀害。林甫又屡起大狱，欲危及太子，被挤陷诛夷者有数百家之多。十二月，玄宗将天下贡物全部赏赐林甫，"上或时不视朝，百司悉集林甫第门，台省为空"。这样的事实，方与《远别离》中惊心动魄的情景相称，尤与"君失臣"二句相切合。故《远别离》之作，当在天宝五、六载之后。萧士赟云："此诗大意谓无借人国柄。借人国柄，则失其权，失其权则虽圣哲不能保其社稷妻子焉，其祸有必至之势也。然则此诗之作，其在于天宝之末乎？"（《分类补注李太白诗》卷三）《唐宋诗醇》卷二曰："此忧天宝之将乱，欲抒其忠诚而不可得也。日者君象，云盛则蔽其明。啼烟啸雨，阴晦之象甚矣。……小人之势至于如此，政事尚可问乎？"其说都可供参考。

又王昌龄诗评语谓其"晚节不矜细行，谤议沸腾，垂历遐荒，使知音者叹息"，系指昌龄远谪龙标尉而言。集中常建诗有《鄂渚招王昌龄张偾》一首，云："楚云隔湘水。"又云："谪居未为叹，谗枉何由分？五日逐蛟龙，宜为吊冤文。"也是指昌龄贬龙标（龙标今在湖南西部）之事。按王昌龄于安史乱起后始北返，为闾丘晓所杀。他在贬所，恐不致长达十年之久，故其远谪龙标，当在天宝四载以后。因此常建此诗的写作年代，亦应在天宝四载之后。

又殷璠评王昌龄诗时所引"奸雄乃得志，遂使群心摇。赤风荡中原，烈火无遗巢。一人计不用，万里空萧条"六句，系咏史之作。作者慨叹晋武帝不听齐王攸的劝谏，没有及早除去刘渊；后来刘渊首先发难，导致十六国的长期纷乱（事见《晋书·刘元海载记》）。天宝年间安禄山势力逐渐强大，阴谋叛变，当时有识之士多为国家前途担心。昌龄此作当是借咏史寄托对于国事的隐忧[1]。按安禄山反状逐渐显露，事在天宝中期。《通鉴》卷二一五载，天宝六载，"安禄山潜蓄异志，托以御寇，筑雄武城，大贮兵器，请（王）忠嗣助役，因欲留其兵。忠嗣先期而往，不见禄山而还，数上言禄山必反"。这是史载安禄山阴谋为人识破的第一次[2]。天宝十五载安禄山乱军破潼关后，杨国忠有"人告禄山反状已十年，上不之信"之语（见《通鉴》卷二一八）。自十五载上推十年，亦恰当天宝五、六载。王忠嗣很有远见，且亲至范阳觇伺，所以有把握说禄山必反。至于一般人知其必反应更迟一些。因此上引诗句的写作年代当在天宝中期以后。

以上诸诗既作于天宝四载以后，则说《河岳英灵集》收诗止于乙酉便是错误的。但集中诗可考知作于开元年间及天宝初的较多；又岑参天宝后期从军西域所作的许多雄

---

〔1〕 参考拙作《王昌龄的籍贯及〈失题〉诗的问题》，载《光明日报》1962年2月25日《文学遗产》403期。

〔2〕 史言张九龄于开元后期已知安禄山将乱。徐浩《张九龄碑》云禄山入朝，九龄知其必乱中原。但当时禄山不过是幽州节度使张守珪部下一偏将而已，九龄谓其将乱幽州，自有可能；言预知其将乱中原，显系夸大之词。故岑仲勉谓徐碑"誉过其实，反乖乎理"。可参考岑仲勉《通鉴隋唐纪比事质疑》"张守珪请斩安禄山"条。

壮有力的边塞诗均未收入，评语中亦未提及[1]，大约殷璠收诗虽止于天宝十二载，但仍以作于开元间及天宝前期者为主。集中未收杜甫诗，可能原因即在于此。杜甫年辈稍迟（集中诗人生年可知或约略可知者，如常建、李白、王维、李颀、高适、崔颢、孟浩然、王昌龄、王湾，均年长于杜甫。只有岑参小杜甫三岁），今天我们所见杜诗作于天宝中期以前者数量不多，或许当时其作品尚未十分流行，故殷璠未收其诗。

## 二

《河岳英灵集》的编选标准，主要是风骨与兴象二者。下面先谈风骨。

《河岳英灵集·集论》云："璠今所集，颇异诸家：既闲新声，复晓古体；文质半取，风骚两挟；言气骨则建安为俦，论宫商则太康不逮。"这表明他把"气骨"作为重要的选录标准。

所谓"气骨"，即"风骨"，是指作品思想感情表现得鲜明爽朗，语言质素而劲健有力，因而具有明朗遒劲的优良风格。殷璠在序中说："夫文有神来、气来、情来。"所谓"气来"也是思想感情表现得明朗畅达之意。建安时代的诗

---

[1] 据闻一多《岑嘉州系年考证》，岑参首次从军在天宝八载至十载，第二次在天宝十三载至肃宗至德元载。

歌就是具有风骨的典型。《文心雕龙》的《明诗》《时序》篇都指出了建安作品"慷慨以任气""梗概而多气"的特点,《乐府》篇也说曹氏父子"气爽"。《明诗》篇还指出当时诗歌"造怀指事,不求纤密之巧;驱辞逐貌,唯取昭晰之能",即具有不尚雕琢、表现明朗的特色。钟嵘《诗品序》提出了"建安风力"一语。《诗品》评曹植诗称其"骨气奇高",评刘桢诗称其"真骨凌霜,高风跨俗"。刘勰、钟嵘都对建安风骨给以很高的评价[1]。盛唐时代许多诗人自觉地继承建安诗歌的优良传统,他们的作品也常常具有明朗刚健的风格。

从殷璠对诗人的具体评论中也可看出他对风骨的重视。如评高适云:"适诗多胸臆语,兼有气骨,故朝野通赏其文。"这与两《唐书》本传所说高适作诗"以气质自高"相一致。"气质"与"气骨""风骨"的含义大致相同,语言质朴的作品较易具有风骨,《宋书·谢灵运传论》就有"子建、仲宣以气质为体"之说。高适"喜言王霸大略,务功名,尚节义"(《旧唐书》本传),以经济之才自负,但早期坎坷不遇,流落多年。这样的性格、遭遇使他的许多诗作具有慷慨悲歌的格调,风骨颇高;在殷璠所选诸作中,《送韦参军》《封丘作》《邯郸少年行》《燕歌行》《行路难》等首表现得尤为突出。

---

〔1〕 参考拙作《从〈文心雕龙·风骨〉谈到建安风骨》,载《文史》第九辑。

又如评薛据云："据为人骨鲠有气魄，其文亦尔。"这是说他文如其人，具有气骨。又说他"自伤不早达，因著《古兴》诗云：'投珠恐见疑，抱玉但垂泣。道在君不举，功成叹何及！'怨愤颇深"。这些诗句也是直抒胸臆、具有风骨的。薛据的为人与作品风格都与高适有类似之处。

又评崔颢云："颢年少为诗，名陷轻薄。晚节忽变常体，风骨凛然。一窥塞垣，说尽戎旅。至如'杀人辽水上，走马渔阳归。错落金锁甲，蒙茸貂鼠衣'，又'春风吹浅草，猎骑何翩翩。插羽两相顾，鸣弓上新弦'，可与鲍照并驱也。"鲍照擅长从军边塞之作，他的许多诗歌酣畅淋漓，具有"饥鹰独出，奇矫无前"（敖陶孙《诗评》）的风格。殷璠将崔颢与鲍照相比，表现了对崔颢诗歌具备风骨的赞美。多种题材、主题的诗歌都可以具有风骨，而边塞戎旅之作则比较更容易体现刚健的风格。殷璠所选崔颢十一首诗中有五首是此种题材的作品，这也表明了他对风骨的重视。

又评陶翰诗云："既多兴象，复备风骨。"评王昌龄云："元嘉以还，四百年内，曹（植）、刘（桢）、陆（机）、谢（灵运），风骨顿尽。顷有太原王昌龄、鲁国储光羲颇从厥迹。"[1] 所选二家亦颇有军旅之作。此外如陶翰的《经杀子谷》、王昌龄的《长歌行》以及王昌龄诗评语中所引"去时

---

〔1〕《唐诗纪事》卷二四引殷璠语，于"风骨顿尽"下但云"今昌龄克嗣厥迹"，未言及储光羲。

三十万，独自还长安。不信沙场苦，君看刀箭瘢"（《代扶风主人答》）和"奸雄乃得志"等句，都鲜明地表现出气盛骨劲的特征。

又评贺兰进明所作"古诗八十首，大体符于阮公"。按阮籍《咏怀》诗颇有风骨。《沧浪诗话》云："黄初之后，惟阮籍《咏怀》之作，极为高古，有建安风骨。"殷璠称贺兰进明古诗八十首"大体符于阮公"，也包含着它们具备风骨之意。

推崇建安风骨，在盛唐诗人中是普遍的现象。他们常常把认为优秀的作品称为"建安体"，把所推重的作者与建安诗人相比。例如李白说："蓬莱文章建安骨。"（《宣州谢朓楼饯别校书叔云》）高适称美薛据诗说："纵横建安作。"（《淇上酬薛据兼寄郭微》）又曾说："周子负高价，梁生多逸词。周旋梁宋间，感激建安时。"（《宋中别周梁李三子》）还称友人为"逸气刘公幹"（《奉赠睢阳路太守见赠之作》）。杜甫也称薛据"曹刘不待薛郎中"（《解闷》之四），称高适"方驾曹刘不啻过"（《奉寄高常侍》）。又王维称綦毋潜"弥工建安体"（《别綦毋潜》）。（王维对綦毋潜的评价与殷璠的评语有所不同，但推重建安风骨则是一致的。）盛唐、中唐之际的刘长卿也有"遥寄建安作"之句（《奉和李大夫同吕评事太行苦热行兼寄院中诸公仍呈王员外》）。殷璠说高适诗有气骨，"故朝野通赏其文"。《旧唐书》本传说他作诗"以气质自高，每吟一篇已，为好事者称诵"。高适《奉寄平原颜太守》诗序也说："今南海太守张公（九皋）之牧梁也，亦谬以仆为才，遂奏所制诗集于明主。而颜公（真卿）又作四言诗数百字，并序之，张公吹嘘之美，兼述小人狂简之盛，遍呈当代群英。"[1] 这里所说当即天宝八载张九皋荐高适应有道科事。可见高适那些风骨高举的诗在当时得到普遍的重视和欣赏，他的及第入仕也与此有关。以上材料都说明盛唐时代人们对风骨的重视，对建安诗歌的推崇。盛唐诗歌之所以呈现雄浑有力、开阔明朗的动人风貌，与此大有关系。中、晚唐人在论及盛唐诗歌时常指出这一点。如元稹称杜甫"气夺曹刘"（《唐故工部员外郎杜君墓系铭序》）；吴融称李白"气骨高举"（《禅月集序》）；皮日休也说："明皇世，章句之风，大得建安体，论者推李翰林、杜工部为之尤。介其间能不愧者，唯吾乡之孟先生（浩然）也。"（《郢州孟亭记》）又杜确云："开元之际，王纲复举，浅薄之风，兹焉渐革。其时作者凡十数辈，颇能以雅参丽，以古杂今，彬彬然，灿灿然，近建安之遗范矣。南阳岑公（参），声称尤著。"（《岑嘉州诗集序》）杜确、皮日休的话与《河岳英灵集》序中所说的"开元十五年后，声律、风骨始备矣"正相一致。殷璠重视风骨，将它作为选录诗歌的重要标准，正反映了当时人们的普遍看法，反映了盛唐诗歌的重要特点。

这里有一个问题需要略加解释。殷璠评王昌龄诗时说：

---

[1] 此诗及序，《高常侍集》与《全唐诗》均不载，敦煌残卷伯三八六二录之。此处引文据王重民《补全唐诗》（载《中华文史论丛》第三辑）。

"元嘉以还，曹、刘、陆、谢，风骨顿尽。"曹植、刘桢诗作具有风骨，是人们所公认的；陆机、谢灵运作品是否有风骨，后人评价并不一致。刘勰曾说："及陆机断议，亦有锋颖，而腴辞弗剪，颇累文骨。"（《文心雕龙·议对》）又说他"缀辞尤繁"（《熔裁》），"思能入巧，而不制繁"（《才略》），对其作品过于繁富表示不满。因为"繁华损枝，膏腴害骨"（《诠赋》），语言过于繁富则伤害风骨。钟嵘也批评陆机"气少于公幹"，在风骨方面不及建安诗歌。谢灵运诗的情况也有类似之处。钟嵘《诗品》说他"颇以繁芜为累"。殷璠认为陆机、谢灵运诗有风骨，可能是由于晋宋诗歌比汉魏作品固然显得文盛质衰，但方之齐梁的过分雕琢涂饰，就又显得高古质朴，比较明朗有力。所以殷璠在《集论》中说："自汉魏至于晋宋，高唱者十有馀人。"而对于齐梁陈隋诗，却说是"下品实繁，专事拘忌"。皎然认为谢灵运诗"直于情性，尚于作用，不顾词采而风流自然"，并认为："上蹑风骚，下超魏晋，建安制作，其椎轮乎？"（《诗式·文章宗旨》）于頔也说其诗"气逸而畅"（《吴兴昼公集序》），即表情达意颇为爽朗。顾陶《唐诗类选序》也说到"苏（武）、李（陵）、刘（桢）、谢（灵运）之风骨"。在唐人中认为谢灵运诗具有风骨的不止殷璠一人。

以下再谈兴象，这也是《河岳英灵集》的一个重要选录标准。

殷璠在序中批评南朝一些人的不良创作风气时，说他们的作品"都无兴象，但贵轻艳"[1]。在评论入选诗人作品时，也常说到"兴"或"兴象"。所谓"象"，即作品中描绘的具体形象。所谓"兴"，是诗人由外界事物的触发而产生的感受；殷璠所指多数是对自然景物的感受。古人常用"兴"表示自然景物引起的感触、兴致，有时也包括因此而产生的创作冲动。潘岳有《秋兴赋》；《文心雕龙·物色》说："四序纷回，而入兴贵闲。"又说："春日迟迟，秋风飒飒，情往似赠，兴来如答。"沈约《宋书·谢灵运传论》称灵运"兴会标举"，钟嵘也称他"兴多才高"：这些地方的"兴"都指自然风物引起的感受。唐人诗文中的"兴"也常是此意。如李白云："我觉秋兴逸，谁云秋兴悲。"（《秋日鲁郡尧祠亭上宴别杜补阙范侍御》）杜甫云："云山已发兴。"（《陪李北海宴历下亭》）"东阁官梅动诗兴。"（《和裴迪登蜀州东亭逢早梅相忆见寄》）裴迪云："缘溪路转深，幽兴何时已。"（《木兰柴》）孟浩然云："兴是清秋发。"（《秋登万山寄张五》）钱起云："山月随客来，主人兴不浅。"（《酬王维春夜竹亭赠别》）等等，其例不胜枚举。殷璠提倡兴象，就是要求诗人能做到情景交融，能在描绘自然景物时真实地表现出自己的感受。这样的诗歌当然是具有感染力的。

---

[1] "兴象"二字《文苑英华》卷七一二、《全唐文》卷四三六所载《河岳英灵集序》均作"比兴"，此据明刻本及《文镜秘府论·南卷》引。按集中评陶翰、孟浩然诗时皆言及"兴象"，当以作"兴象"为是。

殷璠在评论中说到"兴象"或"兴"的诗人共有五位，即常建、刘眘虚、陶翰、孟浩然、贺兰进明。评贺兰进明云："又《行路难》五首，并多新兴。"这五首诗以岩下井、陌上花、云中月、东流水等等起兴，抒写对于人生不平、夫妇离别、朋友交谊的感慨。虽然用以起兴者多是自然景物，但并非写景的作品。至于常建、刘眘虚、孟浩然诸家，都是擅长山水田园之作的。

殷璠评常建诗云："其旨远，其兴僻。佳句辄来，唯论意表。至如'松际露微月，清光犹为君'，又'山光悦鸟性，潭影空人心'，此例十数句，并可称警策。"按所引诗句分别见《宿王昌龄隐处》和《题破山寺后禅院》，二诗均收入《河岳英灵集》中。此外所选的《江上琴兴》《送李十一尉临溪》《鄂渚招王昌龄张偾》《晦日马镫曲稍次中流作》都是情景交融的佳制。欧阳修喜诵《题破山寺后禅院》中"竹径通幽处，禅房花木深"一联（见《欧阳文忠公集》卷七三《题青州山斋》）。这两句确实写景如在目前，能传达出一种幽静而引人入胜的情趣。而殷璠称颂"山光"二句，大约因为它们更富于诗人的主观色彩的缘故。

又评刘眘虚诗云："情幽兴远，思苦语奇。忽有所得，便惊众听。"所录诗如《寄阎防》《阙题》（引入评语中），在对景物的客观描绘中透露出作者幽远的情致；《海上诗送薛文学归海东》《暮秋扬子江寄孟浩然》，则以阔大或清旷的背景衬托对于友人的深长思念。以入选诗而言，常建诗的特点是常赋予景物以主观感情色彩；而刘眘虚诗则以意境幽远、情致绵邈见长，故殷璠称其《阙题》等诗"并方外之言"。

又评孟浩然云："至如'众山遥对酒，孤屿共题诗'，无论兴象，兼复故实。"按"众山"二句见《永嘉上浦馆逢张子容》，它们写出了面对众山、登上孤屿而饮酒赋诗的高昂兴致，同时又用了谢灵运诗的典实（"孤屿共题诗"用灵运《登江中孤屿》的"孤屿媚中川"句，"众山遥对酒"大约是用灵运《田南树园激流植援》的"众山亦当窗"句）。所以说是"无论兴象，兼复故实"。所选《九日怀襄阳》中"谁采篱下菊，应闲池上楼"二句也是既有兴象，又巧用典故的例子。

殷璠评选诗歌注重兴象，也不是偶然的现象。情景交融的诗句常比纯粹写景的更具有感染力。东晋时谢玄赏爱《诗经·小雅·采薇》中的诗句"昔我往矣，杨柳依依；今我来思，雨雪霏霏"，就因为这几句诗以景物衬托征人的心情，深沉含蓄，耐人寻味。初盛唐时人们对这一点有了更深入的认识。例如高宗时元兢、范履冰等人撰《古今诗人秀句》，诸人都以谢朓《和宋记室省中》诗"行树澄远阴，云霞成异色"为最，元兢却以为不如同诗中"落日飞鸟还，忧来不可及"二句。他认为"行树"二句只是写出了黄昏时的景色，"中人以下，偶可得之"；而"落日"二句"结意惟人，而缘情寄鸟，落日低照，即随望断，暮禽还集，则忧共飞来"，在写景之中抒发了作者的忧思，能引起读者的联想，所以为佳。于是诸人皆服。元兢还说明了他的选录标准："余于是以情绪为先，其直置为本[1]，以物色留后，绮错为末。"
（以上见《文镜秘府论·南卷》引）这表明了他特别重视诗
歌的抒情性。又如王昌龄《诗格》论"十七势"，有些条就
谈到情与景之间的关系。其"感兴势"云：

> 感兴势者，人心至感，必有应说，物色万象，爽然
> 有如感会。亦有其例。如常建诗云："泠泠七弦遍，万
> 木澄幽音。能使江月白，又令江水深。"（按此四句见
> 《江上琴兴》，收入《河岳英灵集》）又王维《哭殷四
> 诗》云："泱莽寒郊外，萧条闻哭声。愁云为苍茫，飞
> 鸟不能鸣。"（《文镜秘府论·地卷》引）

这是以主观情感移入客观景物，所描绘的景物常有强烈的主
观色彩。又"含思落句势"云：

> 含思落句势者，每至落句，常须含思，不得令语尽
> 意穷。或深意堪愁，不可具说，即上句为意语，下句以
> 一景物堪愁，与深意相惬便道。仍须意出成感人始好，
> 昌龄送别诗云："醉后不能语，乡山雨雾雾。"又落句
> 云："日夕辨灵药，空山松桂香。"又："墟落有怀县，
> 长烟溪树边。"又李湛诗云："此心复何已，新月清江

---

〔1〕罗根泽《中国文学批评史》第四篇二章三节云："'其'字疑为'直'
    之衍误。"

长。"（同上引）

这是说诗的结尾处若情景交融，便可做到有馀味，耐咀嚼。《诗格》还称赞曹植诗"明月照高楼，流光正徘徊"云："此诗格高，不极辞于怨旷而意自彰。"又说刘体立诗"堂上流尘生，庭中绿草滋"，"此不言愁而愁自见也"[1]。这表明王昌龄对于那种不将诗人主观感情明白点出、而完全借客观景物的描绘加以表现的诗句，十分欣赏。又《文镜秘府论·南卷》"论文意"云："凡诗，物色兼意下为好。若有物色，无意兴，虽巧亦无处用之。如'竹声先知秋'，此名兼也。"这里"物色"即是"象"，"意兴"即是"兴"；要求"物色兼意下"，就是要求诗句有兴象。又天宝中王士源所作《孟浩然集序》云："浩然每为诗，伫兴而作，故或迟成。"表明孟浩然在山水田园诗的创作中是自觉地努力做到兴与象的结合的。正因为如此，他的诗如皮日休所说："遇景入咏，不拘奇抉异，令龌龊束人口者，涵涵然有干霄之兴，若公输氏当巧而不巧者也。"（《郢州孟亭记》）自然简淡而意兴盎然。

　　以上这些材料说明，盛唐时代人们在鉴赏、创作方面都已自觉地注意到情与景、兴与象之间的关系，并积累了一些写作经验。殷璠重视兴象，与这种情况是正相一致的。包括殷璠在内的盛唐人的这种看法，对于后人有着深远的影响。

―――――――――――

[1] 此处引文见顾龙振《诗学指南》本王昌龄《诗格》。

例如司空图强调"象外之象",严羽提倡"兴趣",以至王士禛鼓吹"神韵",虽然具体内容各有不同,但都受到盛唐人的某些影响。

风骨与兴象二者都是殷璠所提倡的,但比较起来,他更为强调风骨。这从序、《集论》和对诗人的具体评论中都可看出。

序中说:"开元十五年后,声律、风骨始备矣。实由主上恶华好朴,去伪从真,使海内词场,翕然尊古,南风周雅,称阐今日。"显然是把声律、风骨二者作为当时创作的两大特色并提的。《集论》中"言气骨则建安为俦,论宫商则太康不逮"二语,也是此意。而关于兴象,只是在序中批评浅薄之徒"都无兴象,但贵轻艳"时提到一下,并未把它作为当时整个诗坛的特色所在。

评论诗人时,殷璠对于具备风骨的作家作品给予崇高的评价。他认为王昌龄的诗风骨高举,因此可以上追曹、刘、陆、谢;也就是说,是第一流的诗。他评高适云:"且余所最深爱者,'未知肝胆向谁是,令人却忆平原君'。"这首《邯郸少年行》并无兴象,它纯以气盛取胜。又评薛据云:"至如'寒风吹长林,白日原上没',又'孟冬时短暮,日尽西南天',可谓旷代之佳句。"这四句写自然景物的诗也以雄浑有力、境界阔大见长。殷璠对这些诗句是极为欣赏的。当他推重高适、崔颢、薛据、王昌龄的诗具有风骨时,并未言及兴象;而对于他以为风骨不够的诗人,则在评语中表示不满和惋惜。如评刘眘虚云:"眘虚诗情幽兴远,思苦语奇,忽有所得，便惊众听。顷东南高唱者数人，然声律宛态，无出其右。唯气骨不逮诸公。自永明已还，可杰立江表。"这就是说，刘眘虚诗兴致幽远，成就颇高，但缺少气骨，因此只能算是齐永明以来的佼佼者，还不能方驾晋宋。又如评綦毋潜诗云："借使若人加气质，减雕饰，则高视三百年以外也。"[１] 也是说他因缺少风骨，所以不能与晋宋以上作者并驱。总之，殷璠认为缺少风骨的作者，即使具有兴象（如刘眘虚），也还不能跻于第一流诗人之列。

殷璠之所以在风骨、兴象二者之间更重视风骨，大约有以下两方面的原因：首先，盛唐诗人在诗歌发展方面所面临的首要任务，就是用自己的创作去造成明朗刚健的一代诗风，以进一步廓清弥漫齐梁、及于初唐的柔靡不振之风。初唐四杰已对当时的风气表示不满，例如杨炯《王勃集序》说，王勃"尝以龙朔初载，文场变体，争构纤微，竞为雕刻，糅以金玉龙凤，乱之朱紫青黄，影带以徇其功，假对以称其美，骨气都尽，刚健不闻，思革其弊，用光志业"。陈子昂更旗帜鲜明地提倡汉魏风骨，并以创作实绩实践了自己的主张，对唐代诗人产生了非常深刻巨大的影响。盛唐诗人正是沿着子昂以复古为革新的道路前进的，因此，提倡风骨，学习建安，是他们中许多人的自觉要求和最致力的所在。而做到具有兴象、情景交融，虽然对于提高诗歌的艺术感染力有着十分重要的作用，盛唐诗人也

---

[１] 此数语不见于明刻本《河岳英灵集》，此据《唐诗纪事》卷二〇。

在这方面作了许多努力，取得了较大成就，但是就改变齐梁颓风这一时代性的突出任务来说，究竟不如提倡风骨来得重要。其次，所谓兴象，主要是就以自然风景为题材的抒情诗而言，不能用它来要求和概括多种题材的作品。而风骨，要求思想感情明朗，语言精炼有力而不过分雕饰，则是对多种题材、主题、风格的作品的语言风貌的总要求。以从军、边塞、游侠等为题材的作品，抒发壮志、倾吐不平之气的篇章，固然最容易表现得明朗有力；而山水田园之作，同样也可以写得较为阔大浑成，风清骨峻。谢灵运、孟浩然的诗被认为具有风骨（见上文所述），就是一个证明。这也是殷璠更多地提到风骨，用具备风骨来概括盛唐诗坛面貌的一个原因。

除提倡风骨和兴象外，殷璠对于诗歌创作中立意构思的新颖、语言的独创也很重视。例如评张谓云："谓《代北州老翁答》及《湖中对酒行》，在物情之外，但众人未曾说耳。亦何必历遐远探古迹，然后始为冥搜。"这是称赞张谓能从平常习见的事物之中体会到新意，抒发不同于众的新鲜感受。又如评常建："建诗似初发通庄，却寻野径，百里之外，方归大道，所以其旨远，其兴僻，佳句辄来，唯论意表。"这是说常建对于山水景物具有独特的感受，他的诗能给人出乎意想之外的感觉。又如评王维诗"意新理惬"，"一句一字，皆出常境"；评岑参诗"语奇体峻，意亦造奇"；评储光羲诗"削尽常言"；评王季友诗"爱奇务险，远出常情之外"，"甚有新意"：都强调立意和用语的独创性。对于李白

《蜀道难》等篇，殷璠更赞美它们"可谓奇之又奇"，"自骚人以还，鲜有此体调也"。殷璠的这些评述，说明了盛唐时代人们诗歌鉴赏水平的提高，也从一个侧面反映了当时诗歌创作的发展。

<h2 style="text-align:center">三</h2>

以下再从体裁方面对《河岳英灵集》所选诗歌作一些分析。

《河岳英灵集·集论》说所选诸家"既闲新声，复晓古体"。所谓新声，指当时已基本成熟定型的律诗，即后来所谓近体诗。这是从齐梁永明体发展而来的新体诗歌，在平仄、对仗、用韵方面都有严格的规定。殷璠对这种新体诗是肯定的，但他更重视的乃是古体诗。

殷璠反对过分讲究声律，反对轻视古体诗的错误倾向。他在序中说："至如曹、刘诗多直语，少切对，或五字并侧，或十字俱平，而逸驾终存。"又《集论》云："夫能文者，匪谓四声尽要流美，八病咸须避之。纵不拈缀，未为深缺。即'罗衣何飘飘，长裾随风还'（按此为曹植《美女篇》诗句），雅调仍在，况其他句乎？"这就是说，古体诗虽没有严格的对偶，不讲究平仄，但这并不影响其优秀作品的价值。不过殷璠也不是不讲声律。《集论》中说："故词有刚柔，调有高下，但令词与调合，首末相称，中间不败，便是知音。而沈生虽怪曹、王'曾无先觉'，隐侯言之更远。"〔1〕这是说只需做到词句的刚柔与声调的高低相称即可；沈约提倡四声八病，实际上是反而远离了对音律的合理要求。这种观点，与钟嵘《诗品序》"但令清浊通流，口吻调利，斯为足矣"的说法相近。

殷璠的重视古体，从《河岳英灵集》所选古近体诗歌的数量即可以看出。有的入选诗人近体诗写得很好，数量也多，但入选很少。如王维擅长五律，他流传下来的作品中五律有一百馀首，与五古数量约略相当，但殷璠只选两首，而五古则选了七首（《入山寄城中故人》一首，有的选本列入五律，但平仄严重不调，实是五古）。又如王昌龄和李白的七绝，后人评价极高，称为"有唐绝唱"（王世贞《艺苑卮言》）、"绝伦逸群"（宋荦《漫堂说诗》）。二人流传下来的作品中，李白七绝有七十馀首，约占全部诗作的十分之一；王昌龄也有七十馀首，约占全部作品的十分之四，比五古的数量还略多一些。但殷璠选李白诗十三首，全是古体，七绝一首未选（有七言四句《答俗人问》一首，亦可算作七绝，但平仄严重不调）。选王昌龄诗十六首，七绝仅三首，五古则有十二首。李白的五律写得也好，但也一首未选。若将《河岳英灵集》所选二十四位诗人流传至今的诗作总数作一统计，则古体诗总数只比近体诗总数稍多一些（据《全唐诗》）。而《河岳英灵集》所选二百二十八首诗中，古体诗

---

〔1〕"言"字《文镜秘府论·南卷》引作"去"。

约一百七十首，近体诗五十馀首〔1〕，前者为后者的三倍以上。这个对比可以作为一个依据，说明殷璠对古体诗的重视。还有，殷璠评论诗人时摘引出来加以称赞的诗句，绝大多数是古体诗。王昌龄评语中引诗最多，共四十多句，全是古体，王维、崔颢、薛据评语中引诗也较多，也全是古体。这些诗人并非没有近体佳作，但殷璠均未摘引，可见其旨趣所在。

殷璠为什么比较重视古体诗，多选古体诗呢？开元、天宝间近体诗刚刚成熟，就总体来说，其数量、质量可能都还未超过古体诗，这是原因之一。但更重要的，是因为他推崇风骨。一般地说，古体诗写起来比较自由，容易写得明朗有力；而近体诗束缚较多，表情达意不如古体诗来得自由，容易把作者的注意力引向雕琢字句，因而较容易缺少风骨。所以元稹说"律体卑痹，格力不扬"（《上令狐相公诗启》），又说"律切则骨格不存"（《唐故工部员外郎杜君墓系铭序》），顾陶《唐诗类选序》（见《文苑英华》卷七一四、《全唐文》卷七六五，此处引文据《全唐文》）也说明了其中关系：

晋、宋诗人不失雅正，直言无避，颇遵汉魏之风。

---

〔1〕《河岳英灵集序》所云收录诗人数及作品首数，明刻本、《文苑英华》卷七一二、《文镜秘府论·南卷》引皆不同（《全唐文》卷四三六与《文苑英华》同）。此据明刻本实收数。

逮齐、梁、陈、隋，德祚浅薄，无能激切于事，皆以浮艳相夸，风雅大变，不随流俗者无几。……国朝以来，人多反古，德泽广被。诗之作者继出，则有杜、李挺生于时，群才莫得而并。其亚则（王）昌龄、（陈）伯玉、（孟）云卿、（沈）千运、（韦）应物、（李）益、（高）适、（常）建、（顾）况、（于）鹄、（畅）当、（储）光羲、（孟）郊、（韩）愈、（张）籍、（姚）合十数子，挺然颓波间，得苏、李、刘、谢之风骨，多为清德之所讽览，乃能抑退浮伪流艳之辞，宜矣。爰有律体，祖尚清巧，以切语对为工，以绝声病为能，则有沈（佺期）、宋（之问）、燕公（张说）、（张）九龄、严（维）、刘（长卿）、钱（起）、孟（浩然）、司空曙、李端、二皇甫（曾、冉）之流，实繁其数，皆妙于新韵，播名当时，亦可谓守章句之范，不失其正者矣。

顾陶也是从风骨、声律二者出发来分析唐代诗歌的。他将"得苏、李、刘、谢之风骨"的诸位作者与擅长律体的作者并提，说明在他看来，具备风骨的作者同时也以其古诗著称。当然，说古体易有风骨，近体易没有风骨，只是大体而言。好的近体诗，可兼备风骨与声律二者。不过在唐人观念中，往往将风骨与古体联系在一起。这是因为初、盛唐时人强调风骨是与提倡复古并举的，而所谓复古，主要是指追步汉魏，有时也包括晋宋，汉魏晋宋的诗歌正是没有声律限制的古体诗。总之，从殷璠的重视古体，可以窥见他对于风骨的重视。重视风骨，正是《河岳英灵集》多选古体诗的重要原因。我们可以将《河岳英灵集》与芮挺章所编《国秀集》比较一下。据《国秀集》序，该集收诗"自开元以来，维天宝三载"。但其编选、成书年代当在天宝末，与《河岳英灵集》大致同时[1]。其编录宗旨是"可被管弦者都为一集"（《国秀集序》），注重声律色泽，故所选绝大部分是律诗。这与殷璠的重视风骨，多选古体诗是大异其趣的。北宋曾彦和《国秀集跋》云："然挺章编选，非璠之比，览者自得之。"认为《国秀集》不如《河岳英灵集》。这看法是正确的，因为《国秀集》没有能全面反映盛唐诗歌的崭新风貌。

　　总起来说，殷璠的《河岳英灵集》强调风骨，重视兴象，是一部较能反映开元、天宝时代诗歌创作风貌的选集。入选的诗歌题材比较广泛，颇有一些能够反映现实、具有较

────────────────

〔1〕 据《国秀集序》，该集系芮挺章奉秘书监陈公、国子司业苏公之命所撰。按苏公当是苏源明。又按北宋曾彦和跋，芮挺章乃国子生。则该集之撰，正当苏源明为国子司业时。按苏源明有《小洞庭洄源亭宴四郡太守诗》并序，系天宝十二载七月所作，时为东平太守。又有《秋夜小洞庭离宴诗》，其序云："源明从东平太守征国子司业。"又欧阳棐《集古录目》（《宝刻丛编》卷十引）著录《唐赠文部郎中薛悌碑》，云："国子司业苏预（即苏源明）撰。"赵明诚《金石录》卷七著录此碑，云："天宝十三载二月。"（雅雨堂本《金石录》云此碑为苏颂撰，结一庐朱氏《剩馀丛书》本《金石录》云苏预撰。"颂"字当误，缪荃荪《金石录札记》已言之。）是知源明十三载二月已为国子司业。故源明去东平必在天宝十二载秋，随即入为国子司业。《新唐书·苏源明传》云："出为东平太守。……召源明为国子司业。安禄山陷京师，源明以病不受伪署。肃宗复西京，擢考功郎中知制诰。"则源明之为国子司业，在天宝十三载至十五载京师陷之前，《国秀集》当撰于十三、十四载间。

高认识意义的篇章。其中如李白《战城南》《远别离》《行路难》《梦游天姥山别东鲁诸公》《将进酒》《乌栖曲》，高适《燕歌行》《邯郸少年行》《封丘作》，王维《陇头吟》等等都是艺术上十分成功，又有较高思想意义的名篇佳制。由于重视风骨，殷璠对那些柔靡轻艳的作品一首也不选。他评崔颢云："颢年少为诗，名陷轻薄。"有批评之意。这也是高于《国秀集》之处。《国秀集》所选梁锽《观美人卧》、张谔《岐王美人》、刘希夷《晚春》都是有宫体诗气息的作品。但是总的说来，殷璠在重视内容方面是很不够的。他所强调的风骨，兴象，都是关于作品风格、艺术表现方面的概念，对于诗歌的思想内容方面，他在序、《集论》、评语中都很少论及。他虽选了一些思想性较强的作品，但着眼点并不在于它们的内容，而在于它们艺术上的成功。这一倾向，也是我们必须注意的。

（原载《唐代文学论丛》第 1 辑，
陕西人民出版社 1982 年出版）

# 拓展篇

# 略谈乐府诗的曲名本事与
# 思想内容的关系

导 读

　　今人研究乐府诗，大多注意研讨其本事。陆侃如先生《乐府古辞考》搜集大量史料，分类考订各类歌辞的源流，但因将"创制"和"入乐"（《引言》）作为取舍标准，所以研讨范围仅限于唐代以前的郊庙歌等七类歌辞，且更侧重资料梳理，所作按断稍嫌简略。萧涤非先生《汉魏六朝乐府文学史》"于作品之本事及背景，求之不厌其详"（《引言》），可受史著体例影响，也未暇整合相关资料做专题考索。王运熙先生早年撰有《吴声西曲杂考》，巨细靡遗地考订过《前溪歌》《团扇歌》《丁督护歌》等十馀种乐府歌辞的作者和本事，尽管也留心探究"现存歌词内容往往与本事不合"的情况，但也未能全面辨析思想内容与曲名、本事之间的复杂关联。

　　本篇围绕这个积疑已久的话题，分三类情况进行全面系统的考述。尤其是后两类，由于文献有阙，很容易造成误解。如明人徐献忠纂辑的《乐府原》，非常重视推求本事，清人朱彝尊称其书"有功后学"（《静志居诗话》卷十八）。然而因未能详悉各种繁复情况，故时有胶柱鼓瑟，甚至穿凿附会的弊病。比如他认为《豫章行》古辞的主旨是"士人思慕家室"，据此批评陆机等人的拟作"皆伤离别，言寿短景驰，荣华不久，颇违斯旨"（卷八），就没有仔细寻绎前后的关联和变化。另如清人陈祚明评选的《采菽堂古诗选》，议论极为精当，可在评说曹丕《上留田行》中屡次出现的"上留田"一语时，却故弄玄虚地称，"中间三字，文势却不可驻，须极流走，使紧接乃佳"（卷五），显然并不清楚这里只是因声作歌而已。本文堪称秉要执本之作，所论抉微发覆，对研读乐府诗多有裨益。

※※※※※※※※※※※

《词苑丛谈》引清邹祇谟《词衷》曰："《词品》云：'唐词多缘题，所赋《临江仙》则言水仙，《女冠子》则述道情，《河渎神》则缘祠庙，《巫山一段云》则状巫峡，《醉公子》则咏公子醉也。'……愚按……古人大率由词而制调，故命名多属本意；后人因调而填词，故赋寄率离原词。"（卷一《体制》）说明初期词作，往往内容与词调名称吻合；后人因调填词，内容发生变化，常常离开原题的意思。这种现象也见于乐府诗。词亦名乐府，其体制承受汉魏六朝乐府诗的不少影响，这种现象其实也是沿袭了乐府诗的传统。但乐府诗中的这种现象，一般读者和研究者注意较少；由于后起之作离开了曲名和本事，甚至引起一些误会。本篇拟略述这方面的情况，供阅读和研究乐府诗的同志们参考。

一

乐府诗曲名和歌辞内容吻合的作品是大量存在的。这种现象在鼓吹曲辞、横吹曲辞中表现尤为普遍。像鼓吹曲辞的《朱鹭》《战城南》《巫山高》《将进酒》《芳树》《有所思》等曲，横吹曲辞中的《陇头》《出塞》《入塞》《折杨柳》《关山月》《梅花落》等曲，大量的歌辞内容均与曲名相吻合，例如《战城南》写战争，《将进酒》写饮酒。但后来的某些作品，题材、主题与古辞相比，也有所发展变化。例如鼓吹曲辞的《巫山高》曲，《乐府诗集》（卷一六）说：

> 《乐府解题》曰：古词言江淮水深，无梁可度，临水远望思归而已。若齐王融"想象巫山高"，梁范云"巫山高不极"，杂以阳台神女之事，无复远望思归之意也。

虽然内容仍与巫山有关，但与古辞"临水远望思归"的内容已有所不同。又如《有所思》曲，古辞是写男女之情，后来的作品题材、主题也有变化。《乐府诗集》（卷一六）说：

> 《乐府解题》曰：古词言："有所思，乃在大海南，何用问遗君？双珠玳瑁簪。闻君有他心，烧之当风扬其灰；从今已往，勿复相思，而与君绝也。"……宋何承天《有所思》篇曰："有所思，思昔人，曾闵二子善养亲。"则言生罹荼苦，哀慈亲之不得见也。

何承天诗作内容虽仍与曲名相合，但不是写男女相思，而是写孝子忆念慈亲，题材、主题已经不同了。

乐府相和歌辞、清商曲辞、杂曲歌辞等类中，曲名和歌辞内容吻合的作品，也是大量存在的。如相和歌辞中的《王昭君》《王子乔》《燕歌行》《从军行》《相逢行》《蜀道难》等曲，清商曲辞中的《懊侬歌》《春江花月夜》《乌夜啼》《估客乐》《襄阳乐》等曲，杂曲歌辞中的《悲哉行》《妾薄命》《长相思》《行路难》等曲，现存歌辞内容大抵都和曲名相吻合，例如《王昭君》咏昭君故事，《从军行》写从军征战之事。但正像上述鼓吹曲辞那样，后来某些作品的题材、主题比古辞也有发展变化。例如《燕歌行》，现存歌辞以曹丕的"秋风萧瑟天气凉"等二首为最早，写妇女忆念远客北方边地的丈夫。《乐府诗集》（卷三二）说：

> 《乐府解题》曰：晋乐奏魏文帝"秋风""别日"二曲，言时序迁换，行役不归，妇人怨旷，无所诉也。《广题》曰：燕，地名也。言良人从役于燕，而为此曲。

曹丕以后南朝不少作家写的《燕歌行》，题材、主题大致与曹丕所作相同；唐代高适的《燕歌行》，另辟蹊径，着重写唐时燕地一带紧张的战斗，军士的艰苦生活与豪迈气概，境界开阔，面目一新。这种题材、主题的发展变化是必要的。没有这种变化，诗的思想内容就容易陈陈相因，缺乏创新精神。高适能够写出《燕歌行》这样优秀的作品，同他突破旧传统的创新精神分不开。

相和歌辞、清商曲辞的某些曲调，有一个本事；现存歌辞，其内容有的与本事相符，有的则有了变化。例如相和歌辞的《箜篌引》，一名《公无渡河》，《乐府诗集》（卷二六）引崔豹《古今注》载其本事说：

　　《箜篌引》者，朝鲜津卒霍里子高妻丽玉所作也。子高晨起刺船，有一白首狂夫，被发提壶，乱流而渡。其妻随而止之，不及，遂堕河而死。于是援箜篌而歌曰："公无渡河，公竟渡河。堕河而死，将奈公何！"声甚凄怆。曲终，亦投河而死。子高还，以语丽玉。丽玉伤之，乃引箜篌而写其声，闻者莫不堕泪饮泣。丽玉以其曲传邻女丽容，名曰《箜篌引》。

现存《箜篌引》《公无渡河》歌辞，自梁代刘孝威到唐代李贺、温庭筠等人的作品，内容均与本事相合，这是一种情况。

又如相和歌辞中的《陌上桑》曲，《乐府诗集》（卷二八）引崔豹《古今注》载其本事说：

> 《陌上桑》者，出秦氏女子。秦氏，邯郸人，有女
> 名罗敷，为邑人千乘王仁妻。王仁后为赵王家令。罗敷
> 出采桑于陌上，赵王登台，见而悦之，因置酒欲夺焉。
> 罗敷巧弹筝，乃作《陌上桑》之歌以自明。赵王乃止。

可见《陌上桑》原词是王仁妻秦罗敷为拒绝赵王的强夺而作，其辞早已不传，魏晋时乐府所奏《陌上桑》古辞，即为我们现在所见的《日出东南隅》篇。篇中女角虽亦名秦罗敷，且采桑于陌上，但并非拒绝赵王强夺，而是拒使君求婚，故事已有不同。按《乐府诗集》引《古今乐录》云："《陌上桑》，歌瑟调古辞《艳歌罗敷行·日出东南隅》篇。"原来《日出东南隅》篇本为相和歌辞瑟调曲中的《艳歌罗敷行》曲，与相和歌辞相和曲中的《陌上桑》不是一曲；只因《陌上桑》曲古辞不传，而《日出东南隅》篇题材接近，女子巧拒豪贵（这种事情在古代是相当多的）的主题又相同，因此《陌上桑》曲借用其歌辞入乐。后来《陌上桑》《日出东南隅行》二曲的作品，有不少是沿袭《日出东南隅》篇的；罗敷婉拒赵王强夺的本事，因无古辞流传，不再发生影响了。

再如清商曲辞中的《丁督护歌》，现存歌辞内容也与本事不相符合。《宋书·乐志》载《丁督护歌》的本事说：

> 《督护歌》者，彭城内史徐逵之为鲁轨所杀，宋高
> 祖使府内直督护丁旿收敛殡殓之。逵之妻，高祖长女

也。呼昕至阁下，自问敛送之事。每问，辄叹息曰：丁督护！其声哀切，后人因其声广其曲焉。

这本事可以《宋书·武帝纪》的记载作佐证。《武帝纪》云："义熙十一年正月，公（指武帝刘裕，时为宋公）率众军西讨。三月，军次江陵。公命彭城内史徐逵之、参军王允之出江夏口，复为鲁轨所败，并没。"（节录）督护本指收尸人丁旿，徐逵之西征丧身，而现存的《丁督护歌》却写女子送督护北征，前去洛阳，与本事大不相同。原来宋高祖长女哭其夫徐逵之战没，痛呼"丁督护"，声调哀切，后人只是利用其声调写作歌词，来表现女子送别丈夫出征时的哀伤之情，所以与本事大相径庭了[1]。至于李白的《丁督护歌》（一作《丁都护歌》），内容又有变化，描写吴地云阳一带船夫搬运磐石的艰苦生活，"一唱都护歌，心摧泪如雨"，当他们唱着流行吴地声调哀切的《丁督护歌》时，就摧伤欲绝、泪下如雨了。李白诗只是利用船夫唱《丁督护歌》时心摧泪下的情节，来帮助刻画船夫的辛苦和悲痛，其诗的内容同本事距离更远了。唐人的古题乐府，与南朝文人之作不同，常常能突破原来的题材和主题，反映当时的社会生活，呈现新颖的面貌，再加上艺术技巧的卓越，因而成绩斐然。高适《燕歌行》、李白《丁督护歌》都是其例。

---

〔1〕 参考拙作《吴声西曲杂考·丁督护歌考》。

# 二

下面想谈谈乐府歌辞与曲名不相符合的情况。这种情况在相和歌辞中比较多，有些作品还颇著名，值得我们注意。

先说相和歌辞中的《薤露》《蒿里》两曲，《乐府诗集》（卷二七）记其缘起说：

> 崔豹《古今注》曰：《薤露》《蒿里》，并丧歌也。本出田横门人。横自杀，门人伤之，为作悲歌，言人命奄忽，如薤上之露，易晞灭也。亦谓人死魂魄归于蒿里。至汉武帝时，李延年分为二曲，《薤露》送王公贵人，《蒿里》送士大夫庶人，使挽柩者歌之，亦谓之《挽歌》。……按蒿里，山名，在泰山南。

《薤露》《蒿里》二曲古辞，歌辞简短，录在下面供参照：

> 薤上露，何易晞。露晞明朝更复落，人死一去何时归！

> 蒿里谁家地，聚敛魂魄无贤愚。鬼伯一何相催促，人命不得少踟蹰！

此二曲古辞，原来作为挽歌，人死出殡时使挽柩者歌之。

《薤露》《蒿里》的曲名，均出自古辞首句。后来曹操的《薤露》《蒿里》二曲，不再是送死人出殡时的挽歌，而用来描写汉末丧乱。《薤露》曲有云："荡覆帝基业，宗庙以燔丧。……瞻彼洛城郭，微子为哀伤。"《蒿里》曲有云："铠甲生虮虱，万姓以死亡。白骨露于野，千里无鸡鸣。生民百遗一，念之断人肠。"其内容固然与曲名不相吻合，但从古辞的哀悼个人死亡扩大到哀悼国家丧乱，在意思上仍有相通之处，所以方东树评为"所咏丧亡之哀，足当挽歌也"（《昭昧詹言》卷二）。后来东晋张骏的《薤露》曲，写西晋覆亡之痛，就是继承了曹操诗的传统的。至于曹植的《薤露》曲，因薤露而想到人生短促（"人居一世间，忽若风吹尘"），因而企求乘时立业，虽在内容上与古辞还有一些联系，但距离就更远了。

再说相和歌辞中的《豫章行》（见《乐府诗集》卷三四），古辞一首，写豫章山上的白杨，为人砍伐，运往洛阳作建筑材料。结果是："身在洛阳宫，根在豫章山。多谢枝与叶，何时复相连？……何意万人巧，使我离根株！"后来西晋傅玄有《豫章行·苦相篇》，写女子苦相为丈夫所遗弃，结果"昔为形与影，今为胡与秦。胡秦时相见，一绝逾参辰"。从写树木被砍伐到写妇女被遗弃，题材大不相同，但古辞的"何时复相连""使我离根株"的思想意义却还保存着。同时陆机也有《豫章行》，写与亲戚分手的悲感，有云："川陆殊途轨，懿亲将远寻。三荆欢同株，四鸟悲异林。乐会良自古，悼别岂独今。"在伤离悼别慨叹"何时复相连"

的意思上也和古辞保持着联系。还有曹植的《豫章行》二首，歌咏史事，其第二首有云："他人虽同盟，骨肉天性然。周公穆康叔，管蔡则流言。"实际是借咏史来表现自己受到曹丕、曹叡疑忌打击的痛苦。在骨肉不和以至分离"使我离根株"这一点上，也和古辞内容保持着联系。至于李白的《豫章行》，描写安史乱后老母送子参军，"呼天野草间"的悲惨情景，则不但在分离内容上与古辞有联系，而且由于写的是豫章一带的情状（篇中有"白杨秋月苦，早落豫章山"句），重新与曲名相吻合了。

从上述《薤露》《蒿里》《豫章行》诸曲调看，后来的歌辞尽管与曲名、本事不合，但在思想内容上仍然保持着若干联系。让我们再看相和歌辞中的《雁门太守行》。《乐府诗集》（卷三九）说：

> 《古今乐录》曰："王僧虔《技录》云：《雁门太守行》，歌古洛阳令一篇。"《后汉书》曰："王涣，字稚子，广汉郪人也。……还为洛阳令，政平讼理，发摘奸状，京师称叹，以为有神算。元兴元年病卒。……民思其德，为立祠安阳亭西，每食辄弦歌而荐之。……"《乐府解题》曰："按古歌词历述涣本末，与传合，而曰《雁门太守行》，所未详。"

现存《雁门太守行》古辞，开头云："孝和帝在时，洛阳令王君，本自益州广汉蜀民，少行宦，学通五经论。"末尾云：

"为君作祠，安阳亭西，欲令后世，莫不称传。"历叙王涣政绩，确与《后汉书·循吏传》相合。但为什么题名《雁门太守行》，不叫《洛阳令行》，《乐府解题》说未详其故。实际《雁门太守行》的原辞（当为歌颂雁门太守某某的诗）早已不传，后人写作洛阳令一篇歌颂地方长官，因主题类似，故即借用《雁门太守行》曲调。清代朱乾《乐府正义》说："按古辞咏雁门太守者不传，此以乐府旧题《雁门太守行》咏洛阳令也，与用《秦女休行》咏庞烈妇者同；若改用《庞烈妇行》，则是自为乐府新题，非复旧制矣。凡拟乐府有与古题全不对者，类用此例，但当以类相从，不须切泥其事。"（据黄节《汉魏乐府风笺》卷四转引）朱乾的意见很中肯，能从乐府体制上说明问题。

李贺的《雁门太守行·黑云压城城欲摧》是一首名篇，同古辞洛阳令一样，它也是借用旧题歌咏地方长官。陈沆《诗比兴笺》（卷四）说："乐府《雁门太守行》古词，美洛阳令王涣德政，不咏雁门太守也。长吉乃借古题以寓今事。故'易水''黄金台'语，其为咏幽蓟事无疑矣。宪宗元和四年，成德军节度使王承宗自立，吐突承璀为招讨使讨之，逾年无功。故诗刺诸将不力战，无报国死绥之志也。唐中叶以天下不能取河北，由诸将观望无成，故长吉愤之。"此诗是否即讽刺吐突承璀等讨伐叛镇不力，当然还难以肯定；但陈沆根据诗中"半卷红旗临易水""报君黄金台上意"句指出它是咏幽蓟一带河北地区的战事，还是比较合理的。姚文燮《昌谷集注》（卷一）说："元和九年冬，振武军乱，诏以张煦为节度使，将夏州兵二千趣镇讨之。振武即雁门郡。贺当拟此以送之，言宜兼程而进，故诗皆言师旅晓征也。"姚说不顾诗中"易水"等地名，以为《雁门太守行》一定是写雁门地区的事，失之拘泥。

朱乾提到《秦女休行》咏庞烈妇事，与《雁门太守行》咏洛阳令王涣事相像。这里连类介绍一下。《秦女休行》属乐府杂曲歌辞，原辞为曹魏左延年作，写燕王妇秦女休为宗族报仇杀人、将受刑戮、忽得赦书的故事。此事史书失载。后来傅玄写的《秦女休行》则是写庞烈妇为父报仇，杀人后直造县门自首，卒获赦免。其事《后汉书·列女传》中的《庞淯母传》、《三国志·魏志》卷一八《庞淯传》均有记载。《乐府诗集》卷六一《秦女休行》题解说：

> 左延年辞，大略言女休为燕王妇，为宗报仇，杀人都市，虽被囚系，终以赦宥，得宽刑戮也。晋傅玄云："庞氏有烈妇。"亦言杀人报怨，以烈义称，与古辞（按指左延年辞）义同而事异。

"义同事异"，是指左延年、傅玄两篇《秦女休行》所咏事实虽不相同，但歌颂烈女为亲人报仇的主题思想则相同，正如咏雁门太守的《雁门太守行》古辞（已佚）与咏洛阳令王涣的《雁门太守行》的古辞，虽然所咏对象不同，但主题都是歌颂地方长官一样。汉魏之际，为亲人报仇杀人的风气相当流行，虽在妇女也是如此。曹植《鼙舞歌·精微篇》即提到两件事实，其一即秦女休事，另一为苏来卿事。诗云："关东有贤女，自字苏来卿。壮年报父仇，身没垂功名。女休逢赦书，白刃几在颈。俱上列仙籍，去死独就生。"苏来卿事史籍也不载。东汉前期汉章帝造《鼙舞歌》五篇，其一名《关东有贤女》，专述其事，曹植的《精微篇》就是拟《关东有贤女》的（见《乐府诗集》卷五三魏陈思王《鼙舞歌》题解）。汉章帝的歌辞惜已不传，但可以证明当时报仇杀人风气的流行[1]。这种风气到后代还有，如李白的《鼙舞歌·东海有勇妇》篇，写东海勇妇"捐躯报夫仇，万死不顾生"的义烈行为，后得北海太守李邕上章朝廷，获得赦免。《乐府诗集》（卷五三）说："李白作此篇以代《关中有贤女》"。说明它是拟《关中有贤女》篇的，它同古辞也可以算是"义同事异"的一例了。

## 三

上面第一节介绍部分乐府歌辞内容与曲名相吻合，但思想内容也有发展与变化；第二节介绍部分乐府歌辞与曲名不相吻合，但在思想内容上还保持一定程度的联系，或主题相同，或主题比较接近。乐府歌辞还有第三种情况，那就是部分乐府歌辞的思想内容，不但与曲名不相吻合，而且在思想

---

[1] 参考萧涤非先生《汉魏六朝乐府文学史》第三编第五章、第四编第二章。

意义上与曲名、本事、原辞等也没有什么联系。这里也举几个例子说明一下。

例如相和歌辞中的《秋胡行》，原辞虽不传，但《列女传》《西京杂记》都载有其本事，是写鲁人秋胡娶妻后出外宦游，数年后还家，路遇其妻采桑于郊，秋胡不识其妻，贪其美貌，遗金调戏，其妻愤而自尽。秋胡戏妻的故事，颇为著名，常为后代通俗文学所取材。现存晋傅玄的《秋胡行》二首，正是歌咏其事，与曲名、本事相吻合。但曹操的《秋胡行》二首（"晨上散关山""愿登泰华山"篇）都歌咏追求神仙，曹丕的《秋胡行》三首，"尧任舜禹"篇咏明君任用贤人，"朝与佳人期""泛泛渌池"二篇写思念佳人（可能比喻君主渴求贤人），不但都和秋胡故事了不相涉，而且在思想意义上也看不出有什么联系。朱乾《乐府正义》为之说曰：

> 《秋胡》古辞已亡，故前人于此题多假借之词。本其陷溺欲海，则为求仙之说，所谓真人，何有于路旁美妇，"晨上散关山"是也。……若"朝与佳人期"与"泛泛渌池"二首，一则海隅莫致，一则在庭可遗，皆非路旁乱掷；而折兰结桂，采实佩英，则又见投金之可鄙：皆反《秋胡》之意而为之说也。（《汉魏乐府风笺》卷一一引）

虽然竭力想说明曹操、曹丕之作思想内容上与《秋胡行》本事的联系，但立说不免牵强附会，缺乏强有力的证据。看来曹操、曹丕的《秋胡行》歌词，只是利用该曲的声调，在思想意义上与题名和本事不见得有什么联系。《乐府诗集》卷八七《黄昙子歌》题解说："凡歌辞，考之与事不合者，但因其声而作歌尔。"曹操、曹丕的《秋胡行》，大约就是属于因其声而作歌的一类。

相和歌辞中的《上留田行》，是因声作歌的明显例子。《乐府诗集》卷三八《上留田行》题解说：

> 崔豹《古今注》曰：上留田，地名也。人有父母死，不字其孤弟者，邻人为其弟作悲歌以风其兄，故曰上留田。《乐府广题》曰：盖汉世人也。云：里中有啼儿，似类亲父子。回车问啼儿，慷慨不可止。

这里叙述了《上留田行》题名的意义与本事，记载了民歌原辞。《乐府诗集》收录了曹丕、谢灵运的两首《上留田行》，值得注意。歌辞如下：

> 居世一何不同。（上留田）富人食稻与粱，（上留田）贫子食糟与糠。（上留田）贫贱亦何伤。（上留田）禄命悬在苍天。（上留田）今尔叹息将欲谁怨？（上留田）（曹丕《上留田行》，"上留田"前后的括弧为我所加，下首同。）

薄游出彼东道，（上留田）薄游出彼东道。（上留田）循听一何矗矗。（上留田）澄川一何皎皎。（上留田）悠哉遂矣征夫，（上留田）悠哉遂矣征夫。（上留田）两服上阪电游，（上留田）舫舟下游飙驱。（上留田）此别既久无适，（上留田）此别既久无适。（上留田）寸心系在万里，（上留田）尺素遵此千夕。（上留田）秋冬迭相去就，（上留田）秋冬迭相去就。（上留田）素雪纷纷鹤委，（上留田）清风飙飙入袖。（上留田）岁云暮矣增忧，（上留田）岁云暮矣增忧。（上留田）诚知运来讵抑，（上留田）熟视年往莫留。（上留田）（谢灵运《上留田行》）

曹丕、谢灵运两诗，内容与《上留田行》题名、本事都已经大不相同。如果说曹诗写贫富悬殊，思想内容与古辞写兄弟命运不同还稍微有一点联系的话，那末谢诗写亲友离别、光阴消逝的哀伤，内容就更谈不上有什么联系了。原来曹、谢两诗只是利用"上留田"作为和声来写作新辞罢了，这也就是郭茂倩所谓"但因其声而作歌尔"的意思。

这种因声作歌的情况，在六朝清商曲辞中较多。上面提到的《丁督护歌》是一例，但后起歌辞与曲名仍相配合。此外，还有与原来曲名、本事都不同的例子。如《阿子歌》。《乐府诗集》（卷四五）载《欢闻变歌》《阿子歌》二曲的本事说：

《古今乐录》曰：《欢闻变歌》者，晋穆帝升平中，童子辈忽歌于道曰："阿子闻！"曲终，辄云："阿子汝闻不？"无几而穆帝崩。褚太后哭"阿子汝闻不"，声既凄苦，因以名之。

《宋书·乐志》曰：《阿子歌》者，亦因升平初歌云："阿子汝闻不。"后人演其声为《阿子》《欢闻》二曲。

据此知"阿子闻"原为民间童谣中间的和声，"阿子汝闻不"则为童谣末尾的送声，后来被附会与东晋褚太后哭穆帝夭折的哀痛声调有关，因而制成《欢闻》《阿子》二曲。但现存《阿子歌》三首中的第二、第三首歌辞云：

> 春月故鸭啼，独雄颠倒落。工知悦弦死，故来相寻博。
>
> 野田草欲尽，东流水又暴。念我双飞凫，饥渴常不饱。

讲的是鸭子的事，与《阿子歌》的曲名、本事完全不同。《乐府诗集》引《乐苑》说："嘉兴人养鸭儿，鸭儿既死，因有此歌。"原来这两首歌辞只是利用《阿子歌》的和送声[1]，而

---

[1] 汉魏六朝乐府诗中的和声，置于诗中每句之后，如上引曹丕、谢灵运的《上留田行》，送声则置于篇末，演唱时歌者唱一句停歇，则诸人群唱和声；唱全篇毕，则群唱送声。宋代龙辅《女红馀志》记载唱沈约《白纻歌》送声时的情景曰："合声奏之，梁尘俱动。"可见其热烈情景。详见拙作《论六朝清商曲中之和送声》。

且把"阿子"讹变为"鸭子",所以产生这种奇怪的现象了。

本文开头说过,前期词多缘题之作,后来词作则因大都因调填词,离开原题,这种现象可说是沿袭了乐府诗的传统。但从数量上说,词中缘题之作较少,因调填词离开原题的作品则是大量的。从绝大多数的词作来说,词调仅是提供一种格式,其思想内容与调名、本事大抵没有什么关系。乐府诗则不一样,上述第三类作品与曲名、本事失去联系的毕竟占少数;多数作品属于上述第一、第二类,与曲名、本事或者主题思想方面等保持一定的联系。从一般情况说,用乐府旧题写诗,在思想内容上常常或多或少受到原题、古辞的制约,不容易自由地来反映崭新的题材。唐以来不少新乐府诗的产生,就是为了打破这种限制,更充分更有效地来反映当代的社会现实。

（原载《河南师大学报》1979 年第 6 期）

# 从《文心雕龙・风骨》
# 谈到建安风骨

　　从上世纪五十年代中后期开始，王运熙先生相继开设过"魏晋南北朝隋唐五代文学史""《昭明文选》选读"和"中国文学批评史"等课程，随后协助朱东润先生编注《中国历代文学作品选》，接着又辅佐刘大杰先生撰著《中国文学批评史》。丰富而特殊的教学、科研经历，促使他在研究时很自觉地就将创作与批评联系在一起，注重用具体的作品去印证抽象的理论。

　　刘勰所说的"风骨"究竟是什么，历来议论纷纭。明人杨慎称"明即风也，健即骨也"，又说"格犹骨也，调犹风也"（《杨升庵先生批点文心雕龙》），清人纪昀认为"气即风骨"（纪评《文心雕龙》），都略嫌含糊不清。近人黄侃明确提出"风即文意，骨即文辞"（《文心雕龙札记・风骨第二十八》），并有详细的解说。现代学者受此启发而以今度古，更强调其中包含着对思想内容纯正的要求。郭绍虞先生在六十年代初主编《中国历代文论选》，尽管指出《文心雕龙·风骨》是"有关文章风格的一篇专论",可依然不得不强调,"'风骨'是思想性和艺术性的统一体"。王先生除了玩索刘勰针对"风骨"所作的诠释,还注意到被援引来作为最能彰显"风骨"之美的那些作品,就思想内容而言其实并不足取,所以只能从表达效果和语言风貌的层面去探寻其内涵。他为此先后撰有《〈文心雕龙〉风骨论诠释》和《〈文心雕龙·风骨〉笺释》,详尽阐述过自己的意见。本篇一方面沿波讨源,钩沉索隐,尝试从魏晋以来的人物品评和画论中去研讨"风骨"的渊源和特征;另一方面又旁搜远绍,爬梳排比,通过比勘中古时期的文论著作和诗文作品,仔细辨析"建安风骨"的确切涵义。尽管仍以《文心雕龙·风骨》为主要研讨对象,但通过对长时段文学进程的综合考察,展现出更为宏通开阔的视野。

❀❀❀❀❀❀❀❀❀❀❀❀

　　风骨是中国文学批评史上的一个重要概念,是南朝以迄唐代人们品评文学作品的一个重要标准。汉末建安时代的作家作品(以五言诗为主),以风骨遒劲著名,史称建安风骨,成为后代诗人学习的榜样。学术界对风骨一词的意义曾进行过讨论,意见颇为分歧,尚无定论。本文拟申述管见,由风骨的意义进而探讨建安风骨的特色。如有谬误不当之处,请同志们批评指正。

# 一 《文心雕龙·风骨》论风骨

我在《〈文心雕龙〉风骨论诠释》一文中[1]，以《文心雕龙》的《风骨》为中心，结合全书有关风骨的言论，说明风是指文章中的思想感情表现得鲜明爽朗，骨是指作品的语言质朴而劲健有力，风骨合起来，是指作品具有明朗刚健的艺术风格。我现在仍持这种看法。这里先从《文心雕龙·风骨》的言论来分析说明风骨的涵义。

《文心雕龙·风骨》专论风骨，刘勰对于风骨涵义的解释，应以此篇为主要依据。《文心雕龙》全书是用骈体文写的，为了讲究语句的对仗工整和辞采华美，有些语句含义不大明确，容易引起不同理解；因此我们不能执着个别句子孤立地去解释，而要全面地考察情况，并要注意抓住其关键性的语句。《风骨》中解释风骨涵义的语句，最重要者如下：

> 结言端直，则文骨成焉；意气骏爽，则文风清焉。
>
> 故练于骨者，析辞必精；深乎风者，述情必显。
>
> 若能确乎正式，使文明以健，则风清骨峻，篇体光华。
>
> 文明以健，珪璋乃聘。

---

[1] 原载《学术月刊》1963 年第 2 期。

由上引语句可见，风的基本特征是清、显、明，它是指作品中思想感情表现的外部风貌即作品的艺术风格而言，而不是指思想感情的内在性质即作品的思想内容而言。如果风是指作品思想内容的优劣高下，怎么能用清、显、明等字眼来形容呢？《文心雕龙·宗经》说"文能宗经，体有六义"，其二是"风清而不杂"，也指出风的基本特征是清，即作者思想感情表现的明朗性；它的反面是杂，即思想感情表现得杂乱不明朗。有些同志认为风是指作品思想内容的健康、纯正等意思，这样讲，不但同《宗经》"六义"中的"情深而不诡""事信而不诞""义直而不回"三项分不清界线，而且同风的基本特征清、显、明等词的涵义不相符合。

刘勰认为文风的清明显豁，是作者"意气骏爽"的表现。意气指作者的意志、气质和性格，即作者的思想感情。作者的思想感情骏发爽朗，就产生作品风貌的清明显豁的特征。《体性》说"贾生（贾谊）俊发，故文洁而体清"，就是一个例证。反之，作者的思想感情不鲜明爽朗，"思不环周，索莫乏气"（《风骨》），就会形成杂而不清的文风。刘勰要求作者"意气骏爽"，避免"思不环周，索莫乏气"，都是从获得优良的艺术表现效果角度提出来的。假如是从获得健康纯正的思想内容角度来提，那他对作者意气的要求，应该不是"骏爽"之类，而应该像孟子或后来唐代的韩愈那样，着重提思想道德修养的条件了。《风骨》说："诗总六义，风冠其首，斯乃化感之本源，志气之符契也。"刘勰这里借用《诗经》"风冠其首"（指《国风》次序在《雅》

《颂》之前）来比喻作品"风清而不杂"的重要性。他说风是"志气之符契"（志气即意气），意即谓风不是作者的思想感情本身，而是思想感情表现于作品的外部风貌。按《毛诗序》云："风，风也，教也。风以动之，教以化之。"意谓风是用作品去感动读者。刘勰借用其意，指出作品的外部风貌是读者首先接触到的，作品能否感染读者，它起着重要的作用。

《风骨》说："相如赋仙，气号凌云，蔚为辞宗，乃其风力遒也。"这里"风力"与上文"骨髓"对言，就是"风"的意思；"相如赋仙"是指司马相如的《大人赋》。扬雄曾经批评《大人赋》为"劝而不止"（《汉书·扬雄传》）。刘勰接受了扬雄贬斥汉赋的观点，《文心雕龙·诠赋》批评汉赋的流弊为"无贵风轨，莫益劝戒"，可以肯定，他是不会从思想内容纯正的角度来赞美《大人赋》的。假如以思想内容的纯正为标准，《风骨》独独举《大人赋》作为"风力遒"（"遒"字也是形容艺术风格的）的正面例子，那倒是奇怪而令人难以理解了。司马相如的辞赋，其特色是文辞繁富艳丽，比较起来，《大人赋》的风貌却是远较其代表作《子虚》《上林》为清明，有飞动之致，符合于"风清而不杂"的标准，所以《风骨》就特别加以赞美了。

黄侃的《文心雕龙札记》在《文心雕龙》研究著作中是一部很有质量的书。他的《〈风骨〉篇札记》说："风即文意。"其说对研究者颇有影响。但又说："情显则文风生也。"指出表现感情显豁是深于风的特色。黄氏的解释前后有些依违两可，关键在于他没有把作品中思想感情的内容同它的外部风貌区别清楚。

从上引《风骨》语句可见，骨的基本特征是精、健、峻，精是精要不繁芜，健是刚健有力，都指语言文辞的特色。有的同志认为骨是指作品的思想内容，试问思想内容如何能用"刚健"来形容呢？有些同志根据《附会》中"事义为骨髓"一句话来论证骨是指思想内容，实际上《附会》中的骨髓同风骨的骨不是一回事，不能混为一谈。《风骨》明说文骨的成立，是结言（用词造句）端直的结果，是属于语言形式范围的事情。骨属于作品的语言，但仅指语言之端直者。范文澜同志《文心雕龙注》说："辞之端直者谓之辞，而肥辞繁杂亦谓之辞，惟前者始得文骨之称，肥辞不与焉。"这解释是准确的。以人的躯体为喻，端直劲健之辞犹如骨骼，藻丽的语言犹如血肉。躯体必须先有骨骼作基干，然后血肉得以附丽，所以《风骨》说："沉吟铺辞，莫先于骨。"又说："辞之待骨，如体之树骸。"这不是说骨在辞之外，而是说骨是辞的基干部分，如同骸骨是躯体的基干部分那样。

《风骨》说："昔潘勖锡魏，思摹经典，群才韬笔，乃其骨髓畯（当作峻）也。"汉末潘勖的《册魏公九锡文》，用语造句摹仿《尚书》典诰之体，语言比较质朴而劲健有力，具有"捶字坚而难移，结响凝而不滞"（《风骨》）的优点，所以被刘勰引作文章骨峻的正面例子。潘文歌颂曹操功德，为曹操建立新王朝制造舆论，从封建道德标准看，其思想内容并无足取。如果骨的涵义像有些同志所说，是指思想内容，那末《风骨》独独举此文作为骨峻的正面例子，那也是奇怪而令人难以理解的了。

如上所述，风是指文章的思想感情表现得鲜明爽朗，骨是指语言质朴而劲健有力，都是指作品的艺术表现而言。郭绍虞同志《中国文学批评史》在分析《风骨》时曾指出："骨在说得精，风在说得畅。"（1955年，新文艺出版社版）也指出它是一个艺术表现问题。风和骨原是两个概念，但二者又有紧密的联系。作品的思想感情是通过语言来表现的，语言质朴刚健，思想感情容易表现得鲜明爽朗，反之，语言靡丽、柔弱、拖沓，必然会影响思想感情表现的明朗性，因此风、骨二者被结合起来，当作一个统一的要求被提出来。《风骨》说："夫翚翟备色而翾翥百步，肌丰而力沉也；鹰隼乏采而翰飞戾天，骨劲而气猛也。文章才力，有似于此。"这里运用比喻，说明具有风骨的作品犹如鹰隼，虽然缺乏羽毛文采之美，但骨劲气猛，可翱翔高空；而徒有丽藻缺乏风骨的作品，则如同肌丰力沉的雉鸟，只能低飞于百步之间，没有俊爽劲健的雄姿。通过这种比喻，说明作品有没有风骨，其艺术风格和艺术感染力量是大不相同的。

## 二　魏晋南朝人物品评和画论中的风骨

魏晋南朝人品评人物，非常重视人物风度的清俊爽朗之美，有时直接用"风骨清举"一类语句加以赞扬。南朝文学批评中的"风骨"一词，即从人物品评和人物画论移植而来。这里拟先列举《世说新语》中这类人物品评的一部分例子，以见当时上层社会风气的一斑，帮助说明文学批评中风骨的涵义。

《世说·容止》载："嵇康身长七尺八寸，风姿特秀。见者叹曰：萧萧肃肃，爽朗清举。"又载："潘岳妙有姿容，好神情。"（注引《潘岳别传》："岳姿容甚美，风仪闲畅。"）又载："骠骑王武子是卫玠之舅，俊爽有风姿，见玠，辄叹曰：珠玉在侧，觉我形秽。"（注引《卫玠别传》载王济〔即王武子〕语曰："吾与外生共坐，若明珠之在侧，朗然来照人。"）这里赞誉人物的风神姿貌，用了"爽朗清举""闲畅""俊爽"等词语，大致都是清俊爽朗的意思，可见当时人对这种风度特征的重视。王济"俊爽有风姿"，可是同卫玠的"朗然照人"相比，又自惭形秽，更足说明当时人对风度清俊爽朗之美的重视。

《世说·容止》注引《江左名士传》曰："杜弘治清标令上，为后来之美。又面如凝脂，眼如点漆，粗可得方诸卫玠。"又《世说·赏誉》载："有人目杜弘治标鲜清令。"所谓"清标令上"或"标鲜清令"都是清俊爽朗之意。《赏誉》载："殷中军道王右军云：逸少清贵人。"注引《文章志》曰："羲之高爽有风气，不类常流也。"这是赞美王羲之风度清俊爽朗。同篇又载："殷中军道右军清鉴贵要。"注引《晋安帝纪》曰："羲之风骨清举也。"知《赏誉》篇上文之"清贵人"，即"清鉴贵要"之意；又引《晋安帝纪》以

"风骨清举"作注，实际也是风度清俊爽朗的意思。《容止》："时人目王右军飘如游云，矫若惊龙。"这里是以具体的比喻来形容羲之的"风骨清举"。《赏誉》载：王右军"叹林公器朗神俊"。注引《支遁别传》曰："遁任心独往，风期高亮。"风期即指风度，这里也是赞美支遁风度清俊爽朗。《容止》："谢公云：见林公双眼黯黯明黑。孙兴公见林公棱棱露其爽。"这是具体描摹支遁风姿之美。《赏誉》载："王子猷说，世目（祖）士少为朗，我家亦以为彻朗。"注引《晋诸公赞》曰："祖约少有清称。"《赏誉》又载张天锡见王弥"风神清令，言话如流。……天锡讶服"。这些记载是赞美祖约、王弥具有清俊爽朗的风度。

魏晋南朝人品评人物所以非常重视风度的清俊爽朗，也有其原因。《世说·赏誉》载"王戎云：太尉（指王衍）神姿高彻，如瑶林琼树，自然是风尘外物。"《世说·贤媛》载济尼曰："王夫人神情散朗，故有林下风气。"所谓"风尘外物""林下风气"，都是指超脱尘俗的意思。当时玄学盛行，上层人士往往"溺乎玄风，嗤笑徇务之志，崇盛亡机之谈"（《文心雕龙·明诗》），把超脱尘俗、神游物外当作雅人雅事。他们认为清俊爽朗的风度，是一个人在思想、感情、性格方面超脱尘俗的标志，因此对这种风度特别重视。

上引《世说》等书关于风姿、风仪、风神的记载，都是指人物的外部风貌说的，文学批评风骨论中的风是指思想感情呈现为作品的外部风貌说的，二者的特色都是清。可见文学批评中风的概念不但是从人物品评借用而来，而且借义同原义也仍相吻合。

至于品评人物的所谓骨，是指骨相、骨法而言。它由来已久，汉代王充《论衡》就有《骨相》专篇。《世说》有两条有关骨相的记载值得重视。《赏誉》载："王右军目陈玄伯垒块有正骨。"《轻诋》载："旧目韩康伯将肘无风骨。"注引《说林》曰："范启云：韩康伯似肉鸭。"垒块亦作磈磊，原意指众石错落突兀，这里借指人的骨骼挺拔。陈玄伯骨骼挺拔，故王羲之评为"有正骨"。韩康伯肥胖臃肿，有似肉鸭，骨骼为血肉所掩，故被人评为"无风骨"。肥胖使人体好像无骨，借用到文学批评方面，则肥辞使文无骨，故《风骨》说："若瘠义肥辞，繁杂失统，则无骨之征也。"[1] 又上文引《晋安帝纪》说王羲之"风骨清举"，除指羲之风度清俊爽朗外，兼含骨骼挺拔之意。"清举"之"举"，与《风骨》"风骨不飞"句中的"飞"字近似。

让我们再来考察一下六朝画论中的风骨论。六朝时山水画尚未发展，画论的主要对象是人物画。人物画评论中关于风骨的概念，是直接从当时人物品评的言论中得来的。东晋名画家顾恺之有《论画》一文（全篇已佚，残文见唐张彦远《历代名画记》引），其中已多次运用"神""骨"等词品评古画。廖仲安、刘国盈在《释风骨》文中说："从顾文（指《论画》）可以看到'骨法''天骨''形骨'，都是指人的

---

[1] "若瘠义肥辞"句，重点在"肥辞"，肥辞使文无骨。"瘠义"是陪衬，意谓肥辞而更瘠义，则文更差。

骨相形体，而'神'的概念，则近于'风'的概念，是指画中人物的神情、风姿。"[1] 这解释是中肯的。

南齐谢赫（年代略早于刘勰），著有《古画品录》，更强调风骨。《〈古画品录〉序》认为画有六法，"六法何？一、气韵生动是也，二、骨法用笔是也，三、应物象形是也，四、随类赋采是也，五、经营位置是也，六、传移模写是也。"气韵生动即指风[2]，骨法用笔即指骨。谢赫把气韵生动、骨法用笔放在六法的第一、第二位，可见他对风骨的重视程度。他评第一品的曹不兴说："观其风骨，名岂虚成！"也鲜明地表现出这种态度。詹锳在《齐梁文艺批评中的风骨论》一文中说："他（谢赫）对于各家的评语中，也常用到'壮气''骨法''气力''神气''风范气候''风采飘然''风趣巧拔''用笔骨梗''笔迹困弱''笔迹轻羸'等等词语，可以看出他所谓的'风'，就是'气韵生动'，他所谓的'骨'，就是'骨法用笔'。"[3] 这个解释也是中肯的。

张彦远《历代名画记》中对谢赫六法作了具体阐述，其中有些话说得很警辟。如云："至于鬼神人物，有生动之可状，须神韵而后全。若气韵不周，空陈形似（指六法第三项"应物象形"），笔力未遒，空善赋采（指六法第四项"随

〔1〕见《文学评论》1962年第1期。
〔2〕详见下文。《世说·任诞》："阮浑长成，风气韵度似父。"可见气韵即风气韵度的省称，原以品评人物，后借用评人物画。
〔3〕见《文学遗产》第392期，《光明日报》1961年12月10日。

类赋采"），谓非妙也。"（"气韵不周"句与《文心雕龙·风骨》的"思不环周，索莫乏气"意思大致相同。）又云："然今之画人，粗善写貌，得其形似，则无其气韵，具其采色，则失其笔法，岂曰画也！"这些话很深刻地说明了气韵、笔力的重要性，也就是画论中所以强调风骨的理由。

画论中风骨的涵义和人物品评中风骨的涵义是一致的。画论中风、神、气韵等词，都指人物的神情风貌在画中表现的生动性而言；骨、笔迹、骨法用笔等词语，则指人物的骨相形貌在画中是否被勾勒得遒劲有力而言。气韵和笔力二者的关系是很密切的。如果笔力不遒，要表现生动的气韵是困难的；正如人物如果骨骼不正，很难设想会产生清俊爽朗的风度。所以《历代名画记》说："骨气形似，皆本于立意，而归乎用笔。"人物品评、画论中风骨两词连称，除二者都很重要外，还由于二者的关系颇为密切。

文学批评中的风骨论和画论中的风骨论的关系，比起和人物品评的关系更为接近，因为文论、画论二者都是文艺理论。画论中的风骨论产生时代较文论中的风骨论要早，文论中的风骨论，或许主要是从画论移植而来。从画论中的风骨论发展到文论中的风骨论，有两点很值得注意：

其一，画论中首先强调气韵生动。因为人物的风姿神态是否写得活跃生动，是人物画是否具有强烈的艺术感染力量的一个首要条件。后代画论经常强调传神的重要性，理由也在这里。借用到文论，刘勰也强调"风"在作品艺术表现中的首要地位。《风骨》说："诗总六义，风冠其首，斯乃化感之本源，志气之符契也。"这里所谓"化感"，如上文所指出，是指文学作品的艺术感染力量，而不是指其思想内容的教育感化作用。

其二，画论中也很强调骨法用笔。俞剑华先生注释《历代名画记》说："骨法等于人的骨格，在画上就是轮廓的勾勒。"这意见是对的。轮廓的勾勒很重要，轮廓勾勒得好，线条明晰有力，就为赋采设色打下了基础；轮廓勾勒得不好，随类赋采必然徒劳无功，所以应当强调。移用到文学创作上，骨法用笔犹如端直劲健的语言，随类赋采犹如美丽的辞藻，都属运用语言的事。二者应以骨为首要，所以《风骨》说"沉吟铺辞，莫先于骨"；否则丽藻满篇，柔靡不振，作品就会"振采失鲜，负声无力"了。在绘画上，骨法用笔和随类赋采在步骤上有先后之分，即先勾勒轮廓，再施色彩；在写作上，端直劲健的语言和美丽的辞藻在运用上却不可能划分为先后两个步骤。刘勰说"沉吟铺辞，莫先于骨"，并不是说运用语言可分先骨后采两步，其意与钟嵘《诗品序》"干之以风力（即风骨），润之以丹采"的话略同，无非要求作者在运用语言时要以骨为基干，首先要注意它们的端直劲健罢了。

从上面的论述，可见风骨这个概念，魏晋南朝时原用于品评人物，风指清俊爽朗的神情风度，骨指挺拔端正的骨骼。后来即用以品评人物画，风即气韵生动，指画中人物神情风貌奕奕生动；骨即骨法用笔，指画中人物轮廓勾勒良好，线条明晰有力。再移用到文学批评上，风指思想感情表现得鲜明爽朗，骨指语言端直刚健。从人物品评到画论再到文论，三者的评论对象虽有不同，但风骨概念的基本特征却没有改变，风均指清俊爽朗的风貌，骨均指端直劲健的骨骼。

# 三 刘勰为什么提倡风骨

《文心雕龙·风骨》把风骨作为优良风格的概念加以提倡。风骨与同书《体性》中提出的典雅、远奥、精约、显附等等概念，《定势》中提出的典雅、清丽、明断、核要等等概念，虽然同属风格范畴，但性质颇不相同。典雅、清丽等等概念，是指某一作家或某一文体的风格特征，而风骨则是对于许多作家和文体所提出的普遍要求。风清骨峻的反面是芜杂柔靡，属不健康的文风，应当反对。魏晋以来，文学创作方面骈俪之风日益发展，文人作文，刻意追求华辞丽藻，雕琢堆砌，形成语言柔靡无力、思想感情表现得晦昧不明朗的弊病。针对这种现象，刘勰大力提倡风骨，企图予以矫正。作品有没有风骨，根柢固然由于作者的意气，但从艺术表现方面讲，关键在于语言的运用。这里想说明语言运用的两个问题，一个是文与质的问题，一个是繁与简的问题。

先说文与质的问题。文质这对概念，见于《论语·雍也》："子曰：质胜文则野，文胜质则史。文质彬彬，然后君子。"此处文质是指人们的文化修养、礼节文饰而言。孔子认为人们的礼节文饰要恰到好处，不足则失之野，太过分了又会流于虚伪不朴实。所谓文质彬彬，何晏《论语集解》说："包曰：彬彬，文质相半之貌。"邢昺疏说："文质相半之貌，言文华质朴相半，彬彬然。"后代文论运用这对概念，文均指形式，指语言有文采，质有时指内容，有时指质朴的语言。在语言形式上要求文质彬彬，就是指语言的华美性和质朴性相结合。刘勰在语言形式上是主张文质结合的，《风骨》说："若风骨乏采，则鸷集翰林；采乏风骨，则雉窜文囿。唯藻耀而高翔，固文笔之鸣凤也。"要求风骨和采相结合，即是要求语言的质朴刚健和文采相结合。

南朝文风之弊，在于语言华丽过分，柔靡不振。《文心雕龙》对这一弊病的指摘是屡见不鲜的。如《序志》批评"辞人爱奇，言贵浮诡，饰羽尚画，文绣鞶帨，离本弥甚，将遂讹滥"。《风骨》也指责了"习华随侈，流遁忘反"的文风。《通变》更从历史发展过程指出后代文章是"从质及讹，弥近弥澹"，以至"风末气衰"。风末气衰，是说作品缺乏俊爽刚健的风格，即缺乏风骨。刘勰针对当时文胜于质的文风，指出作文必须"斟酌乎质文之间"，即强调质文相济，这是他大力提倡风骨的一个重要原因。

次说繁与简的问题。《征圣》认为圣人之文，或"简言以达旨"，或"博文以该情"，"繁略殊形"，都是"抑引随时，变通会适"的。这里对文章的繁简无所轩轾，认为繁简应随机应变。但《物色》则对汉赋描写的繁冗作了批评。他具体比较了《诗经》与辞赋的描写，认为《诗经》的语言是"以少总多，情貌无遗"，而辞赋却是堆砌辞藻，"字必鱼贯"，其结论是"诗人丽则而约言，辞人丽淫而繁句"。《镕裁》较多地谈到繁简问题。前面说："谓繁与略，随分所好。"这里对繁略无所轩轾，但篇末掉转笔头说："巧犹难繁，况在乎拙。"指责繁冗。最后要求发挥镕裁的作用，做到"辞运而不滥"。刘勰对陆机作品文辞过于繁富颇多指摘。《议对》说他"腴辞弗剪，颇累文骨"，即运辞过繁，损伤了文章的风骨。

针对南朝作品文辞繁冗之病，刘勰大力提倡精约简要的文风。《风骨》说："练于骨者，析辞必精。"又说："《周书》云：'辞尚体要，弗惟好异。'盖防文滥也。"又说："无务繁采。"在《序志》《征圣》两篇中，都引用了《周书》的这句话。《宗经》所标举的六义，其五是"体约而不芜"。这些都可见刘勰对精约简要文风的重视。提倡文章应体要、精要的意见，在《文心雕龙》全书中可以常常看到。如《情采》说："为情者要约而写真，为文者淫丽而烦滥。"《物色》说："物色虽繁，而析辞尚简。"此外例子尚多，不备举。可以说，以简约纠繁冗，这是刘勰大力提倡风骨的又一个重要原因。

《宗经》的六义，对作品提出了三项艺术标准，它们是：风清而不杂，体约而不芜，文丽而不淫。三者的关系颇为密切，都是针对当时文风之弊而发。刘勰认为当时文风之弊，在文辞上是繁芜，是淫靡，都是损伤文骨的。这两种弊病常常结合在一块，所谓"为文者淫丽而烦滥"（《情采》），所谓"辞人丽淫而繁句"（《物色》），都是此意。针对这种弊病，刘勰大力提倡质朴精约的文风，可说是对症下药。而"风清而不杂"，作者的思想感情要在作品中呈现出鲜明爽朗的风貌，也必须克服文辞繁芜淫靡的弊病才能够取得。所以说，这三项艺术标准的关系是颇为密切的。这三项标准达到了，也就达到了《风骨》所提出的风骨与采相结合的艺术要求。所以我们可以说，《风骨》是《文心雕龙》全书中集中谈艺术标准的一个专篇。或许有人会提出疑问：既然"风清而不杂"是指艺术风格，为什么在六义中位置列在"事信而不诞""义直而不回"之前？我想这也可以理解，因为"风清"是指"述情必显"，它与六义中第一项"情深而不诡"同是讲情，一讲情的内容，一讲情的表现，连类而及，置于第二项，也是合乎情理的。

## 四　建安风骨

上文分析了风骨的涵义和刘勰大力提倡风骨的原因，下面拟进而讨论建安风骨的涵义。后代文人常以建安风骨指建安时代诗文（特别是诗歌）的优良特色和传统，建安风骨在中国文学史上是很著名的一个概念。建安风骨究竟指什么呢？根据我的理解，风骨既然是指作品明朗刚健的艺术风格，那末建安风骨即指建安时代诗文所突出具有的明朗刚健的风格。

与刘勰同时的沈约，在《宋书·谢灵运传论》中评述历代文学时，虽没有使用"建安风骨"这一词语，但已经指出了这一风格特色。《宋书·谢灵运传论》云："至于建安，曹氏基命，二祖、陈王，咸蓄盛藻，甫乃以情纬文，以文被质。"指出曹操、曹丕、曹植的作品都富有文采，能够根据思想感情来组织文辞，用文采来润色质素的语言。这里"以文被质"的"质"是指质素的语言[1]。以文被质，就是文质彬彬，也就是钟嵘《诗品序》"干之以风力，润之以丹采"的意思。《宋书·谢灵运传论》又云："子建、仲宣，以气质为体。"这里的"体"，相当于《文心雕龙·体性》的"体"，指作家的创作风格。以气质为体，就是以骏爽的意气和质素的语言（即风骨）构成作品风格的意思。沈约通过对三曹、王粲等代表作家的评论，指出了建安文学文情并茂、文质彬彬、富有风骨的特色。

《文心雕龙》也没有直接使用"建安风骨"这一词语，但书中不少篇章对建安风骨的特色指陈颇为明晰。《明诗》说："暨建安之初，五言腾踊。文帝、陈思，纵辔以骋节；王、徐、应、刘，望路而争驱。并怜风月，狎池苑，述恩荣，叙酣宴，慷慨以任气，磊落以使才。造怀指事，不求纤密之巧；驱辞逐貌，唯取昭晰之能。此其所同也。"所谓

--------

〔1〕当时人常用"质"字指质素的语言。如《文心雕龙·诸子》："墨翟随巢，意显而语质。"《书记》："或全任质素，或杂用文绮。"《通变》："黄唐淳而质，虞夏质而辨。"《情采》："故知君子常言，未尝质也。"《养气》："故淳言以比浇辞，文质悬乎千载。"《时序》："时运交移，质文代变。"《诗品》评曹植云："体被文质。"均其例。黄侃《诗品讲疏》解释《宋书·谢灵运传论》此段文字，"质"字也解释为质素的语言（见范文澜《文心雕龙注·明诗》引）。

"驱辞逐貌，唯取昭晰之能"，指出了建安诗歌具有昭晰即明朗的特色，而它又同"慷慨以任气"即意气豪迈骏爽有关。昭晰的反面是纤密，作品过于追求辞藻纤密富丽，容易损伤明朗刚健的风骨；建安诗歌"不求纤密之巧"，所以风骨突出。范文澜《文心雕龙注》引黄侃《诗品讲疏》评建安诗歌曰："文采缤纷，而不能离闾里歌谣之质。故其称物则不尚雕镂，叙胸情则唯求诚恳，而又缘以雅词，振其英响。"指出建安诗歌虽然文采缤纷，但不尚雕镂，还保持着乐府民歌质朴的特色，有助于我们理解上引《明诗》的一段话，理解建安诗歌何以具有风骨。

《文心雕龙·乐府》云："至于魏之三祖，气爽才丽。"这里的"气爽"意同《风骨》的"意气骏爽"，它是形成文风清明、具有风骨的一个重要条件。《时序》评建安文学云："观其时文，雅好慷慨；良由世积乱离，风衰俗怨，并志深而笔长，故梗概而多气也。"这段话的意思是说：由于当时社会动乱，作家饱经沧桑，思想感情常常激昂慷慨，故作品呈现出梗概多气（即气盛）的风貌。"梗概而多气"句，一般研究者都认为梗概即慷慨之意。范文澜同志说："梗概慷慨，声同通用。"按黄叔琳《文心雕龙辑注》引《文选·东京赋》注云："梗概，不纤密，则是大概之意。"黄注虽不同意释《时序》的"梗概"为大概，但我以为与《明诗》对照来看，此处释为"大概"，颇为合适。文辞大概而不纤密，则疏朗多气，形成清俊爽朗的风貌，正与《明诗》"造怀指事，不求纤密之巧；驱辞逐貌，唯取昭晰之能"的意思相合。宋代苏辙赞美司马迁的文章"疏荡颇有奇气"(《上枢密韩太尉书》），意思同这里的"梗概多气"相近。后世评文者还有"密则伤气"之说，则是从反面说明梗概则多气。况且，如释梗概为慷慨，也与同篇上文"雅好慷慨"句意重复。

《文心雕龙》强调风骨，也重视文采，他要求风骨与文采相结合，达到"藻耀而高翔"(《风骨》），即辞藻鲜丽，而又风清骨峻。《明诗》云："晋世群才，稍入轻绮。张潘左陆，比肩诗衢，采缛于正始，力柔于建安。"这是说西晋太康年间的一批文人，其文采富丽，但风格比较柔弱，不及建安风骨刚健有力。《明诗》又云："兼善则子建、仲宣，偏美则太冲、公幹。"这是说曹植、王粲的诗歌文质兼备，而刘桢、左思的诗歌则比较质朴，文采稍逊，故云"偏美"。

与刘勰同时的钟嵘，更直接使用了"建安风力"(风力即风骨)这一词语。在《诗品序》中，钟嵘一方面大力赞美建安诗歌达到"彬彬之盛"，即具有文质（质朴的语言风格）兼备之美；另一方面慨叹东晋时代玄言诗发展，诗风平典，"建安风力尽矣"，完全丢失了建安诗歌明朗刚健的优良传统。由此可见，钟嵘对建安风骨是非常推崇的。

钟嵘在《诗品序》中还提出诗歌创作应当"干之以风力，润之以丹采"，即以明朗刚健的语言和风格为基干，再润色以美丽的辞藻，二者结合，形成优良的文风。这同刘勰的风骨与文采相结合的意见是一致的。《诗品》对具体作家的评价，不少地方就是依据了这个标准。这里着重说它对建安诗人的评价。钟嵘在汉魏以迄南朝的诗人中最推重曹植，认为其作品"譬人伦之有周孔，鳞羽之有龙凤"。评其诗歌的思想艺术特色与成就云："骨气奇高，词采华茂，情兼雅怨，体被文质，粲溢今古，卓尔不群。"其中"情兼雅怨"是指思想内容说的；"骨气"二句，则指艺术性而言。"骨气"即气骨，也就是风骨。"骨气奇高"，即《风骨》所谓风清骨峻、骨劲气猛之意，它属于质一方面；"词采华茂"则属于文。骨气与词采相结合，就是"体被文质"（与《宋书·谢灵运传论》的"以文被质"意同），也就是"干之以风力，润之以丹采"的意思。钟嵘认为曹植诗歌的思想艺术成就完全符合于他的标准，故评价极高。

　　《诗品》评刘桢说："仗气爱奇，动多振绝。真骨凌霜，高风跨俗。但气过其文，雕润恨少。"真骨二句，即指风骨很高；雕润恨少，则指"润之以丹采"不足。钟嵘对刘桢很推重，说"曹刘殆文章之圣"，"陈思已下，桢称独步"，但对他的文采不足，毕竟有些微词。《诗品》评左思云："其源出于公幹。……虽野于陆机，而深于潘岳。"认为左思的诗出于刘桢，风骨颇高（《诗品》评陶潜有"又协左思风力"之句），但词采毕竟稍逊，所以野于陆机。这里"野"字即取《论语·雍也》"质胜文则野"之意，谓文采不足。钟嵘对刘桢、左思诗作的批评，同刘勰"偏美则太冲、公幹"的意见是一致的。对建安诗人曹植、刘桢的评价，刘、钟一致，对王粲则有分歧。刘勰认为王粲与曹植都是"兼善"，即文质兼备；钟嵘则认为王粲"文秀而质羸"，文采秀出而质朴不足，即风骨较弱。刘、钟两人对个别作家的看法虽有分歧，而要求风骨与文采结合的批评标准则是一致的。另外，钟嵘评曹操诗为"古直"，置于下品；评曹丕诗为"百许篇率皆鄙质如偶语"，置于中品；都是不满他们的诗太质直，缺少文采。他说陶潜诗"世叹其质直"，置于中品，也是同一理由。

有些研究者认为风骨的风是指思想内容，建安风骨的特色，首先表现为具有充实健康的思想内容：反映了当时社会的动乱和人民的苦难，表现了作家要求乘时建功立业的雄心壮志。这种说法貌似有理，实则难以成立。风的特色是指作家的思想感情表现得鲜明爽朗，是作品的外部风貌，不是指思想内容本身，已如上述。诚然，建安文学具有鲜明爽朗、刚健有力的风格，同建安作家生值汉季，经历社会大动乱，思想感情常常慷慨激昂有关。但我认为，建安文人意气的慷慨激昂，只是构成作品具有明朗刚健的文风（即风骨）的思想感情基础，建安风骨不是直接指慷慨激昂的思想感情本身。《文心雕龙·才略》说："刘琨雅壮而多风，卢谌情发而理昭，亦遇之于时势也。"这里"多风""理昭"也指鲜明爽朗的文风，与《诗品序》"刘越石（刘琨）仗清刚之气"的评价一致。刘琨、卢谌生值西晋末叶，时势与汉季近似，故其思想感情慷慨激昂，作品富有风骨，与建安文人相近。

让我们再来分析一些建安文人的诗作。建安诗歌中反映社会动乱和人民痛苦的篇什不多，为一般选本和文学史选录和称述的作品，大致是：曹操《薤露》《蒿里》，曹植《送应氏》（"步登北邙阪"篇）《泰山梁甫吟》，王粲《七哀》（"西京乱无象"篇），陈琳《饮马长城窟行》，阮瑀《驾出北郭门行》，蔡琰《悲愤诗》。表现要求乘时建功立业的雄心壮志的诗作，较突出的是：曹操《短歌行》《步出夏门行》（"龟虽寿"篇），曹植的《杂诗》（"仆夫早严驾"篇、"飞观百馀尺"篇）《鰕䱇篇》，王粲《从军诗》等。

对上述这类作品，南朝批评家的态度如何呢？先说刘勰。《文心雕龙·明诗》论建安诗歌特色时说"并怜风月，狎池苑，述恩荣，叙酣宴"，列举了各种题材（这类诗大致见于《文选》诗的"公燕""赠答"类），偏偏没有讲反映社会离乱。《乐府》说："观其'北上'众引，'秋风'列篇，或述酣宴，或伤羁戍，志不出于淫荡，辞不离于哀思，虽三调之正声，实《韶》《夏》之郑曲也。"只提到了曹操的《苦寒行》（"北上太行山"篇），曹丕的《燕歌行》（"秋风萧瑟天气凉"篇），不提曹操《薤露》《蒿里》等篇，而且对《苦寒行》等一类乐府评价不高，目为"郑曲"。刘勰没有肯定过陈琳、阮瑀的诗歌，只说"琳、瑀以符檄擅声"（《才略》）；对蔡琰也不置一辞（这里可能还牵涉到《悲愤诗》的真伪问题）。再说钟嵘。《诗品》置曹操、阮瑀于下品，不提陈琳、蔡琰。如果建安风骨首先是指作品反映了社会动乱和人民苦难的思想内容，那末，大力提倡风骨和建安风骨的刘勰、钟嵘，对曹操、陈琳等人这方面具有代表性的作品，竟采取如此漠视的态度，这是很难令人理解的。诚然，刘勰、钟嵘对曹植、王粲的评价是高的，但他们推崇曹植，并没有特别提出《送应氏》《泰山梁甫吟》等作品来加以肯定。只有王粲的《七哀》，被作为名篇提出来。《诗品序》列举了一些"五言（诗）之警策者"，其中有"仲宣《七哀》"。还有《宋书·谢灵运传论》提到了若干"先士茂制，讽高历赏"的诗歌，其中有"仲宣霸岸之篇"。王粲《七哀》所以历来传诵，除具有较高的艺术水平外，在思想内容上看来主要由于其中的名句"南登霸陵岸，回首望长安"，表现了作者眷恋故国的思想感情，而不是反映了"路有饥妇人，抱子弃草间"的社会悲剧。

通过上面的分析，我认为建安风骨是指建安文学（特别是五言诗）所具有的鲜明爽朗、刚健有力的文风，它是以作家慷慨饱满的思想感情为基础所表现出来的艺术风貌，不是指什么充实健康的思想内容。

建安文学标志着中国文学发展史上的一个很大转变。它摆脱了汉代儒家章句之学的束缚，思想比较解放，注意作品的抒情性和形象性，重视文学形式之美。刘师培《论文杂记》说："魏代之体，则又以声色相秿，以藻绘相饰。"指出了它重视辞藻、声韵的特色，即重视文采的一面。但另一方面，它仍然保持着质朴刚健的特色。其五言诗承受汉乐府民歌和汉代无名氏古诗的深刻影响，因而富有风骨。即便曹植的诗歌，特长文采，也仍然保持着明朗刚健的特色。宋代范温《诗眼》说："建安诗辩而不华，质而不俚，风调高雅，格力遒壮，其言直致而少对偶，指事情而绮丽，得风雅骚人之气骨，最为近古者也。"（《苕溪渔隐丛话》引）对建安诗歌质朴刚健的特色讲得颇为中肯具体，其所谓"格力""气骨"，即指风骨。从文学（特别是五言诗）发展的历史看，刘勰、钟嵘等批评家认为东晋的玄言诗，"平典似《道德论》"，不但内容缺乏文学意味，而且平淡无文采；南朝的许多作品，则又过于华靡繁芜，缺乏风骨。而建安文学，既有明朗刚健的风骨，又有华美的辞藻，"体被文质"，在艺术形式和风格上质朴性和华美性结合得比较好，可以作为借鉴来纠正南朝文风华靡不振之病，这就是他们大力提倡建安风骨的重要原因。这种主张，在当时是有其历史进步意义的。但刘、钟两人毕竟受当时文学风气的影响，非常重视骈偶、辞藻等形式之美，比较忽视作品的社会内容（特别是反映下层人民痛苦方面的题材）；他们不重视曹操、陶潜的作品，不重视汉乐府民歌深刻的社会内容及其对建安文人某些作品的影响，都反映了这种思想局限。

必须把我们今天对建安文学的评价和对建安风骨这一概念的理解区别开来。我们今天完全有理由对曹操的《薤露》《蒿里》《步出夏门行》、曹植的《送应氏》、陈琳的《饮马长城窟行》等诗篇给予充分的肯定和较高的评价，因为这是根据我们今天的批评标准所得出来的合乎逻辑的结论。但是，建安风骨是南朝批评家所创立的一个批评概念，它同我们今天肯定建安文学的标准并不相等，仅是部分内涵相通。我们必须客观地实事求是地考察刘勰、钟嵘的理论，还风骨和建安风骨这些概念以本来的面貌，而不要把我们今天对建安文学的肯定赞美的意见加进建安风骨这个概念之内。

## 五 唐代前期诗人对风骨的提倡

最后一节，想谈谈唐人对风骨和建安风骨的意见。唐代前期诗人，为了扭转齐梁以来柔靡不振的文风，大力提倡风骨，并以建安风骨为学习榜样，在促进唐诗的改革和健康发展方面，产生了积极良好的作用。

初唐史家，即提出了撷取南朝与北朝不同的文学优长，互相截长补短，以建立优良的新文风。《隋书·文学传序》说：

> 然彼此好尚，互有异同：江左宫商发越，贵于清绮；河朔词义贞刚，重乎气质。气质则理胜其词，清绮则文过其意。理深者便于时用，文华者宜于咏歌。此其南北词人得失之大较也。若能掇彼清音，简兹累句，各去所短，合其两长，则文质斌斌，尽善尽美矣。

这里指出南朝文学创作注重音韵，文风偏于绮丽，北朝文学义贞词刚，文风偏于质朴；二者如能结合得好，就能达到"文质斌斌，尽善尽美"的境界。"重乎气质"句的"气质"，与《宋书·谢灵运传论》"子建、仲宣以气质为体"句中的"气质"意同，也就是指风骨。气质与清绮相结合，就是风骨与丹采相结合。"气质则理胜其词"，不是说"气质"即指"理"，即指思想内容；而是说文风质朴刚健者往往能有充实的内容。吴融评论李白诗说："气骨高举，不失颂咏风刺之道。"（《禅月集序》）孟郊评论张碧诗云："下笔证兴亡，陈词备风骨。"（《读张碧集》）都是赞美李、张的诗进步内容和明朗刚健的风格结合在一起。

初唐四杰之一的杨炯，在其所作《王勃集序》中对王勃作品给予很高评价，叙述王勃变革当时淫靡文风的业绩道：

> 尝以龙朔（唐高宗年号）初载，文场变体，争构纤微，竞为雕刻。糅之金玉龙凤，乱之朱紫青黄。影带以徇其功，假对以称其美。骨气都尽，刚健不闻。思革其弊，用光志业。……长风一振，众萌自偃。……积年绮碎，一朝清廓，翰苑豁如，词林增峻，反诸宏博，君之力焉。

当时南朝遗留下来的柔靡雕琢的文风，泛滥文坛，所以杨炯评为"骨气都尽，刚健不闻"，即缺乏爽朗刚健的风骨。四杰的作品，虽然还缺少充实的社会内容，并且未能完全摆脱齐梁绮靡文风的影响，但渐趋雄健，确也体现出新的风貌。杨炯与王勃是同道，对王勃虽然不免赞美过分，但确实反映出他们有意识地重视风骨、改变当时绮靡文风的倾向。大抵王勃、杨炯所反对的只是齐梁以来作品的绮靡文风，而不是整个魏晋南北朝文学的骈偶风气。《新唐书·文艺传序》说："高祖太宗，大难始夷，沿江左馀风，绵句绘章，揣合低昂，故王、杨为之霸。"《新唐书》编者欧阳修、宋祁从古文家反骈俪的角度看王、杨作品和南朝文风的关系，就只见其同而不见其异了。

《隋书·文学传序》提出要学习吸取北朝质朴刚健、具有风骨的文风，但北朝的创作成就贫弱，在这方面缺少可作楷模的作家作品；真正要从前人遗产中继承优良风骨的传统，还得从汉魏或建安时代去找。陈子昂的《与东方左史虬修竹篇序》首先指明了学习对象，文云：

> 东方公足下：文章道弊五百年矣。汉魏风骨，晋宋莫传，然而文献有可征者。仆尝暇时观齐梁间诗，彩丽竞繁，而兴寄都绝，每以永叹，思古人常恐逶迤颓靡，风雅不作，以耿耿也。一昨于解三处见明公《咏孤桐篇》，骨气端翔，音情顿挫，光英朗练，有金石声。遂用洗心饰视，发挥幽郁。不图正始之音，复睹于兹；可使建安作者，相视而笑。

这里陈子昂结合古典诗歌的优良传统，明确地提出了诗歌创作的两个标准，一个是要有兴寄，另一个是要有骨气。所谓兴寄，即比兴寄托，就是要求诗歌创作继承发扬《诗经》美刺比兴的传统，具有充实的政治社会内容。这是就思想内容说的。所谓骨气，即指风骨，是要求诗歌具有爽朗刚健的风格。这是就艺术表现说的。《文心雕龙·风骨》批评"丰藻克赡，风骨不飞"之病；"骨气端翔"，即风骨飞举之意。"音情顿挫，光英朗练，有金石声"诸句，也与《风骨》

"捶字坚而难移，结响凝而不滞"句意相近。兴寄和骨气二者相结合，就能使诗歌创作在思想、艺术上达到完美的统一。陈子昂继承了汉代诗论重视比兴和南朝批评家强调风骨的传统，明确地提出了这两个标准，就为唐代诗歌创作和诗歌理论的健康发展指明了方向。

盛唐时代诗歌的一个显著特征是努力追求建安风骨，要求诗歌具有明朗刚健的风格。这在诗人和评论者的言论中都有鲜明的反映。李白赞扬"蓬莱文章建安骨"（《宣州谢脁楼饯别校书叔云》），并且宣称"自从建安来，绮丽不足珍"（《古风》其一）。高适也很推崇建安作品，有云："周子负高价，梁生多逸词。周旋梁宋间，感激建安时。"（《宋中别周梁李三子》）"故交负灵奇，逸气抱塞壒。隐轸经济具，纵横建安作。"（《淇上酬薛三据兼寄郭少府》）"逸气刘公幹，玄言向子期。"（《奉酬路太守见赠之作》）把建安时期的作家作品与逸气、逸词联系起来，实际即是赞美建安风骨。此外如杜确《岑嘉州集序》评论开元年间的诗歌说："其时作者凡十数辈，颇能以雅参丽，以古杂今，彬彬然，粲粲然，近建安之遗范矣。"所谓"雅""古"，即指汉魏风骨；所谓"丽""今"，是指南朝以来的丽藻。二者结合，达到了文质彬彬的境地。皮日休《郢州孟亭记》说："明皇世章句大得建安体，论者推李翰林、杜工部为之尤。介其间能不愧者，惟吾乡之孟先生（孟浩然）也。"从这些评论中，也可以看出盛唐诗人力追建安风骨的风尚。

殷璠的《河岳英灵集》编集于天宝年间，专收盛唐诗，书中对盛唐诗人崇尚风骨的特色，评述尤为具体。其叙文中指出建安时"曹（植）刘（桢）诗多直致，语少切对"，"逸驾终存"。赞美盛唐诗歌自开元十五年后，由于"海内词场，翕然尊古"，达到了"声律风骨始备矣"的境界。其集论中更说他所选的诗歌，"文质半取，风骚两挟，言气骨则建安为传（一作俦），论宫商则太康不逮"。"言气骨"二句具体阐明了盛唐诗歌"声律风骨始备"的特色。从风骨方面说，殷璠认为盛唐诗歌可以与建安作品比美。《河岳英灵集》中对风格爽朗刚健的作家，常常以风骨或气骨赞美之。如评陶翰云："既多兴象，复备风骨。"评高适云："多胸臆语，兼有气骨。"评崔颢云："晚节忽变常体，风骨凛然。"评薛据云："据为人骨鲠有气魄，其文亦尔。"（按此评与上引高适赠薛据诗意见相符合。）这些诗人，如高适、崔颢，以擅长雄壮的边塞诗著名，风格爽朗刚健，确是他们作品的一个特色。对另外一派擅长描写山水风景、表现隐逸情趣的诗人，如王维、刘眘虚、储光羲等，殷璠常以具有兴象及雅调来赞美他们。这派诗人的作品，风格偏于阴柔，容易缺少风骨（像陶翰那样兴象、风骨兼备的毕竟是少数）。殷璠对此也加以指出，如评刘眘虚云："情幽兴远，思苦语奇。……声律宛态，无出其右。唯气骨不逮诸公。"评祖咏云："气虽不高，调颇凌俗。"殷璠对刘眘虚、祖咏有微词，只是因为他们的作品风格比较柔弱，而不是思想内容有什么不好。

唐代前期诗人大力提倡风骨以改革齐梁以来柔靡诗风的历史任务，到唐玄宗时代可以说是完成了。殷璠说"开元十五年后声律风骨始备矣"，就揭示了这一现象。李阳冰《草堂集序》说："卢黄门（卢藏用）云：'陈拾遗（陈子昂）横制颓波，天下质文，翕然一变。'至今朝（指唐玄宗时）诗体，尚有梁陈宫掖之风，至公大变，扫地以尽。"梁陈以来宫体诗风被彻底扫除干净，这是盛唐许多优秀诗人共同努力的结果，李白在这方面的成绩只是更为突出罢了。盛唐以后，由于变革柔靡诗风的任务已经完成，作家、批评家们就不再像前期那样大力提倡风骨了。

经过安史之乱，唐代中期政治社会情况起了急剧的变化，唐王朝由盛趋衰，社会动荡不安，民生凋敝。诗人们面对这种不景气现象，就往往强调风雅比兴，要求作品反映国事民生，对统治者进行讽谏规劝，促进改革政治。这种主张在白居易、元稹的诗论中表现得最为鲜明。白居易的《与元九书》是一篇重要的文学论文。文中评述了自上古到唐朝的诗歌，提倡《诗经》的六义，即风雅比兴的传统，主张诗歌应当"补察时政"，"泄导人情"；批评晋宋以来专务"嘲风雪弄花草"的篇章。值得注意的是，在这篇文章中，白居易对建安诗歌的成就和建安风骨的优良传统竟只字不提。对唐代诗人，除李白、杜甫外，他仅肯定陈子昂的《感遇诗》、鲍防的《感兴诗》。对李、杜，从风雅比兴的标准衡量，他也惋惜合格之作太少。对高适、崔颢、王昌龄等有一些作品富有风骨，为《河岳英灵集》所赞美的诗人[1]，也只字未提。除《与元九书》外，白居易在其他地方也都是提倡风雅比兴，不提风骨。元稹也提倡写作讽谕诗，议论与白居易大致相近。他的《唐故工部员外郎杜君墓系铭序》中，在评述历代诗歌时提到建安诗作，文云："建安之后，天下文士遭罹兵战，曹氏父子鞍马间为文，往往横槊赋诗，故其遒壮抑扬冤哀悲离之作，尤极于古。"并赞美杜甫诗"言夺苏李，气吞曹刘"。虽然指出了建安诗歌遒壮气盛的特色，但也并没有当作学习效法的对象，特别加以推崇。

陈子昂的《修竹篇序》从诗歌创作的思想艺术两方面，提出了风雅兴寄和汉魏风骨两个标准，为唐诗的健康发展指明了方向。安史乱前，盛唐诗人强调建安风骨，用以变革齐梁以来的柔靡诗风；安史乱后，中唐诗人强调风雅比兴，藉以推动诗歌注意反映国事民生，"补察时政"。时代形势不同，强调的对象也就不同了。

（原载《文史》第 9 辑，中华书局 1980 年出版）

---

[1] 《河岳英灵集》评王昌龄云："元嘉以还四百年内，曹刘陆谢风骨顿尽。顷有太原王昌龄、鲁国储光羲，颇从厥游。且两贤气同体别，而王稍声峻。……今略举其数十句，则中兴高作可知矣。"认为曹植、刘桢、陆机、谢灵运以后，诗歌风骨渐灭，而王昌龄诗则有风骨中兴之美。

# 试论唐传奇与古文
# 运动的关系

　　不同文体之间固然有着较为明晰的界限，但有时也会出现互相渗透、彼此交融的情况，韩愈"以文为诗"，苏轼"以诗为词"，都是让人称道的成功范例。传奇和古文都兴盛于中唐，两者是否存在关联，自然容易引起探究的兴趣。郑振铎先生认为"传奇文为古文运动的附庸"（《插图本中国文学史》第二十九章《传奇文的兴起》），陈寅恪先生主张"古文之兴起，乃其时古文家以古文试作小说而能成功之所致"（《长恨歌笺证》），虽各执一端却殊途同归，都强调这两种文体有着密切的联系。他们的意见在学界影响深远：谭正璧先生征引郑说，称道"这自是研究有得的话，我们尽可以深信而不疑的"（《中国小说发达史》第四章《唐代传奇》）；刘大杰先生指出"唐代的传奇文的兴起，不能不看作是古文运动的一个支流"（《中国文学发展史》第十二章《唐代文学的新发展》），无疑也承袭了郑氏的看法；龚书炽先生则参考陈氏之说，认为韩愈、柳宗元所撰碑文传记等古文，"实得力于当时传奇之影响"（《韩愈及其古文运动》第六章

《论唐代古文运动》）；刘开荣先生更是认定中唐古文家"几无例外的都是一时闻名的传奇小说家"（《唐代小说研究》第一章《传奇小说勃兴的三大因素——古文运动、进士科举及佛教影响》），并就此引申发挥。诸如此类，不胜枚举。

尽管从郑振铎、陈寅恪两位先生的著述中获益良多，王运熙先生对此却有不同的意见。他着眼于两种文体自身发展嬗蜕的脉络，分别从语言表现、理论主张、题材内容、风格特色等多个角度详加辨析，证明率然将传奇与古文牵附在一起，并不符合事实。他还有《简论唐传奇和汉魏六朝杂传的关系》一文，就此做过进一步的补充说明。可见在考察类似的问题时，不能只关注横向的、外在的影响，还需要了解纵向的、内在的衍化，唯有通观全局，方能得其确解。

❀❀❀❀❀❀❀❀❀❀

唐传奇发达于中唐时代，韩、柳古文运动也兴起于中唐；传奇与古文的文体又相类似，都是散体文而非骈体文。这种现象使许多文学史研究者都肯定传奇与古文运动有密切的关系，传奇是在古文运动开展的背景下发达起来的。对此问题我有一些不同的看法，愿在这里提出来跟大家商榷。

一

郑振铎先生在《插图本中国文学史》第二十九章《传

奇文的兴起》中称："传奇文是古文运动的一支附庸，由附庸而蔚成大国。"其理由如下：

> 传奇文的开始，当推原于隋、唐之际，但其生命的长成则允当在大历、元和之时无疑。在隋、唐之际的传奇文，只是萌芽而已；大历、元和之间才是开花结果的时代。而促成其生长者，则古文运动"与有大力焉"。盖古文运动开始打倒不便于叙事状物的骈俪文，同时，更使朴质无华的古文，增加了一种文学的姿态，俾得尽量的向美的标的走去。传奇文便这样的产生于古文运动的鼎盛的时代，其间的消息当然很明白的可知的，传奇文的著名作者沈既济乃是受萧颖士的影响的；又沈亚之也是韩愈的门徒[1]；韩愈他自己也写着游戏文章《毛颖传》之类。其他元稹、陈鸿、白行简、李公佐诸人，皆是与古文运动有直接间接之关系的。故传奇文的运动，我们自当视为古文运动的一个别支。

郑先生的《插图本中国文学史》在解放前的中国文学史著作中是很有分量的作品；这里对于唐传奇与古文运动关系的看

---

[1] 熙案《新唐书》卷二〇二《萧颖士传》："颖士子存，能文辞，与韩会、沈既济、梁肃、徐岱等善。"沈亚之"尝游韩愈门"，见《郡斋读书志》与《唐才子传》。

法，也具有很大的代表性[1]。郑先生确定唐传奇与古文运动的关系，主要根据有二：其一，传奇与古文文体的类同；其二，不少传奇的作者与古文运动有关系，古文运动的主将也写了游戏文章。底下就试从文体与作者这两个角度来谈谈我的看法。

先谈文体。首先必须指出，唐传奇的文体跟汉魏六朝的志怪小说是有密切的继承关系的。魏晋南北朝骈文昌盛，但当时小说仍用散文体写作。干宝的《晋纪总论》（见《昭明文选》），是骈俪语句很多的论文，但他的《搜神记》却是用散文写的。吴均的《与宋元思书》（见《六朝文絜》），是脍炙人口的写景骈文，但他的《续齐谐记》也是用散文写的。按《汉书·艺文志》《隋书·经籍志》《旧唐书·经籍志》《新唐书·艺文志》等史志，可知我们现在的所谓汉魏六朝小说，有的属于子部小说家类，而更大多数则属于史部杂史、杂传记等类。这种记事之文，一般不讲究文辞之藻饰，故当时人习惯以散体文写小说，即使善写骈体的作家如吴均也不例外。唐传奇自初期的《古镜记》《白猿传》以至后来的作品，其语言基本上跟汉魏六朝的志怪小说还是很相类似的。它们的语句都比较简短凝练，多四字句，风格与骈文比较相近，而与《战国策》《史记》及唐宋八大家的语

---

〔1〕 刘大杰先生《中国文学发展史》上册第十二章第四节的看法跟郑先生相同。两书都是解放前出版的，郑、刘两先生现在的看法或许已有所不同，但这种看法至少迄今还代表了不少文学史研究者的意见。

句，参差错落，往往故意避免复笔者，距离反远。由此可见，唐传奇使用的文体，自有它的直系祖先，无待借助于古文运动。而且自六朝志怪中经唐初的《古镜记》《白猿传》而至中唐以后的传奇，源流分明，未曾中断。

这里必须提一下《游仙窟》，它是初唐武后时代张鷟的作品。《游仙窟》是用骈体文写的，人们可能会有这样一种错觉：《游仙窟》的文体是初唐小说的通行文体，后来在中唐古文运动蓬勃开展的影响下，唐传奇文辞才趋向散文化。但这种看法是无法成立的，因为唐初产生了像《古镜记》《白猿传》那样的散文体小说，而《燕山外史》式的《游仙窟》，无从证明是当时文坛上小说的通行文体。

我们说唐传奇的语言基本上与汉魏六朝小说很相类似，它当然还有发展，就是更为细腻生动、通俗化。鲁迅先生《中国小说史略》第八篇说："小说亦如诗，至唐代而一变，虽尚不离于搜奇记逸，然叙述宛转，文辞华艳，与六朝之粗陈梗概者较，演进之迹甚明。"就是这个意思。"文辞华艳"是唐中期及以后传奇的一大特色，"文辞华艳"的表现之一是使用了不少骈俪文句。像《枕中记》中的骈句，还可说是主要见于卢生的奏疏，系受当时应用文体的影响。若《柳毅传》《霍小玉传》《南柯太守传》《长恨传》中的不少骈句，就见于作者的叙述文字中。试举例如下：

语未毕，而大声忽发，天拆地裂，宫殿摆簸，云烟沸涌。俄有赤龙长千馀尺，电目血舌，朱鳞火鬣，项掣

金锁，锁牵玉柱。千雷万霆，激绕其身；霰雪雨雹，一时皆下。（《柳毅传》）

虽生之书题竟绝，而玉之想望不移。赂遗亲知，使通消息。寻求既切，资用屡空。……风流之士，共感玉之多情；豪侠之伦，皆怒生之薄行。（《霍小玉传》）

复问生亲戚存亡，闾里兴废。复言路道乖远，风烟阻绝。词意悲苦，言语哀伤。……见家之僮仆拥篲于庭，二客濯足于榻，斜日未隐于西垣，馀樽尚湛于东牖。（《南柯太守传》）

上面这些传奇中的骈语虽不少，比重还不多，若郭湜的《高力士外传》、袁郊的《红线传》，骈语的分量就几乎超过散体了。《霍小玉传》《南柯太守传》《高力士外传》都是中唐时代的产品，前二者又是传奇的代表作品。由此可见，与古文运动同时发展的中唐传奇，文辞不但不向古朴的方向发展，反而向华艳的骈俪方向发展。这种华艳的骈句，不但与古文的风格相对立，而且是汉魏六朝志怪小说以至唐初的《古镜记》《白猿传》所没有的。中晚唐传奇骈俪文句的增多，是受到了当时变文、俗曲等民间文学的影响，变文、俗曲中的骈句是极多的。中晚唐的传奇，较之过去的小说更为通俗，与市民文学的关系更为密切；骈句的增多，正是它的通俗性的一个标志。我们认为：《游仙窟》是刻意摹仿变文、俗曲的作品，所以通体是骈文；《霍小玉传》等则深受变文、俗曲等民间文学的影响,所以基本上是散文体,但骈句相当多。

不错,唐代与古文运动有关的作家也写了小说,古文运动领袖韩愈和柳宗元自己也写了近于小说的作品(姑且也称为小说)。韩愈写了《毛颖传》《石鼎联句诗序》,有人把他的《圬者王承福传》也给算上了。柳宗元写了《河间传》,有人把他的《种树郭橐驼传》也给算上了。这些文章当然跟传奇是比较接近的。但仔细考察起来,古文作家所写的小说,毕竟与一般传奇作品有所不同。这种不同主要表现为:古文家的小说主旨在垂示教训、发表感想,语言务求雅洁;一般传奇主旨在讲述富有趣味的故事,通过故事来感动读者,语言注意华艳生动。鲁迅先生《中国小说史略》第八篇对此有很好的说明:

> 幻设为文,晋世固已盛,如阮籍之《大人先生传》、刘伶之《酒德颂》、陶潜之《桃花源记》《五柳先生传》皆是矣,然咸以寓言为本,文词为末,故其流可衍为王绩《醉乡记》、韩愈《圬者王承福传》、柳宗元《种树郭橐驼传》等,而无涉于传奇。传奇者流,源盖出于志怪,然施之藻绘,扩其波澜,故所成就乃特异。

根据这种区别来看,《圬者王承福传》《种树郭橐驼传》固然不能算小说,《毛颖传》《河间传》毕竟也以寓意为主,不能与一般传奇等量齐观。

底下让我再引用一些例子来证明传奇与古文的这种区别，李肇《国史补》卷下"韩沈良史才"条说：

> 沈既济撰《枕中记》，庄子寓言之类。韩愈撰《毛颖传》，其文尤高，不下史迁。二篇真良史才也。

《枕中记》在中唐传奇中着重寓意，文字亦比较朴素简洁，风格与韩、柳古文比较接近，所以得到李肇的推许。李公佐的《南柯太守传》主题与《枕中记》相同，但写得更宛曲华艳，更能显示传奇的特色。《国史补》也提到《南柯太守传》，但于其文辞并未推许。沈既济的另一传奇作品《任氏传》，描写离奇的故事，文笔也宛曲华艳，也不如《枕中记》获得重视。

上文说过中唐传奇颇多骈句，这种体制是与古文的要求相违背的。《陈后山诗话》说：

> 范文正公为《岳阳楼记》，用对语说时景，世以为奇。尹师鲁读之曰：传奇体耳。传奇，唐裴铏所著小说也。

这里的传奇当泛指唐人小说，而不是裴铏的专书。范仲淹的《岳阳楼记》中间一段写景文字，多用骈对，且大抵为四字句，体制确与唐传奇非常接近，所以遭到古文家尹洙的藐视。古文要求雅洁，像《岳阳楼记》这样铺张的描写景物，是他们所反对的。柳宗元的山水游记就没有这样铺张的写法。中唐传奇中，沈亚之的《湘中怨辞》《异梦录》《秦梦记》，文字比较简约而少铺叙，或许正因他是韩愈的门徒，受到古文影响的缘故。

## 二

对于传奇与古文运动的关系，陈寅恪先生有一些独特的看法。他不像郑先生那样强调古文运动对于传奇的影响，而是强调了传奇在古文运动中所起的作用。陈先生的意见散见于他的《韩愈与唐代小说》《长恨歌笺证》《读莺莺传》《新乐府笺证》《论韩愈》等文章中[1]，现在撮录其中的重要论点如下：

1. "当时叙写人生之文，衰弊至极。""近年所发现唐代小说如敦煌之俗文学，及日本遗存之《游仙窟》等，与洛阳出土之唐代非士族之墓志等，其著者大致非当时高才文士（张文成例外），而其所用以著述之文体，骈文固已腐化，即散文亦极端公式化，实不胜叙写表达人情物态世法人事之职任。"（《长恨歌笺证》）

2. 对此种衰弊至极的叙事文，"欲事改进，一应革去不适描写人生之已僵腐化之骈文，二当改用便于创造之非公式化之

---

〔1〕《韩愈与唐代小说》原载《哈佛大学亚细亚学报》第一卷第一期。有程会昌先生译文，载《国文月刊》第五十七期。《论韩愈》载《历史研究》1954年第二期。其他各篇均见《元白诗笺证稿》。

古文，则其初必须尝试为之。然碑志传记为叙述真实人事之文，其体尊严，实不合于尝试之条件。而小说则可为驳杂无实之说，既能以俳谐出之，又可资雅俗共赏，实深合尝试且兼备宣传之条件"（《长恨歌笺证》）。韩愈之古文，"乃用先秦两汉之文体，改作唐代当时民间流传之小说，欲借之一扫腐化僵化不适用于人生之骈体文，作此尝试而能成功者。故名虽复古，实则通今，在当时为最便宣传甚合实际之文体也"（《论韩愈》）。"古文之兴起，乃其时古文家以古文试作小说而能成功之所致，而古文乃最宜于作小说也。"（《长恨歌笺证》）

3. 当时此种新兴的小说，如赵彦卫《云麓漫钞》所云，往往"文备众体，可以见史才、诗笔、议论"（《云麓漫钞》卷八）。"韩集中颇多类似小说之作。《石鼎联句诗并叙》及《毛颖传》皆其最佳例证。前者尤可云文备众体，盖同时史才、诗笔、议论俱见也。"（《韩愈与唐代小说》）

4. 当时与韩愈共同尝试以古文体作小说者，尚有元稹、白居易等。"元稹、李绅撰《莺莺传》及《歌》于贞元时，白居易与陈鸿撰《长恨歌》及《传》于元和时，虽非如赵氏所言是举人投献主司之作品，但实为贞元、元和间新兴之文体。此种文体之兴起与古文运动有密切关系，其优点在便于创造，而其特征则尤在备具众体也。"（《长恨歌笺证》）"当时致力古文而思有所变革者，并不限于昌黎一派，元、白二公亦当日主张复古之健者，不过宗尚稍不同，影响亦因之有别，后来遂湮没不显耳。"（《读莺莺传》）"乐天之作新乐府，乃用《毛诗》、乐府古诗及杜少陵诗之体制，改进当时民间流行之歌谣，实与贞元、元和时代古文运动巨子如韩昌黎、元微之之流，以《太史公书》《左氏春秋》之文体试作《毛颖传》《石鼎联句诗》《莺莺传》等小说传奇者，其所持之旨意及所用之方法适相符同。其差异之点仅为一在文备众体小说之范围，一在纯粹诗歌之领域耳。"（《新乐府笺证》）

陈先生的《元白诗笺证稿》等论著，是工力很深的著作，中间有不少精彩的见解，对文学史研究工作极有裨益。他说白居易"作新乐府乃用《毛诗》、乐府古诗及杜少陵诗之体制，改进当时民间流行之歌谣"，也能揭示白居易新乐府融会古今的创作特色。但这里对于古文运动与传奇关系的看法，是我所无法赞同的。黄云眉先生对这种看法，曾经提出中肯的批评[1]，这里拟略述我个人的不同意见：

陈先生最重要的论点是认为"古文之兴起，乃其时古文家以古文试作小说而能成功之所致"。事实上这一论点是不能成立的。首先，从古文运动的主要理论和记叙文在古文运动中的地位来看。韩愈固然擅长写碑志，集中碑志文章也很多，但古文运动的中心思想在建立道统，排斥佛老，因此，他的《原道》《原毁》《原性》《谏迎佛骨表》等论说文，对于古文运动来说，毋宁是更为重要的宣传文字。《新唐书》卷一七六《韩愈传》说："愈深探本元，卓然树立，成一家言。其《原道》《原性》《师说》等数十篇，皆奥衍闳深，与孟轲、扬雄相表里，而佐佑六经云。至它文造端置辞，要

---

[1] 见《读陈寅恪先生〈论韩愈〉》，载《文史哲》1955 年第八期。

为不袭蹈前人者。"着重提出《原道》等论说文是正确的。显然，这种论说文是无法以试作小说来做准备工作的。又《旧唐书》卷一六〇《韩愈传》说："大历、贞元之间，文士多尚古学，效扬雄、董仲舒之述作，而独孤及、梁肃最称渊奥，儒林推重。愈从其徒游。"可见注重以论文宣扬道理，乃是古文运动的先驱者的传统。韩愈领导的古文运动所以波澜壮阔，获得许多人的拥护，其重要原因之一就在于他提出了文以明道的写作理论，因而对许多儒家思想浓厚的人士具有很大的号召力。张籍在《遗韩愈第一书》中说："愿执事绝博塞之好，弃无实之谈，弘广以接天下士，嗣孟轲、扬雄之作，辩杨、墨、老、释之说，使圣人之道，复见于唐，岂不尚哉！"这种意见代表了古文运动的拥护者对于他们的领袖在这方面的期望的恳切。张籍要韩愈抛弃的"驳杂无实之说"，我们没有足够证据肯定它即是指小说，但韩愈想以试作小说来兴起古文运动，那他一定会遭到许多人的反对，乃是可以肯定的。事实上柳宗元的《读韩愈所著〈毛颖传〉后题》中就说到有人提到《毛颖传》就"大笑以为怪"的。

其次，从韩愈所作小说的写作年代看。陈先生仅举出《石鼎联句诗并序》和《毛颖传》两文，前者据陈先生说是文备众体的佳作（其实《石鼎联句诗并序》只有叙事、诗歌，并无议论）。但《石鼎联句诗序》作于元和七年（本文载明写作年月），这时韩愈已有四十多岁，他已是一个古文大师，而不是一个新文体的尝试者了。举例说，他的重要文章如《答李翊书》作于贞元十七年，《祭十二郎文》作于贞元十九年，《张中丞传后序》作于元和二年，均在其前（参考东雅堂本《韩昌黎集》），《毛颖传》没有载明写作年月。案柳宗元《读韩愈所著〈毛颖传〉后题》一文中说："自吾居夷，不与中州人通书。有来南者时言韩愈为《毛颖传》，不能举其辞，而独大笑以为怪，而吾久不克见，杨子诲之来，始持其书，索而读之。"又《与杨诲之书》云："足下所持韩生《毛颖传》来，仆甚奇其书。"《与杨诲之书》作于元和五年。案柳宗元于永贞元年九月由礼部员外郎贬谪南荒，他在朝时尚未获睹《毛颖传》，则《毛颖传》之作，当在永贞元年至元和五年中间这几年内，即元和开头的几年内，其时间也不早了（参考吕大防《韩文类谱》）。很显然，从时间上讲，韩愈是不可能以这两篇文章为试验来兴起古文运动的。陈先生在《韩愈与唐代小说》中说："愈于小说，先有深嗜。"只是一种推测，没有坚强有力的证据。我认为韩愈早年如有《毛颖传》一类的足以兴起古文运动的作品，它们一定不会不被编入他的集子中去的。

唐中叶以后传奇因受变文影响，往往有散文与诗歌配合在一起的体制，但也并不是经常这样，赵彦卫之说其概括性是不大的。此点黄云眉先生谈得很多，这里不赘。陈先生根据韩愈的《石鼎联句诗并序》与《长恨歌》及《传》、《莺莺歌》及《传》在韵散配合方面类同，遂谓元、白与韩愈同时以试作小说兴起古文运动，甚至称元稹为"古文运动巨子"，这是很不妥当的。元、白的制诰公文，文辞古雅是事实，但与韩愈的提倡"文以明道"的古文，根本是两回事。

故《新唐书》竭力推崇韩文。而评白居易却说："居易在元和、长庆时与元稹俱有名，最长于诗，它文未能称是也。"（卷一一九《白居易传赞》）陈先生也不得不承认元、白主张与韩愈"宗尚稍不同"。但重要的还不在于此，而在于元、白与韩愈虽都作韵散合体的小说，但其风格迥不相同。韩愈的《毛颖传》，文辞确很简古，有些像《史记》笔法。《长恨歌》及《传》、《莺莺传》就不同，铺叙细腻，文辞浓艳。《长恨歌》及《传》中均有不少骈句，《莺莺传》中的"会真诗三十韵"全部是律体。韩愈的《毛颖传》真是以古文作小说，元、白的《歌》、《传》却是与当时一般传奇风格相类的通俗化的作品。陈先生认为元稹以《左氏春秋》的文体写《莺莺传》，诚然，《莺莺传》的少许语句特别是莺莺责备张生的一段话很像《左传》（《左传》文体本与骈文较接近）。但这只是一小部分的现象，从整个来说，《莺莺传》是很通俗化的传奇，不能与《毛颖传》相提并论。文辞写得细腻、通俗化，内容多述情爱，是元、白诗文（包括《长恨歌》《莺莺传》在内）的特色，这种特色是为韩、柳古文派所反对的。高彦休《唐阙史》卷上有这样一段记载："裴度再修福先佛寺，危楼飞阁，琼砌璇题，就有日矣。将致书于秘监白乐天，请为刻珉之词。值正郎（皇甫湜）在座，忽发怒曰：'近舍某而远征白，信获戾于门下矣。且某之文，方白之作，自谓瑶琴宝瑟而比之桑间濮上之音也。然何门不可以曳长裾，某自此请长揖而退。'座客旁观，靡不股栗。"韩门高弟子对白居易的文章评价如是。陈先生认为元、白与韩愈同时以试作小说兴起古文运动，把两种很不相同的文派牵合在一起，是不符合历史的真实情况的。

唐代的民间文学变文、俗曲等骈偶文句固极多，有些地方念起来使人感到不自然，妨碍了表现能力，但也不至于如陈先生所说那样"僵腐化"，它毕竟与贵族文人所写的雕琢堆砌的骈文不同，还是富有生气的作品。如前所述，中唐的传奇，虽然承袭六朝志怪小说的传统，基本上还是散文，但因受到民间文学的深厚影响，骈偶成分加多，文辞更趋通俗化，《长恨歌》及《传》、《莺莺传》就是这样的作品，而并不是如陈先生所说，"乃用先秦两汉之文体，改作唐代当时民间流传的小说"。真正以先秦两汉之文体作小说的只有韩愈，但他的这类作品不重故事情节，着重寓意和表现文才，在中唐的小说中，显然不能算代表作品。陈先生在考察中唐传奇的文体时，显然也是忽略了唐传奇与汉魏六朝志怪小说的继承关系，因而不可能获得正确的结论。

刘开荣先生的《唐代小说研究》一书，受陈寅恪先生见解的影响很深。书中有专节论述唐传奇与古文运动的关系。刘先生除在不少地方采用了陈先生的见解，还有一些奇怪的议论。如说韩愈与柳宗元是"传奇小说早期的大作家"（一章三节）；"骈文词简而抽象，散文词繁而具体，二者相较，当然后者是最宜于描写现实生活的文体了"（二章一节）。事实并不如此，事实是韩、柳的小说并非传奇的代表作品；变文、俗曲多骈句，辞繁而具体，韩、柳的散文辞简而抽象。刘先生又说韩愈的小说也有载道功用。"所载的道，是反映时代的、有教育意义的现实生活'大道'。在中国小说刚刚萌芽的时候，便走上现实主义的路径，使始具雏形的短篇小说，负起了艺术的真正使命。"（二章一节）把韩愈所提倡的尧、舜、禹、汤、文、武、周公、孔子、孟轲的道统跟现实主义混淆起来，是极大胆而毫无根据的议论。这些都是显而易见的错误，用不着在这里仔细辩驳了。

## 三

本文的结论是：

唐传奇的文体是在汉魏六朝志怪小说的基础上发展起来的。它基本上是散文，但到中唐时代，由于接受了民间变文、俗曲的影响，骈偶成分增多，文辞更趋通俗化。

中唐时代古文运动的兴起，并不成为促进传奇发展的一种动力，传奇不是古文运动的支流。古文运动也不可能依靠试作传奇成功而兴起。

中唐时代古文运动领袖韩愈、柳宗元和少数跟古文运动有关的人士也作小说，只是说明这时代写小说成为一种风尚，韩、柳在此风尚影响下，也不免染指一番。一般说来，他们的小说着重寓意，文辞简古，不能成为传奇的代表作品。因为传奇重故事情节，文辞细腻浓艳，它与古文的风格是对立的。

（原载《光明日报》1957 年 11 月 10 日

《文学遗产》副刊第 182 期）

# 唐代诗文古今体之争和
# 《旧唐书》的文学观

导 读

　　唐代的近体诗和骈文延续着六朝以来的发展，在辞藻、偶对、声韵、隶事等各方面都精益求精，呈现出与古体诗文迥然不同的特色。今人在考察唐代文学的进程时，对近体诗还能持较为客观公允的态度，对骈文却多有批评苛责。姑以刘大杰先生为例，他在评述中唐古文复兴时认为，"韩愈在当日对根深蒂固的骈文阵线的宣战，新散文的建立，确有一种百折不回的奋斗精神，确有一种摧陷廓清的功绩与雄伟不常的力量，具有进步的历史意义"（《中国文学发展史》第十三章《唐代文学的新发展》），褒贬轩轾的态度就非常明显。王运熙先生与顾易生先生曾主编三卷本《中国文学批评史》，在执笔介绍韩愈时强调"在提倡古文、反对骈文这一文学运动上，是有其积极的历史意义的"（第三编第三章《唐代古文运动的理论》），对骈文也并未给予必要的正面评价。

　　本篇对这个问题重予反思，王先生将创作与批评紧密联系，要言不烦地梳理了唐代诗文古、今体此消彼长的历程，明确指出骈体诗文在当时具有压倒性优势的事实。尤其指出韩愈、柳宗元等古文家尽管在理论上竭力反对骈文，可在创作中仍然很注重学习汲取骈文的语言技巧，这有助于全面了解古文与骈文之间的复杂关系，匡正长期以来的偏颇认识。

上世纪七十年代初，复旦大学中文、历史两系曾合作整理《旧唐书》，王先生参与其事，除标点校勘外，还负责审读全稿，所以对此书内容相当精熟。本文最后另辟蹊径，参照《旧唐书》的行文风格以及史官所作评议，进一步勘验前文所作结论，与他早年那段整理古籍的经历息息相关。他另有《两〈唐书〉对李白的不同评价》《〈旧唐书·元稹白居易传论〉〈新唐书·白居易传赞〉笺释》等论文，也同样注重从史籍中抽绎文学观念的变化。

❀❀❀❀❀❀❀❀

唐代诗歌、散文有古今体之分。诗的古今体，指古体诗和今体诗（即近体诗，包括律诗、绝句），前者体式沿袭前代，后者从齐梁新体诗发展而来，讲究声律，律诗更重视对偶。文的古今体，指古文和时文，前者主张学习先秦西汉时期古朴的文风，后者是当时社会上流行的骈文，讲究对偶、声韵之美，体式沿袭魏晋南北朝骈文而更趋整齐。诗文的古今两体，在唐代长期并存，占优势的一直是近体诗和骈文。但一部分文人，要求文学对政治、教化有所裨益，提倡朴实的古体诗和古文，对讲求辞藻、声律的近体诗、骈文进行攻

击，也形成流派，产生不同程度的影响，但毕竟不能压倒近
体诗和骈文。到晚唐五代，近体诗、骈文更占有明显优势。
编纂于后晋时的《旧唐书》，史臣们受时代风气影响，在对
唐代文学和文人进行评价时，显示出偏袒近体诗和骈文的态
度。下面试就诗文二者古今之争和《旧唐书》的评价分别进
行分析。

一

唐代以诗赋取士，考进士必须写五言律体诗，加上近体
诗大多数篇幅短小，具有辞藻华美、声韵和谐的语言美，便
于吟诵的特点，因而近体诗在唐代更受人们喜爱，作品数量
也更多。从现存几种唐人选唐诗来看，其中《御览诗》《极
玄集》专选近体；《国秀集》《中兴间气集》《又玄集》《才
调集》等，选篇都是近体大大多于古体；只有《箧中集》专
选古体，《河岳英灵集》选古体比近体多。于此可见唐代近
体诗更为发达的一斑。但古体诗容量较大，不拘声律对偶，
便于叙事言志，在反映社会现实、表现作家的政治社会观点
等方面，确实较为方便有效。白居易在《与元九书》中曾指
出，他所作的古体讽谕诗、闲适诗，表现了他的"兼济之
志""独善之义"，表现了他的道义和志尚；至于他那些近体
的杂律诗，只是写"亲朋合散之际"的悲欢之情，不是他所
重视的。白居易的这番话，在反映唐代一部分文人所以大力
提倡古体诗的原因方面，是具有代表性的。

在唐代，首先提倡写古体诗的是陈子昂。在《与东方左史虬修竹篇序》中，他说明自己在诗歌方面所崇尚的是《诗经》的风雅，是"汉魏风骨"和"正始之音"；他批评晋、宋诗风骨不振，至"齐梁间诗，采丽竞繁，而兴寄都绝"。陈子昂的代表作《感遇诗》数十首，风格古朴，的确近似建安诗歌和正始时代阮籍的诗。陈子昂也写近体诗，只是风格较为雄浑朴实，不像齐梁以至初唐许多诗篇那样靡丽。李白继陈子昂轨迹提倡古体诗。他宣称建安以来的诗歌"绮丽不足珍"（《古风》其一），要求恢复《诗经》风雅传统。他还讥嘲那些追逐华辞丽藻的作品是"雕虫丧天真"（《古风》其三十五）。李白的《古风》五十馀首，实践了他的复古主张，这组诗风格也和陈子昂《感遇诗》颇为接近。李白也写近体，只是数量较少，他的一部分五律和绝句还写得很精彩。孟棨《本事诗·高逸》载：

> （李）白才逸气高，与陈拾遗（子昂）齐名，先后合德。其论诗云："梁陈以来，艳薄斯极，沈休文（约）又尚以声律；将复古道，非我而谁与？"故陈、李二集，律诗殊少。尝言："兴寄深微，五言不如四言，七言又其靡也，况使束于声调俳优哉！"

这里指出李白继陈子昂之后提倡写古体诗，要求诗歌有兴寄内容，反对声律的拘束；因而陈、李两人均多写古体少写律体，这是事实。但载李白认为表现兴寄内容，四言诗最好，这不免是夸张之说；实际李白本人四言诗写得很少，还是多写五言和七言古体。结合创作来看，陈子昂、李白两人都提倡写作五言古体诗，要求诗歌关怀国事民生，表现诗人出处旨趣；反对声律的过于束缚，但仍然写作一部分近体诗，其矛头所指，主要是南朝后期以至初唐的崇尚绮艳、缺乏兴寄的诗歌。

　　和李白同时代的殷璠，编集《河岳英灵集》，专收盛唐诗人篇章。该集兼收古今体诗，所谓"既闲新声，复晓古体"（《集论》），但编者更重视古体，选古体也较多。《集序》批评前此不少诗人"但贵轻艳"，南朝萧梁以后尤甚，同时赞美唐玄宗提倡质朴之风，"使海内词人，翕然尊古"。盛唐诗人颇多向往建安诗歌，赞美建安风骨（风骨指俊爽刚健的风貌）。殷璠评诗也很重视风骨。一般来说，比较古朴的古体比重视声律的近体诗更容易具有风骨，因此，提倡风骨和提倡古体诗互相联系着。殷璠的诗论，反映了不少盛唐诗人反对轻艳、崇尚朴实刚健的共同追求；他更重视古体诗，也和陈子昂、李白的主张相合。

　　肃宗乾元年间，元结编选《箧中集》，比陈子昂、李白、殷璠等更进一步，不但提倡古体诗，而且排斥近体诗。《箧中集》编集了元结朋友沈千运、王季友、于逖、孟云卿、张彪、赵微明和他从弟元季川的诗二十四首，风格均颇质朴，《四库提要》卷一八六称为"淳古淡泊，绝去雕饰，与当时作者，门径迥殊"。这七位作者的诗歌，除见于《箧中集》者外，其他只有孟云卿有两首五律（内一首失粘），此外均为古体诗，可见他们是崇尚写作古体诗的一群作者。沈千运是这一群作者的领袖。元结《箧中集》有曰："吴兴沈千运独挺于流俗之中，强攘于已溺之后，穷老不惑，五十馀年，凡所为文（此处指诗），皆与时异。故朋友后生，稍见师效，能似类者有五六人。"即赞美其能写高古的五言古体，不同流俗，并且赢得一些朋友后生的学习仿效，形成流派。《唐才子传》卷二称沈千运"工旧体诗（指五言古体），气格高古，当时士流皆敬慕之，号为沈四山人"。沈千运以外，孟云卿是这派重要人物。他在当时名声很大。杜甫《解闷》其五有云："李陵苏武是吾师，孟子论文更不疑。"称道孟云卿作诗以相传为李陵、苏武所作古诗为指归，即崇尚汉代五言古诗。韦应物《广陵遇孟九云卿》诗有云："高文激颓波，四海靡不传。"所谓"高文"，当也指其高古的五言古诗。高仲武在《中兴间气集》孟云卿评语中指出，他因孟云卿"平生好古"，因而写了《格律异门论》及《谱》二篇来说明孟氏的意见。高仲武的这两篇文章没有传下来，但由其篇名，可知孟云卿认为格诗（古体诗）和律诗门径不同，不能混淆。张为《诗人主客图》列孟云卿为"高古奥逸主"，其上入室一人为擅长五古的韦应物。以上这些材料，都说明孟云卿是一位竭力提倡并写作五言古体的诗人。

元结不但提倡写五古体，而且还批评当时流行的近体诗。《箧中集序》有曰：

　　　　近世作者，更相沿袭，拘限声病，喜尚形似，且以流易为词，不知丧于雅正，然哉！彼则指咏时物，会谐

丝竹，与歌儿舞女生污惑之声于私室可矣。若令方直之
士、大雅君子听而诵之，则未见其可矣。

"拘限声病"，指近体诗讲究声律。"形似"，指描写外界物状
具体细致，这种描写特点较早在楚辞、汉赋中发展，后来南
朝以至唐代的许多诗歌中也常见，而在汉魏古诗中则少见。
"流易为词"，指文词流畅平易。"会谐丝竹"云云，指诗歌
配乐演唱。考唐人入乐歌辞，大多数为五、七言近体诗。如
李白的《清平调词》三首为七绝，《宫中行乐词》八首为五
律；王维《渭城曲》为七绝；《集异记》载高适、王昌龄、
王之涣三人在旗亭饮酒，歌妓唱他们的诗篇，都是绝句。元
结攻击拘限声病、文词流易的近体诗，厌恶那些配乐演唱的
近体诗，认为是"污惑之声"。元结处身唐朝由盛转衰时期，
特别重视诗歌的政治教化作用，主张诗歌应感上化下（见
《系乐府序》），同时对那些无裨于政治教化的诗歌，往往采
取批判态度。陈子昂、李白、殷璠所攻击的，是南朝后期至
初唐的轻艳诗歌，元结则更进一步，攻击包括许多盛唐诗歌
在内的近体诗。元结自己的诗歌创作也力求高古。他的诗现
存的近百首，绝大部分是古体诗，有四言、五言、楚辞体
等，五言最多。其中有少数五、七言绝句，但往往平仄不
调。他在诗歌创作上和《箧中集》诗人实属同一路子[1]。

---

〔1〕 以上关于元结和《箧中集》一派诗人的论述，参考拙作《元结〈箧
中集〉和唐代中期诗歌的复古潮流》一文。

元结和《箧中集》一派诗人，在提倡并写作古体诗方面，态度显得相当坚决。

皎然的《诗式》是唐代中期一本颇有分量的诗学著作。皎然在创作上既写古体、又写近体，在理论批评上，既推重汉魏古诗、建安作者以至六朝陶潜、谢灵运等作者，又对沈佺期、宋之问的律诗评价颇高。《诗式》卷五"复古通变体"条指出作者应处理好复与变的关系：

> 作者须知复、变之道。反古曰复，不滞曰变。若惟复不变，则陷于相似之格，其状如驽骥同厩，非造父不能辨。能知复、变之手，亦诗人之造父也。

这种看法是颇有见地的。该条中指出："陈子昂复多而变少，沈、宋复少而变多。"皎然比较更倾向于变，因此《诗式》对沈、宋的评价比陈子昂要高。在《诗式》卷三"论卢藏用《陈子昂集序》"条中，皎然还批评卢藏用对陈子昂评价太高。皎然对元结、沈千运等人的诗没有直接的批评，但即在《诗式》卷五"复古通变体"条后面，皎然举了沈千运《古歌》《汝坟示弟妹》两首诗，举了孟云卿《古挽歌》的诗句，均属于"情格俱下"的第五格。在前面的一至四格中，却没有举沈、孟等人诗句。这就意味着皎然认为沈、孟的诗复古太过，所谓"惟复不变，则陷于相似之格"，因而评价很低。的确，沈千运、孟云卿竭力规仿汉魏古诗而缺少创新变化，因而成就和影响都不大。皎然《诗式》对这派诗人的评价，可以说反映了唐代大多数重视创新的作者的态度。

孟郊是继元结、孟云卿等人之后重视写作五言古体的诗人。孟郊诗现存四百多首，绝大部分是五言古体；他也有少数近体诗，但常常不讲究对偶，不调平仄，接近古体。其诗语言大抵古朴平淡，风格和元结一派为近。他有《吊元鲁山》诗十首，对元结从兄、元结思想上的引导者元德秀的道德文章，给予高度评价。又有《哀孟云卿嵩阳荒居》，对孟云卿深致悼念和追慕。从这些可以看出孟郊和元结一派诗人的师承关系。韩愈对孟郊很推重，自己也重视写古体诗（也写少数近体），常和孟郊一起联句唱和。韩愈称道孟郊诗"高出魏晋，不懈而及于古，其他浸淫乎汉氏矣"（《送孟东野序》），是赞美孟诗高古，逼近汉代古诗。韩愈《荐士》诗论述历代诗歌，抨击齐梁陈隋诗"众作等蝉噪"，到唐代陈子昂诗开始"高蹈"，至李、杜而成就卓越，下面接着称誉孟郊"受材实雄鷙"，"横空盘硬语，妥帖力排奡"。不但赞美孟诗成就突出，也反映了他崇尚古体诗雄奇一路风格的思想。韩、孟两人的古体，由于用思刻深，语言奇峭，力求有所创新变化，在学习古人方面也取径较宽，不限于汉代古诗，因而特色鲜明，后世称为韩孟诗派。其成就和影响，都较元结、沈千运一派为大。韩愈以文为诗，对宋诗影响尤为深远。

与韩愈同时的白居易，兼长古体和近体诗，对二者均颇重视。如上所述，白居易在《与元九书》中，从表现道义角度，曾肯定其讽谕诗、闲适诗，而对杂律诗则比较轻视。但实际上他很欣赏自己所作的杂律诗。即在《与元九书》尾部，他叙述自己和诗友们同游长安城南时，和元稹"马上相戏，因各诵新艳小律"，其愉快有如登临蓬瀛仙境。他对元稹、刘禹锡的近体诗，也曾倍加赞美。从白氏作品数量看，也是近体诗多于古体诗。白居易和元稹的近体诗歌，在当时社会上流传最广、影响最大，号为"元和体"。据元稹《上令狐相公诗启》所述，元、白两人的近体诗有两类：其一为小碎篇章，即绝句、八句律诗及其他短篇律诗；其二为"驱驾文字，穷极声韵"的长篇五言律诗，自二十韵以上，有多至百韵者[1]。白居易的古体诗、近体诗，都写得浅切明白，容易为广大读者所接受。他的五言古诗，如许学夷《诗源辩体》卷二八所说，"用语流便"，"中复间用律句"，实际已接受了唐代中后期近体诗语言流利特色的影响；因而和元结、孟郊的五言古体力求高古、反对"以流易为词"的风格，走的是两条不同的路子。

在晚唐时代，也尚有个别人提倡古体诗。李戡可说是代表人物。杜牧《唐故平卢军节度巡官陇西李府君墓志铭》载，李戡十分重视文学的政治教化作用，"所著文数百篇，外于仁义，一不关笔"。他对元稹、白居易流传广泛的元和体律诗，因为多写男女之情，非常不满，认为是"淫言媟语"，"纤艳不逞，非庄士雅人，多为其所破坏"。该文又载，李戡"欲使后代知有发愤者，因集国朝以来类于古诗得若干

---

[1] 参考陈寅恪《元白诗笺证稿》附论（丁）《元和体诗》。

首，编为三卷，目为《唐诗》，为序以导其志"。李戡所编的《唐诗》没有流传下来，其选取标准为"类于古诗"者，当为古体。此外，唐末有皮日休，重视文章裨补时政，所著《皮子文薮》十卷，取法元结《文编》，其中所收的一卷诗均为古体，风格也与元结相近。但皮日休另外写了许多近体诗，并不像元结那样鄙弃近体。

由上可见，唐代提倡古体诗者，前有陈子昂、李白等，中有元结、沈千运、孟云卿等，后有李戡。其中一部分作者如陈子昂、李白、韩愈，虽然提倡古体，但也写近体，他们的古体也较有创造性。另外一部分人如元结、沈千运等专写古体，风格力求高古，缺少创造变化，因而成就、影响都不大。

晚唐时代，近体诗进一步流行，其地位影响远远超过古体诗。如杜荀鹤，顾云《唐风集序》称述其诗具有陈子昂诗的体制风貌，"可以润国风，广王泽"。但杜荀鹤所写的都是近体诗。他的反映民生疾苦之作《山中寡妇》《乱后逢村叟》是七律，《再经胡城县》是七绝。又《山中寡妇》《乱后逢村叟》两篇，题下均注："一作《时世行》。"意谓这两首七律的内容相当于长于反映社会现实的乐府歌诗（《时世行》是乐府诗题）。用律诗写时事，反映民生疾苦，始于杜甫，到晚唐有了进一步的发展。杜荀鹤的例子，说明过去几乎为古体所专擅的表现国事民生的题材内容，到晚唐时已经部分地被近体诗所替代了。这是唐代后期近体诗势力远远超过古体诗的一个明证。

# 二

在整个唐代，骈文一直占据着统治地位，但一部分古文家及前驱者，也屡屡对骈文开展攻击，同时重视提倡古文，形成流派。

在唐代前期，一部分史家在评论前代文风时，往往对过去（特别是南朝后期）靡丽的诗文辞赋进行批评，但他们只是批评前朝过于淫丽的文风，并不反对文词的骈俪。刘知幾《史通·杂说下》曾批评沈约等的声病说给史书文辞带来不良影响，所谓"平头上尾，尤忌于时；对语俪辞，盛行于俗"，也只是从史书记事应崇尚朴实角度立论，并不是反对骈文。事实上，唐初一些史书中的论赞、刘知幾《史通》，都还运用骈文写作。

初唐陈子昂倡言复古，其文章也比较朴实古雅，被后来古文家奉为唐代古文的前驱者。但陈子昂没有留下提倡古文的言论。到盛唐时代，出现了萧颖士、李华、独孤及等古文家，方始在理论批评上有所反映。萧颖士在《赠韦司业书》中自述其文章特色曰："仆平生属文，格不近俗，凡所拟议，必希古人。魏晋以来，未尝留意。"明显地表明他取法古文、反对魏晋以来日益发展的骈文的态度。他所谓"俗"，即指世俗流行的骈文。李华、贾至论文，都推崇六经，反对后代的华靡风气。独孤及则更明白地攻击南朝后期崇尚声律对偶之文，有曰："及其大坏也，俪偶章句，使枝对叶比，以八

病四声为梏拲，拳拳守之，如奉法令。"（《检校尚书吏部员外郎赵郡李公中集序》）

到韩愈，更是明确地提倡"古文"。韩愈在文章中，屡屡表述自己要恢复古代尧、舜以至孔、孟之道，他写作古文，为的是表现古道。他在《题欧阳生哀辞后》中道："愈之为古文，岂独取其句读不类于今者耶？思古人而不得见，学古道则欲兼通其辞，通其辞者，本志乎古道者也。"另一方面，韩愈对骈文展开攻击。当时朝廷以律体诗赋等考试士人，所谓"试之以绣绘雕琢之文，考之以声势之逆顺、章句之短长"（韩愈《上宰相书》）。韩愈对自己为了参加考试写作这类文章感到很惭愧，并认为是"俳优者之辞"（《答崔立之书》）。在《与冯宿论文书》中，他还谈到："时时应事作俗下文字（指骈体文），下笔令人惭；及示人，则人以为好矣。"说明他写作古文和当时时俗风气大相径庭。姚铉《唐文粹序》称韩愈"凭陵辚轹，首唱古文"，的确，韩愈是唐代散文家中第一个大力提倡"古文"的人。学古文师法前代哪些作者作品呢？韩愈《答李翊书》统称为"先秦两汉之书"，在《进学解》中，更指明为《尚书》、《春秋经》、《左传》、《周易》、《诗经》、《庄子》、《离骚》、《史记》、扬雄、司马相如等作家作品，不及东汉，大约因是东汉骈文开始抬头，为魏晋以下的骈文导夫先路。

柳宗元和韩愈并肩提倡并写作古文。在《答韦中立论师道书》中，他指出作文的取法对象，首列《书》《诗》《礼》《春秋》《易》五经，其后是《春秋穀梁传》《孟子》《荀

子》《庄子》《老子》《国语》《离骚》《史记》等书，也是
到西汉为止，不及东汉。柳宗元从弟柳宗直编了一部《西汉
文类》，柳宗元为之作序，有曰："文之近古而尤壮丽，莫若
汉之西京。……汉氏之东，则既衰矣。"明白指出东汉文章
趋向衰弱。韩愈、柳宗元都大力推重司马迁《史记》。韩愈
《进学解》《答崔立之书》《答刘正夫书》都提到宜学习司马
迁之文。柳宗元《答韦中立论师道书》说"参之《太史公》
以著其洁"，其《报袁君陈秀才避师名书》又说"《穀梁子》
《太史公》甚峻洁"，都突出《太史公书》（即《史记》）文
辞的简洁。《史记》行文多用奇句单笔，比较多用偶句复笔
的骈文确实简洁。班固《汉书》句式较整齐，多四字句，多
复笔，其中议论部分文字更多偶句，趋向骈文化。故萧统
《文选》，选《汉书》的论、赞而不取《史记》。在南朝、
隋、唐初，骈文盛行，《汉书》较《史记》更受人们重视。
古文运动的一些前驱者，也还重视班固文章（班固的辞赋和
单篇文章较《汉书》骈文气更重）。梁肃在《常州刺史独孤
及集后序》《补阙李君前集序》中，都提到班固，把他和贾
谊、司马迁等并列，说明独孤及、梁肃都肯定班固的文章。
韩愈、柳宗元只赞扬司马迁而不及班固，说明古文家反骈偶
倾向在进一步深化。

　　韩愈同时的古文家李翱，对韩愈十分推崇，《与陆傪书》
道："我友韩愈，非兹世之文，古之文也；非兹世之人，古
之人也。"他在《祭吏部韩侍郎文》中，除竭力赞美韩愈的
成就外，还批判东汉以下的文风道："建武（东汉光武帝年

号）以还，文卑质丧。气萎体败，剽剥不让。俪花斗叶，颠倒相上。"持论和韩、柳互相呼应。

韩愈、柳宗元等提倡学习先秦西汉的古文，反对东汉以至南朝、隋代的骈文（后世称为八代文），反对注重骈偶声律，这破坏了人们长期以来的行文习惯，因而引起了反对意见。裴度《寄李翱书》有曰：

> 观弟（指李翱）近日制作，大旨常以时世之文，多偶对俪句，属缀风云，羁束声韵，为文之病甚矣。故以雄词远志，一以矫之，则是以文字为意也。……故文人之异，在气格之高下，思致之浅深，不在其碟裂章句，瞵废声韵也。

大抵古文运动先驱者的文章，句式还较整齐，多四字句，气格尚接近东汉文章。韩愈、柳宗元、李翱等反对东汉以来的骈文，竭力反对对偶声韵，写作时故意多用奇句，语句长短错落，重视学习司马迁文章的雄奇，句式参差多变，又不重视平仄的对称协调，这在很大程度上破坏了长期以来流行的骈文语言注重对称和声韵的传统，即裴度所谓"碟裂章句，瞵废声韵"。在《寄李翱书》中，裴度对先秦、西汉的文章也很推重，说了不少好话，但他对韩愈、李翱等故意破坏骈文语言的传统，却不赞成。裴度的意见，代表了唐代很大一部分文人对古文家用词造句违背长期以来习惯的不满。

唐代有一些古文家，为了矫正八代骈文的华丽风气，故意把文章写得质朴古雅，摒弃文学作品中具体生动的描绘。柳冕的一段话在这方面可为代表。他在《谢杜相公论房杜二相书》中批评楚辞、汉赋以来的文风道：

> 于是风雅之文，变为形似；比兴之体，变为飞动；礼义之情，变为物色。诗之六义尽矣。何则？屈、宋唱之，两汉扇之，魏、晋、江左，随波而不反矣。

这里批评作品崇尚形似、飞动、物色，这些都是魏晋南北朝文学以至初唐文学所擅长者。"形似"，指描写事物的具体细致，形状逼肖。"飞动"，指能描绘事物的流动状态。日本僧人遍照金刚《文镜秘府论》地卷引唐《崔氏新定诗体》，谓诗有十体，其中即有形似体、飞动体，可以参看。"物色"，指自然景色，《文心雕龙》有《物色》篇。以"形似"这一表现特点而论，它原在楚辞、汉赋中多见，至六朝时代，则在一部分诗歌、散文中也颇显著。上引柳冕的话，就诗赋立论，但就表现特点言，也部分地概括着散文（包括骈文）。上文提到，元结在《箧中集序》中曾批评近世作者"拘限声病，喜尚形似"，柳冕此论与之相通。这说明唐代提倡诗文复古的一部分人士在批判过去的靡丽文风时走得过远，连文学作品的表现特征、文学作品长期来所积累的表现技巧，都加以排斥了。幸好这种偏激之见，只为元结、柳冕等少数作家所持有，像陈子昂、李白、韩愈、柳宗元等大作家都不具有这种缺点；有时他们尽管在理论上笼统反对东汉以后的文学，但在他们的创作实践中却不是这样，例如他们仍然写作一部分近体诗，在用词造句和表现技巧方面仍然多方面地向八代文学吸取营养。这种有分析的态度是合理的。

白居易在中唐时代，不但所作诗歌广泛流传，其文也受到人们重视。白居易擅长骈体文，也写作一部分散体文。元稹《白氏长庆集序》有曰："贞元末，进士尚驰竞，不尚文，就中六籍尤摈落。礼部侍郎高郢始用经艺为进退。乐天一举擢上第。明年，中拔萃甲科。由是《性习相近远》《求玄珠》《斩白蛇剑》等赋，及百道判，新进士竞相传于京师。"按唐代礼部考进士用律赋，吏部选人看判文，均为骈文。白居易运用当时流行的骈文体，又能在内容和用词造语上参以"六艺经学"，使靡丽的骈文体显得较为质朴高雅一些，因此受到高郢的赏识，并得到广泛流传。从这方面看，白氏实是当时骈文的改良者。白氏的系列骈文，除百节判外，还有《策林》七十多篇，风格相近。白集中除骈文外，还有一部分碑、墓志铭、记、序等文章，奇句较多，那是因为以记叙为主的文章不宜多用骈句，这即使在骈文盛行的八代也是如此。他的那部分骈散相兼或奇句较多的文章，气格也往往与骈文为近，与韩愈等的古文不同。高彦休《唐阙史》载，裴度修福先佛寺，拟请白居易为碑文，古文家皇甫湜听了发怒，斥白氏之文为"桑间濮上之音"，这里反映了古文家对白氏文风的不满。白居易和韩愈在政治上都希望振兴唐王朝，并主张文学应有裨于政治教化，但在文风趋向上走的是不同路子：白居易是骈文的改良者，韩愈是骈文的反对者。

韩愈提倡古文，以其杰出的创作成就，在当时颇有影响。故李汉《昌黎先生集序》曰："时人始而惊，中而笑且排……终而翕然随以定。"但至晚唐五代，古文又趋衰落。李商隐初时写古文，后来改学骈文，擅长四六。他的《上崔华州书》道："夫所谓道，岂古所谓周公、孔子者独能耶？"立论与韩愈《原道》相对立。唐末黄滔的《与王雄书》，称赞王雄的文章具有元结、韩愈的风格。但他在《答陈磻隐论诗书》中，又盛赞元稹、白居易诗，认为"大唐前有李、杜，后有元、白"，并且称赞《长恨歌》立意险奇而行文平易。黄滔自己的创作也偏长律体。他的《明皇回驾经马嵬赋》等篇，当时传诵人口，风格也与白居易作品相近。他还写了许多近体诗。北宋后期董逌《广川书跋》（卷八）批评唐文有曰："其留于今者，碑刻书疏，读之令人羞汗，浮浅如俳优诨语，鄙俗如村野讼谍。"接着赞美韩愈提倡儒学和古文，又惋惜不能转变时俗的风气。董逌的言论，代表了北宋欧、苏等古文运动取得胜利后文人对唐代流行的明白通俗的骈文文风的鄙视。古文家往往讥嘲骈文矫揉做作，如俳优演戏一般。清代姜宸英《唐贤三昧集序》有曰："古文自韩、柳始变而未尽，其徒从之者亦寡。历五代之乱，几没不传。宋初柳、穆阐明之于前，尹、欧诸人继之于后，然后其学大行。"董逌、姜宸英的话，都说明了晚唐五代古文不振、骈文盛行的情况。

# 三

从上面的介绍，可见晚唐五代是今体诗文即骈体诗文占压倒优势的时代，当时写古体诗者少，古文派衰落不振。《旧唐书》成于五代后晋朝，编撰出于众手。据赵翼《廿二史劄记》卷十六"《旧唐书》源委"条考证，其书之成，"监修则赵莹之功居多，纂修则张昭远、贾纬、赵熙之功居多"；只因该书完成时，刘昫居相位监修国史，遂由他具名奏上朝廷。《旧唐书》受当时风气影响，其行文运用当时流行的骈文体，各篇末的史臣评语全用骈体，某些传序亦然。记叙文字句式亦多整齐，文辞较浅显，气格接近骈体。《新唐书》编者是北宋古文家欧阳修、宋祁，对《旧唐书》的文风很不满，认为其编者是"衰世之士，气力卑弱，言浅意陋，不足以起其文"（曾公亮《进〈唐书〉表》）。古文家常常用"气力卑弱"一类话讥讽骈文。《旧唐书》在对唐代作家作品进行评价时，明显地推重今体诗文，不赞成复古。

《旧唐书·文苑传序》论文学曰：

> 昔仲尼演三代之《易》，删诸国之诗，非求胜于昔贤，要取名于今代。实以淳朴之时伤质，民俗之语不经，故饰以《文言》，考之弦诵，然后致远不泥，永代作程。即知是古非今，未为通论。
>
> ……近代唯沈隐侯（约）斟酌二《南》，剖陈三

变，撼云、渊之抑郁，振潘、陆之风徽，俾律吕和谐，官商辑洽，不独子建总建安之霸，客儿（谢灵运）擅江左之雄。

爰及我朝，挺生贤俊。文皇帝解戎衣而开学校，饰贲帛而礼儒生。门罗吐凤之才，人擅握蛇之价。靡不发言为论，下笔成文，足以纬俗经邦，岂止雕章缛句。韵谐金奏，词炳丹青，故贞观之风，同乎三代。高宗、天后，尤重详延。天子赋横汾之诗，臣下继柏梁之奏，巍巍济济，辉烁古今。如燕、许之润色王言，吴、陆之铺扬鸿业，元稹、刘蕡之对策，王维、杜甫之雕虫，并非肄业使然，自是天机秀绝。

这段文字首先以孔子为准则，指出他演《易》时写了有文采的《文言》（《文心雕龙·丽辞》曾赞美《文言》多偶句），"致远不泥"句化用孔子"言之无文，行而不远"（《左传·襄公二十五年》）语意，都是肯定孔子重视文采，从而批评了"是古非今"的论调，实际是为今体诗文张目。史臣接着从作品音律和谐角度大力推崇沈约，是肯定沈约的声律论。史臣并以沈约上比曹植、谢灵运。魏晋以来，诗赋等文学作品辞藻、对偶之美，首推曹植、陆机、谢灵运诸人（参见钟嵘《诗品序》），至沈约则进一步重视声律。史臣大力推崇沈约，并把他上比曹、谢，即是肯定魏晋南北朝注意辞藻、对偶、声律美的骈体作品（它们是唐代今体诗文的先驱）。沈约的《宋书·谢灵运传论》，评论历代文学（以诗赋为主），指出汉魏文体有"三变"，后面阐发其声律理论，史臣明显地加以肯定。唐代玄宗朝以前的文学，大抵较多沿袭南朝风气，《新唐书·文艺传序》称为"绮句绘章，揣合低昂"，即注意辞藻、声律等因素，颇有微词。史臣却誉为"韵谐金奏，词炳丹青"、"辉烁古今"，完全采取赞美态度。史臣后面列举唐代杰出的作家作品，于文举张说、苏颋、吴少微、陆贽以至元稹、刘蕡之对策，这些作者的文章，大抵是骈体或骈散相兼之体（唐代流行的政治性文章一般均是如此），史臣举他们而不举韩愈、柳宗元，见出对古文的不重视。于诗，举王维、杜甫而不举李白，则是因为王、杜均长律诗而李白则否。

在晚唐五代，李、杜并称已为许多人所公认。《旧唐书》却因李白不长于律诗而加以贬抑。这在《文苑传》正文中更有所表现。该传中王维、李白、杜甫三传相接，从篇幅看，李传最短，已寓有轩轾之意。更值得注意的是，《杜甫传》后引了元稹的《杜工部墓系铭序》一大段话，其中论及李、杜二人诗歌优劣，特别称道杜甫长律的成就为李白所远不逮，曰："至若铺陈终始，排比声韵，大或千言，次犹数百，词气豪迈而风调清深，属对律切而脱弃凡近，则李尚不能历其藩翰，况堂奥乎！"史臣在引录元稹的大段评论后，加按语曰："自后属文者以稹论为是。"肯定了元稹从是否擅长长律来扬杜抑李的见解。按李白实际也能写律诗，他的一部分五言八句律诗写得很好；只是他不爱多写律诗，数十韵以上的长律更是不写。但杜甫诗的艺术成就不在长律，《旧唐书》史臣在这方面附和元稹的诗论，反映了他们过分重视近体诗的偏见。据孟棨《本事诗·高逸》载，李白于诗有反对声律束缚的言论（见上引），而《旧唐书》史臣论文学，却是大力推崇沈约，提倡今体，他们从长律方面贬抑李白，就无怪其然了。

史臣对韩愈的古文，评价也不高。《旧唐书》卷一六〇《韩愈传》有曰：

> 常以为自魏晋已还，为文者多拘偶对，而经诰之指归，迁、雄之气格，不复振起矣。故愈所为文，务反近体，抒意立言，自成一家新语。后学之士，取为师法，当时作者甚众，无以过之，故世称韩文焉。然时有恃才肆意，亦有叛孔、孟之旨。若南人妄以柳宗元为罗池神，而愈撰碑以实之；李贺父名晋，不应进士，而愈为贺作《讳辨》，令举进士；又为《毛颖传》，讥戏不近人情：此文章之甚纰缪者。时谓愈有史笔，及撰《顺宗实录》，繁简不当，叙事拙于取舍，颇为当代所非。穆宗、文宗尝诏史臣添改。时愈婿李汉、蒋系在显位，诸公难之。而韦处厚竟别撰《顺宗实录》三卷。

这里前面介绍韩愈提倡先秦、西汉的古文，反对近体文（骈文），在当时众多古文作者中最为杰出，为后学所师法，其作品被称为"韩文"。对韩愈散文的特色、成就和影响，也有所肯定。对韩文仅称为"自成一家新语",没有指出韩文在散文发展史上的重要作用和地位,评价很不足,反映了史臣修史时骈文盛行、古文不振的客观现实。引文后面更是着重指摘韩文的缺点。认为《柳州罗池庙碑》等三篇文章有背于孔孟的思想,"此文章之甚纰缪者"。韩愈以弘扬孔孟之道自居,史臣举例批评他违背"孔孟之旨",态度很不客气。引文最后批评韩愈的《顺宗实录》,叙事行文,繁简取舍不当。古人很重视修史,认为这是表现文章才能的一条重要途径。史臣批评韩愈《顺宗实录》有繁简不当等缺点,是从一个侧面指摘其文章疵病。总观上面引文,指摘篇幅分量超过肯定性词句,而肯定又不大高,可见史臣对这位"务反近体"的古文家是不大尊重的了。《旧唐书》卷一六〇是韩愈、李翱等一群文人合传,传末论韩愈、李翱曰:

> 韩、李二文公,于陵迟之末,遑遑仁义,有志于持世范,欲以人文化成,而道未果也。至若抑杨墨,排释老,虽于道未弘,亦端士之用心也。

对韩、李二人提倡儒学,称为"有志于持世范","亦端士之用心",对其动机有所肯定;但又指出其"道未果","于道未弘",成就不大。也是有褒有贬,评价不大高。

史臣于唐代文人,就总体而言,评价最高的是元稹、白居易。《旧唐书》卷一六六为元、白两人合设一传,传末有一段较长的评论,先是概论文学创作,联系先秦至南北朝文学（以诗赋为主）的若干作家作品，接着论唐代文学，最后结归到元、白。这样写法是规仿沈约《宋书·谢灵运传论》。谢灵运是刘宋最杰出的作家，因此沈约在该传论中联系传主纵论历代文学发展。史臣于《元白传论》中纵论文学，实际就是承认元、白两人是唐代最杰出的作家。在《元白传论》论及汉魏六朝文学时，所举作家有班彪、班固、建安七子、潘岳、陆机、鲍照、谢灵运、徐陵、庾信等人，可见史臣所赞美的是那些骈体文学名家及其前驱者（二班等），其重视骈体文学的观点和上引《文苑传序》相通。于唐代前期文学，史臣提出了虞世南、许敬宗、苏味道、李峤四人。这四人除能诗赋外，还擅长政治性的公文，而且官位颇高，和元、白两人情况相类，简言之，他们都是擅长朝廷大手笔的高级文人。这和《文苑传序》中列举张说、苏颋、陆贽等人的文章性质相类。这些都表现了史臣重视政治性文章、要求文章有裨于朝政的观点。

史臣对元、白作品评价最高的还是诗歌。传论及赞语有曰：

> 若品调律度，扬榷古今，贤不肖皆赏其文，未如元、白之盛也。昔建安才子，始定霸于曹、刘；永明辞宗，先让功于沈、谢；元和主盟，微之、乐天而已。臣观元之制策、白之奏议，极文章之壶奥，尽治乱之根荄，非徒谣颂之片言，盘盂之小说。……
>
> 赞曰：文章新体，建安、永明。沈、谢既往，元、

白挺生。但留金石，长有《茎》《英》。不习孙、吴，
焉知用兵。

这里对元、白的文章也颇为赞美，称道元稹的制策、白居易
的奏议深通政治。所谓"贤不肖皆赏其文"，自也包括文章
在内，上文曾提到，白居易的律赋、判文等当时为士子竞相
传写。但史臣着重称道的还是元、白之诗。史臣纵论历代文
学，说元、白是元和文坛的盟主，可与建安时代的曹植、刘
桢、永明时代的沈约、谢朓相比，给予元、白诗歌以崇高的
历史地位。在史臣看来，建安是文人五言诗开始繁荣时代，
曹植、刘桢诗（特别曹植诗）对此后崇尚辞藻、对偶的文人
五言诗产生巨大影响；沈约、谢朓是永明新体诗（唐代近体
诗的前驱）的倡导者和代表作家；元、白则是唐代近体诗极
盛阶段最杰出的作家，两人不但是元和诗坛的盟主，而且代
表了唐代诗歌的最高成就。《宋书·谢灵运传论》论前代文
学，提出了文体三变之说，西汉司马相如为一变，东汉班
彪、班固为二变，建安曹植、王粲为三变。史臣着重论历代
诗歌发展，标举建安、永明、元和三个时代，实际也是三
变。于此也可见这篇传论在构思、写法上深受《宋书·谢灵
运传论》的影响。

　　《元白传赞》重视"文章新体"，和《文苑传序》反对
"是古非今"的宗旨相合。上文提到，元、白两人之诗，当
时流传最广、影响最大、号为"元和体"的，乃是他们的近
体诗，其中有短篇律体（包括绝句）和数十韵以至百韵的长

篇五言排律。这类诗篇内容大抵描叙亲朋间的情谊交往，个人的日常生活和感受，以及男女艳情，结合流连光景，抒发悲欢之感，而与讽谕很少联系。元、白这类诗往往写得感情真切动人，语言明白晓畅，音调和谐流美，因而受到广大人群的喜爱，风行遐迩。唐代中后期到五代，近体诗进一步发展，风靡于全社会，其中元、白诗流传最广，影响巨大，故晚唐张为《诗人主客图》称誉白居易为广大教化主。五言长篇排律，其前杜甫已有数十韵到百韵巨制，但数量还少，元、白两人写了许多长律诗，七十韵、百韵的也有多篇，而且写得明白流畅，音调和谐，在"属对律切"、"风调清深"、词藻富赡方面，又超过了杜甫。《旧唐书》史臣从"文章新体"角度赞扬元、白诗，主要是肯定他们的元和新体诗。在史臣看来，曹、刘诗对偶、辞藻趋向工丽是一变；沈、谢声律更趋细密，是二变；元、白近体诗对偶辞藻更富赡、音调更和谐流畅，达到了唐代近体诗形式的高峰，是三变。他们完全是从近体诗形式的发展进程来提到三个代表性时代，并大力赞扬元、白诗的。《旧唐书·元稹传》有曰：

俄而白居易亦贬江州司马，稹量移通州司马。虽通、江悬邈，而二人来往赠答，凡所为诗，有自三十、五十韵乃至百韵者。江南人士，传道讽诵，流闻阙下，里巷相传，为之纸贵。观其流离放逐之意，靡不凄惋。

这里通过具体叙述赞美了元、白的长篇律诗。上文提到，史臣对元稹批评李白不能写长律的言论加以引用并肯定。结合以上二例，更充分显示出史臣偏爱长律的态度。我们看五代后蜀韦縠所编《才调集》，也很重视长律，其第一卷首录白居易诗，一开头就是《代书诗一百韵寄微之》《东南行一百韵》《江南喜逢萧九彻因话长安旧游戏赠五十韵》等长律，又卷五首录元稹诗，选了《梦游春七十韵》《会真诗》三十韵等长律。可见《旧唐书》史臣偏爱长律，实际恐怕反映了当时一种较为流行的审美趣味和审美标准。

上面分析说明《旧唐书》史臣站在肯定骈体文、近体诗的立场，因而大力颂扬元稹、白居易，对李白、韩愈评价不大高，还有贬辞。这种评价，到北宋第二次古文运动胜利、骈体文学长期占优势的地位被推倒以后，情况发生了很大变化。古文家欧阳修、宋祁所纂修的《新唐书》就是明证。《新唐书·文艺·杜甫传》后有赞语，末尾引用韩愈"李杜文章在，光焰万丈长"诗句，称为"诚可信云"，不同意抑李扬杜。《韩愈传赞》竭力推崇韩文成就，誉为"学者仰之如泰山北斗"；并称道韩文"粹然一出于正"，"要之无抵牾圣人者"，和《旧唐书》对韩文的批评针锋相对。《新唐书》对元、白文学也加肯定，但没有《旧唐书》那样高。《新唐书·白居易传赞》称道白居易与元稹"最长于诗，它文未能称是也"，只肯定诗而不肯定文章。《新唐书》肯定白居易诗，但也有贬辞。《白居易传》有曰："初，颇以规讽得失，及其多，更下偶俗好，至数千篇，当时士人争传。"即是批评白诗写得太多太滥，"下偶俗好"，是不满其诗迎合世俗好尚，写得俗、艳而有欠雅正。两《唐书》对唐代这些名家的不同评价，反映了晚唐五代和北宋两个时代文学创作风气和批评标准的巨大变化。

（原载《文学遗产》1993 年第 5 期）

# 唐人的诗体分类

导　读

　　唐代诗歌诸体俱备而流变纷繁，宋代严羽《沧浪诗话·诗体》已经尝试加以归纳论列。随着辨体意识的不断增强，明人所做研讨更为系统。明初高棅纂辑《唐诗品汇》（另附《唐诗拾遗》），将所选六千七百多首唐诗依体编次，分为五言古诗、七言古诗、五言绝句、七言绝句、五言律诗、五言排律和七言律诗等七类，各类前均有《叙目》，概述其体制特色。覆按其书，其实掺杂了不少后人的见解。比如他并没有单独列出乐府，是因为觉得唐人所作"不过因古人题目，而命意寝不同。亦有新立题目者，虽皆名为乐府，其声律未必尽被于弦歌也"（《凡例》）。这就不免越俎代庖，没能如实反映唐人的看法。但其分类因简捷明了，仍然多为后人沿用。清人钱良择所编《唐音审体》，影响虽远不及《唐诗品汇》，可格外强调"规矩绳墨，断以唐人为式"（《自序》），由此转而遵循唐人的观念，将入选诗作分为乐府（又细分古题乐府、新乐府）、古诗（又细分四言、五言、齐梁体、七言）、律诗（又细分五言、五言应制、五言省试、五言长韵、五言联句、五言绝句、六言、七言四韵、七言长韵、七言绝句）等三大类、十馀个小类，在各小类前也有序论，逐一介绍该体的源流递嬗。

王运熙先生此文虽参考钱氏的意见，但结合唐人创作实践和个人研究心得，做了不少删繁就简、斟酌损益的工作。如新增歌行一体，并详述其与乐府之间的渊源和区别所在，就与他早年深入研究过乐府诗大有关系。至于全篇客观详审地介绍唐诗各类体式的整体情况和相互关联，则更非穷原竟委、成竹在胸者莫能办。

❋⌇⌇⌇⌇⌇⌇⌇⌇⌇⌇❋

中国诗歌自诗三百篇、楚辞以后，自两汉迄清代，是五言诗、七言诗的时代。五、七言诗肇始于汉，发展于魏晋南北朝，大盛于唐。五、七言诗的几种基本样式，到唐代也臻于完成和齐备。对五、七言诗，长期以来人们大致分为五言古诗、七言古诗、五言律诗、七言律诗、五言绝句、七言绝句六种基本样式，简称五古、七古、五律、七律、五绝、七绝。但这种区分，流行于明、清时代，主要是受明初高棅所编《唐诗品汇》一书的影响。这种分类法固然比较简明扼要，但也存在着不尽合理之处。唐人对五、七言诗的分类有所不同。他们把五、七言诗分为古体、今体（后代多称近体）两大类，他们所谓古体诗，指不受永明声律论影响的古体诗，较后代所谓古体诗范围要窄一些；他们所谓今体诗，则包括后代的律诗和绝句。于古体、今体两大类外，又往往别出歌行一类，不像后代那样把它归入七古；又有所谓齐梁体的名目，也不能笼统归入五古。本文钩稽有关材料，拟分古体诗、齐梁体、歌行、今体诗、乐府等项，对唐人的主要诗歌体裁样式，其名称涵义和特点，作比较具体的分析介绍，以期对研治唐诗者有所帮助。清人钱良择有《唐音审体》[1]，对唐人的诗歌分类辨别颇精，惜该书偏重分体选诗，论述比较简略，个别地方也有失误或可商榷，本文于钱著多所参照，着重具体论证。

# 一　古体诗、古诗

古体诗又简称古诗。汉魏六朝诗歌，发展至沈约提倡四声八病，讲求声律，为一大转变关键。唐人所谓古体诗、古诗，大抵是指不讲究声律、音调比较自然的汉魏至刘宋时期诗歌和与该阶段诗体近似的诗歌。因为沈约是一个关键人物，故唐五代人崇尚古体者贬沈约，反之，崇尚今体者则尊沈约。如李白崇尚古体，批评"沈休文又尚以声律"，丧失诗歌古雅之道（见孟棨《本事诗·高逸》）。而五代后晋时《旧唐书》编者则崇尚今体，认为"是古非

---

〔1〕《唐音审体》成书于清康熙年间，我所见者为道光二十二年（壬寅）海虞顾氏家刻本。该书为一唐诗选本，全书二十卷，分古题乐府诗、新乐府辞、古诗、律诗诸大类（古诗、律诗类中又分若干小类）选录唐诗。每大类、小类前常有叙说，于体制辨析颇精，赵执信《谈龙录》誉为"原委颇具，可观采"。后雪北山樵采其叙说为一卷（仍名《唐音审体》），编入《花薰阁诗述》，丁福保即据以编入《清诗话》。

今，未为通论"，赞美沈约提倡声律论，使诗歌"律吕和谐，宫商辑洽"，在诗歌发展史上作出巨大成就（见《旧唐书·文苑传序》）。

古体诗，唐人又有古风、古调诗、格诗等名称，下面分别作一些介绍、分析。

古风。李白有《古风》五十九首，都是五言古体。《古风》第一首"大雅久不作"篇推崇《诗经》风雅正声，鄙薄建安以来诗"绮丽不足珍"，表明了李白重视古体诗、以复古为手段来进行诗歌革新的精神。传世的《李太白集》虽非出自李白的原意，但把《古风》列在诗歌各卷之首，把"大雅久不作"篇列在《古风》五十九篇之首，大约符合李白的原意。唐末皮日休自编《皮子文薮》十卷，前九卷为散文，最后一卷为诗。其自序有曰："古风诗，编之文末，俾观之粗俊于口也。"今考《文薮》卷十共存诗三十二首，前面二十四首均为五言古体；后面则有五言绝句两首，五、七言八句律诗六首，这八首不是古体，大约属于附录性质。卷中后十六首诗，总题为"杂古诗十六首"，"杂"字当含有其他诗体的意思。其自序中仅称"古风诗"，盖指其主要者而言。皮日休于诗文创作重视古雅。他大力推崇韩愈，还重视向提倡古朴之风的元结学习，所以他重视古风。诗僧贯休《禅月集》（《四部丛刊》景宋写本）中，有四卷"古风杂言"诗，古风大抵也指五言古体（还有少数四言诗）。李白、皮日休等的古风诗，均为五言古体，但古风有时也可指七言古体。南唐张泊《张司业诗集序》有曰：

公（指张籍）为古风最善。自李、杜之后，风雅道
丧，继其业者，唯公一人。……又姚秘监尝读公诗云：
"妙绝《江南曲》，凄凉怨女词。古风无手敌，新语是人
知。"其为当时文士推服也如此。……又长于今体律诗。

这里张洎把古风和今体律诗对举，认为张籍兼长两者。按张
籍的古体诗，特别是其乐府诗，以七言古体居多，因知张洎
所谓古风，当包含七言古体。又张洎序中所举姚合诗四句，
出自姚合《赠张籍太祝》（五言长律）一诗。《江南曲》见
《张司业诗集》，一作《江南行》，为七言十四句的古体。姚
诗所谓"怨女词"，不能确指为何篇，但张籍描写怨女的乐
府诗，如《征妇怨》《别离曲》《白头吟》《妾薄命》等篇，
亦均为七言或以七言为主的杂言体。姚合盛称张籍"古风无
手敌"，其所谓古风，自当包括张籍以《江南曲》为代表的
不少七言古体在内。

再说古调诗。古调诗即指声调比较古朴自然、不讲究声
律的古体诗。《唐会要》卷七六"制科举"项有曰："天宝
六载，风雅古调科，薛据及第。"（参考徐松《登科记考》
卷九）薛据擅长古体诗（殷璠《河岳英灵集》选其诗十首，
其中八首均为五言古体），因此应试风雅古调科及第。在唐
中期，元结所编《箧中集》以沈千运、孟云卿为首的几位作
者，都擅长古调诗。元结《箧中集序》文中没有提出古调诗
名目，但该集二十多首诗作则均为五言古体。高仲武《中兴
间气集》评孟云卿诗有曰：

孟君诗祖述沈千运《贼中》十首，又渔猎陈拾遗（陈子昂）。……虽效之于陈、沈，才能升堂，犹未入室；然当今古调，无出其右者，一时之英也。[1]

高仲武赞美孟云卿继承陈子昂、沈千运的传统，为当时最擅长写作古调诗的作者。其所谓古调诗，是指五言古体。杜甫《解闷》诗其五怀念孟云卿，诗云："李陵苏武是吾师，孟子论文更不疑。一饭未曾留俗客，数篇今见古人诗。"指出孟云卿论诗以西汉苏武、李陵诗为宗师，可见他作诗竭力追摹汉代的五言古诗（苏、李诗的真伪这里姑置不论）。杜甫《别崔异因寄薛据孟云卿》诗有云："荆州过薛孟，为报欲论诗。"推想起来，杜甫与薛据、孟云卿一起论诗，两人均崇尚古调诗是一个重要原因。至白居易和元稹共编《白氏长庆集》，就径用"古调诗"标名。律诗以外，其他除讽谕诗中有二卷"新乐府"（以七言为主）、感伤诗中有一卷标为"歌行、曲引、杂言"外，其馀八卷均标称"古调诗（或简称古调）五言"，仅一卷标为"古体五言"。从高仲武评论、《白氏长庆集》标目看，古调均指五言古体。北宋初期姚铉编《唐文粹》一百卷，精选唐代诗文。姚铉于诗文均崇尚古体，其书自第十四至十八共五卷所选诗，均题为"古调歌篇"，则除收大量五言古体外，还采入不少七言诗，如第十

────────────────

〔1〕 此条《四部丛刊》影印明翻宋刻本《中兴间气集》脱去，此据孙毓修《四部丛刊》本《中兴间气集》校文、《唐诗纪事》卷二五引文。

四卷即选有李峤《汾阴行》、元稹《连昌宫词》。而《白氏长庆集》则把体式相类的《长恨歌》《琵琶行》归入"歌行、曲引、杂言"一卷中。姚铉把所选署名为"古调歌篇"，用"歌"字，或许即因所选诗包括歌行。古调诗可兼指七言古体，推想起来，当亦始于唐人。

再说格诗。格诗是指气格高古的古体诗。上文引高仲武《中兴间气集》评孟云卿诗条，在"一时之英也"句下接着说："余感孟君平生好古，著《格律异门论》及《谱》二篇以摄其体统焉。"高仲武的这两篇文章，可惜没有传世。所谓"格律异门"，是说格诗、律诗创作门径不同，走的是不同的路子。格诗和律诗对举，指古体诗。可见高仲武编选《中兴间气集》时，人们已用格诗称古体诗。《白氏长庆集》所收白居易后期诗，为白氏晚年所自定，那时他已不再用古调诗名称，而用格诗称古体诗。《白氏长庆集》卷二一、二二两卷[1]，均题为"格诗、歌行、杂体"，尚把格诗和七言歌行区别，格诗似仅指五言古体，而第二十九卷格诗中，则收入《秋日与张宾客舒著作同游龙门醉中狂歌》等七言、杂言诗数首，又卷三六（题作"半格诗、律诗附"）中也收有七言诗。陈寅恪《元白诗笺证稿》附论（丙）《论元白诗

---

〔1〕 本文所言《白氏长庆集》卷帙次第，均据中华书局校点本《白居易集》（该书以文学古籍刊行社影宋本《白氏长庆集》为底本）。该书卷帙次第，和《四部丛刊》影印日本那波道圆活字本《白氏文集》有所不同。本文中所引陈寅恪论元白诗分类节中所言白集卷次，则据《四部丛刊》本。

之分类》有曰：

> 盖乐天所谓格诗，实又有广狭二义。就广义言之，格与律对言，格诗即今所谓古体诗，律诗即今所谓近体诗，此即汪氏（指汪立名）所论者也。就狭义之言，格者，格力骨格之谓，则格诗依乐天之意，唯其前集之古调诗始足以当之。然则《白氏长庆集》五一格诗下复系歌行杂体者，即谓歌行杂体就广义言之固可视为格诗，若严格论之，尚与格诗微有别也。

陈氏指出从严格意义讲，格诗仅指富有格力骨格之五言古体，其说诚是。按元稹《上令狐相公诗启》有曰："律体卑痹，格力不扬。"又《唐故工部员外郎杜君墓系铭序》有曰："律切则骨格不存。"都指出律诗容易缺少格力、骨格。陈寅恪说："格者，格力骨格之谓。"即据元稹之言立论。又白居易《故京兆元少尹文集序》曰："著格诗一百八十五，律诗五百九，赋述铭记书碣赞序七十五。"格诗与律诗对举，也是泛称古体为格诗。

古体诗的篇幅可长可短，句数没有规定。长的有数十韵以至百韵以上，如白居易有《游悟真寺诗》一百三十韵。短的只有两韵四句，如刘禹锡有《古调》二首云：

> 轩后初冠冕，前旒为蔽明。安知从复道，然后见人情。

簿领乃俗士，清谈信古风。吾观苏令绰，朱墨一何工。（据《四部丛刊》影宋本《刘梦得文集》卷二）

这实际上是古体绝句。绝句之名，南朝已有，徐陵《玉台新咏》卷十即收有《古绝句》四首。但唐人不大使用"古绝句"这一名称。《唐文粹》"古调歌篇"中也选录部分古体绝句，如卷十四贾岛的《口号》《绝句》，卷十五张说《蜀道后期》、权德舆《江行四首》等均是。但《唐文粹》这部分也偶收平仄调协的近体绝句，如卷十六收入李白《望庐山瀑布》"日照香炉生紫烟"篇，体例不甚严格。

如上所述，唐人的古体诗不讲求声律，它有古风、古调诗、格诗诸名称。它主要指五言古体，有时也兼指七言古体。

## 二　齐　梁　体

齐梁体又名齐梁格，它是南朝齐梁时代声病说兴起后产生的新诗体，它注意到语言的声病，但运用得未臻成熟合律，因而是古体诗到律体诗中间的过渡样式。王闿运《八代诗选》把它称为新体诗，选录诗三卷，今人所编文学史有的也沿用这一名称。严羽《沧浪诗话·诗体》有"永明体"，自注曰："齐年号，齐诸公之诗。"接着又有"齐梁体"，注曰："通两朝而言之。"没有说明永明、齐梁两体的关系。《唐音审体》则明确认为齐梁体承永明体而来，其言曰：

齐永明中，沈约、谢朓、王融创为声病，一时文体骤变。谢玄晖、王元长皆没于当代，沈休文与是时作手何仲言、吴叔庠、刘孝绰等并入梁朝，故通谓之齐梁体。

这种解说是对的。简言之，齐梁体就是在永明声病说指导下齐梁时代流行的新体诗。齐梁体通齐梁两朝而言，其涵盖面较永明体为广。

　　赵执信《声调谱》认为上下联失粘是齐梁体的特点，这确是齐梁体的主要特征。除此之外，尚有上下句不调（即失对）以至本句平仄不调的现象。唐代白居易、李商隐、陆龟蒙、皮日休等诗人，其诗题中有直接标明齐梁格者，下面试把这少数几篇作品略加分析。

## 九日代罗樊二妓招舒著作<sub>齐梁格</sub>
### 白居易

　　罗敷敛双袂，樊姬献一杯。不见舒著作（失粘），秋菊为谁开？

此诗不但上下联失粘，即上下句亦失对。

## 洛阳春赠刘李二宾客<sub>齐梁格</sub>
### 白居易

　　水南冠盖地，城东桃李园（失粘）。雪销洛阳堰，春入永通门。淑景方霭霭，游人稍喧喧。年丰酒浆贱，日晏歌咏繁。中有老朝客，华发映朱轩。（失对）从容三两人（失粘），藉草开一樽。樽前春可惜（失粘），身外事勿论。明日期何处？杏花游赵村。

此诗除上下句失对、上下联失粘外，本句中也有不少平仄不调之处，如"雪销洛阳堰""淑景方霭霭""游人稍喧喧"等句均是，通篇在声调上已接近古体诗。

## 齐梁晴云
### 李商隐

　　缓逐烟波起，如妒柳绵飘。（失对）故临飞阁度（失粘），欲入回陂销。萦歌怜画扇（失粘），敞景弄柔条。更奈天南位，牛渚宿残宵。（失对）

## 边笳曲(《全唐诗》卷五七七题下注"一作齐梁体")
### 温庭筠

　　朔管迎秋动，雕阴雁来早。上郡隐黄云（失粘），天山吹白草。嘶马渡寒碛（失粘），朝阳照霜堡。江南戍客心，门外芙蓉老。

以上两篇，上篇兼有失对和失粘，下篇则仅有失粘。白居易、李、温诸篇均为五言，至陆龟蒙、皮日休后复有七言的齐梁体。

## 齐梁怨别

### 陆龟蒙

寥寥缺月看将落，檐外霜华染罗幕。不知兰櫂到何山（失粘），应倚相思树边泊。

## 奉和鲁望齐梁怨别次韵

### 皮日休

芙蓉泣恨红铅落，一朵别时烟似幕。鸳鸯刚解恼离心（失粘），夜夜飞来櫂边泊。

这两首七言和温庭筠的《边笳曲》，都只有失粘现象。此外，唐末诗僧贯休有《拟齐梁酬所知见赠二首》《闲居拟齐梁四首》《拟齐梁体寄冯使君三首》，都是五言。其诗中除失粘、失对外，还有本句平仄不调的，声调接近古体。因篇幅较多，这里不再列举。从上面所举诗例看，唐人所谓齐梁体诗，以上下联失粘、上下句失对为主要特征，也有若干连本句平仄也不调的。齐梁诗处在从古体到律体的发展阶段，对声律运用还在摸索探寻，产生这种现象是颇自然的。

由于当时人往往只注意一句、一联中的平仄调协，所调者在"一简（指一句）之内，音韵尽殊；两句之中，轻重悉异"（沈约《宋书.谢灵运传论》），因此，常常出现上下句失对、上下联失粘的现象。清代有的学者认为齐梁体诗除声律问题外，还有浮艳特色。如冯浩《玉谿生诗集笺注》卷三指出齐梁体诗"采色浓而淡语鲜"。姚范《援鹑堂笔记》卷四四也说："称永明体者，以其拘于声病也；称齐梁体者，以绮艳及咏物之纤丽也。"这种说法不无道理，因为齐梁人的新体诗的确大多数显得比较绮艳。但唐人效齐梁体，恐怕主要是从声律角度考虑。上引温庭筠的《边笳曲》并不绮艳，特别是上面提到的贯休的九首效齐梁体诗，更觉清淡古朴。唐人诗题中有标齐梁格的，没有标永明体的，说明唐人认为齐梁体即承永明体而来。

上面提到的贯休的九首拟齐梁体，分别见于贯休《禅月集》卷二、卷三，据《四部丛刊》影印宋写本《禅月集》，卷二、卷三都署有"古风杂言"若干首，那九首齐梁体诗，在排列次序上都不放在五言古体诗一起，而放在七言诗一起，这说明从严格意义讲，齐梁体是不能称为古风的。又引上白居易的《九日代罗樊二妓招舒著作》一诗，见《白氏长庆集》卷二一，该卷总题为"格诗、歌行、杂体"，《招舒著作》诗编次在杂体部分，不在格诗部分。白氏《洛阳春赠刘李二宾客》一诗，见《白氏长庆集》卷二九，该卷前总署为"格诗"（原误作"律诗"），可能是由于该诗一句中平仄不调者颇多，体制已近古体的缘故。

唐人诗题中标明齐梁体的并不多，实际这类作品不在少数。赵执信《声调谱》、翟翚《声调谱拾遗》等书都举录了若干例子。在初唐齐梁诗风弥漫诗坛时，齐梁体诗更是繁多。《唐音审体》曰："自永明以迄唐之神龙、景云，有齐梁体，无古诗也。虽其气格近古者，其文皆有声病。陈子昂崛起，始创辟为古诗，至李、杜益张而大之，于是永明之格渐微。"又曰:"陈子昂拾遗与沈、宋、王、杨、卢、骆时代相同。诸家皆有律诗,盖沈、宋倡之。古诗止拾遗独擅,馀皆齐梁格也。"指出了初唐时齐梁体诗的普遍和风行。从作品实际情况看,从唐初到沈、宋律诗完成时代,约近百年的时间内,除掉少数作品属古体外,大多数作品都是沿袭了齐梁诗重视声律的传统,其中少数合格者即为律诗,而大多数则为齐梁体诗。因为此时期齐梁体既占大多数,是一种占主导地位的诗体,因此没有必要在题名中标明是齐梁体。唐诗在武后、中宗时代,律体诗在沈佺期、宋之问、杜审言等一些作家的努力下定型化,臻于完成。稍后玄宗时代,一批诗人注意学习汉魏古诗,古体诗又复兴。此后直至唐末,一直是古体诗、律体诗同时发展,作为过渡样式的齐梁体,写的人就很少了。白居易、李商隐以至陆龟蒙、皮日休等人,是抱着一种好奇乃至游戏的心态来写齐梁体的,因而在诗题中标明齐梁格。齐梁体在诗坛占主导地位的时间尽管不长,好作品也较少,但作为一种历史现象,却仍然值得重视。

## 三　歌　行

唐人所谓歌行,是指七言、杂言(往往以七言为主)体,篇幅一般较长的诗歌。这类诗,后人大抵归入七言古体类,但唐人往往把它们从古、今体诗中区分出来。其例子如:(1)《白氏长庆集》卷九至卷十二,为四卷"感伤诗",前三卷标为"古调"或"古体",都是五言诗,后一卷标为"歌行、曲引、杂言"，则为七言、杂言诗，其中包括《长恨歌》、《琵琶引》等篇。又卷二一标为"格诗、歌行、杂体"，则兼有五言古体和七言、杂言诗。(2)《四部丛刊》影宋本《李群玉诗集》卷首有李群玉《进诗表》一篇，有曰："谨捧所业歌行、古体、今体七言、今体五言四通等合三百首，谨诣光顺门，昧死上进。"其诗集共三卷，卷上为"歌行、古体"，卷中、下分别为"今体七言""今体五言"。(3)五代后蜀韦縠所编《才调集》十卷，每卷前均署称"古、律、杂歌诗一百首"。其所谓杂歌诗，大致即是歌行之意。

　　唐人为什么不把歌行放入古体诗而往往另列一类呢？原来唐人的歌行，有大量篇章受到齐梁诗的影响，注意声律，这类歌行是不能归入古体的。冯班《钝吟杂录·古今乐府论》说："唐初卢、骆诸篇有声病者，自是齐梁体；若李、杜歌行不用声病者，自是古调。"指出唐人歌行有齐梁体和古调之分，这是很中肯的。刘熙载《艺概·诗概》也说："七古可分为古、近两体。近体曰骈、曰谐、曰丽、曰绵，古体曰单、曰拗、曰瘦、曰劲。一尚风容，一尚筋骨。此齐梁、汉魏之分，即初、盛唐之所以别也。"也指出后代所谓七古，有古、近体之分，近体具有讲求骈偶、声律和谐、辞采艳丽等特色，古体则不然。

　　为了说明问题，让我们简略地回顾一下七言歌行的发展史。后汉张衡《四愁诗》、魏曹丕《燕歌行》早期文人七言诗，后来晋乐府七言《白纻歌》，都是每句用韵。到刘宋鲍照作《拟行路难》十八首等七言、杂言诗，变为两句用韵，扩大了七言歌行的表现力。以上这些诗都不注意讲究声律，是古体歌行。齐代永明声律论兴起后，七言诗也跟着重视声律，出现了七言的齐梁体。梁代不少文人重视写作七言诗、杂言诗，《玉台新咏》卷九即选录不少，其中多数重视声律。当时在萧绎带领之下，萧子显、王褒、庾信等人一起写作《燕歌行》，都是隔句用韵（还篇中转韵），重声律，与曹丕《燕歌行》体制不同。下面举一例：

## 燕歌行
### 萧 绎

　　燕赵佳人本自多，辽东少妇学春歌；黄龙戍北花如锦，玄菟城前月似蛾。如何此时别夫婿，金羁翠眊往交河。还闻入汉去燕营，怨妾愁心百恨生。漫漫悠悠天未晓，遥遥夜夜听寒更。……

此处前六句一韵，次四句转韵。其间除五、六两句上下失对并和上文失粘外，前四句和后四句都平仄协调，宛似律体。这就是齐梁体。初唐卢照邻、骆宾王、刘希夷人的歌行，就是继承了梁代这类歌行的传统。可以说，初唐时代的歌行，齐梁体占主导地位，正与五言诗的情况相似。

## 长安古意
### 卢照邻

　　长安大道连狭邪，青牛白马七香车。玉辇纵横过主第，金鞭络绎向侯家。龙衔宝盖承朝日，凤吐流苏带晚霞。百丈游丝争绕树，一群娇鸟共啼花。……

此处第一、二两句上下失对，第二、三句失粘，第五至第八句则全部合律。

盛唐时代，古体诗复兴。李白、杜甫七言多用古体，但王维、高适等人歌行，仍多用齐梁体。

## 桃源行
### 王　维

渔舟逐水爱山春，两岸桃花夹去津。坐看红树不知远，行尽青溪不见人。山口潜行始隈隩，山开旷望旋平陆。遥看一处攒云树，近入千家散花竹。樵客初传汉姓名，居人未改秦衣服。……

此处除第二、三句失粘外，以下各句全部合律。此后歌行虽以古体为多，但古体中也往往夹杂律句，而以律调为主者也绵延不绝。白居易、元稹的不少歌行即是如此。

## 长恨歌
### 白居易

西宫南内多秋草，落叶满阶红不扫。梨园弟子白发新，椒房阿监青娥老。夕殿萤飞思悄然，孤灯挑尽未成眠。迟迟钟鼓初长夜，耿耿星河欲曙天。……

此处第二、三句失粘，四、五句失粘，三、四句失对（失对、失粘各句句中平仄大抵调协），其馀各句入律。唐代中后期的七言、杂言歌诗，比起五言体来受齐梁体影响更大，律句更多。这大约因为：在汉、魏、晋、宋时代，五言古体发达，传统悠久，有章可循；七言、杂言则不大发达，梁代七言诗较为发达，隔句用韵的七言开始普遍，又篇中多转韵，这为唐人七言诗树立了样板。唐人歌行既然有大量篇章为齐梁体或参杂律句，自不能笼统归入古体了。

白居易的《新乐府》五十首，有些篇章也多用律句，《上阳白发人》《新丰折臂翁》《缭绫》《井底引银瓶》等篇尤为明显。

## 新丰折臂翁

### 白居易

……骨碎筋伤非不苦，且图拣退归乡土。此臂折来六十年，一肢虽废一身全。至今风雨阴寒夜，直到天明痛不眠。痛不眠，终不悔，且喜老身今独在。不然当时泸水头，身死魂飞骨不收；应作云南望乡鬼，万人冢上哭呦呦。

此处仅第二、三句失粘，第七（"痛不眠，终不悔"以一句计）、八句失对，第八、九句失粘（失粘、失对各句句中平仄大抵调协），其馀都合律。《白氏长庆集》前四卷为讽谕诗，前面两卷都题作"古调诗"，为五言古体；后面两卷题作"新乐府",不作"古调诗",当即因《新乐府》采用歌行,不宜笼统称为"古调"的缘故。上文提到,姚合、张洎把张籍的七言新乐府称为"古风",那大约是因为张籍新乐府都采用古风,和白居易《新乐府》体制有所不同。

歌行之名,本自乐府诗而来。乐府诗有名为歌行的,如汉魏"相和歌"有《长歌行》《短歌行》《燕歌行》等;有名为歌的,如六朝"清商曲"有《子夜歌》《读曲歌》等,"梁鼓角横吹曲"有《隔谷歌》《捉搦歌》;有名为行的,如"相和歌"有《猛虎行》《从军行》《苦寒行》等。实际上,乐府中隔句用韵的七言诗,如《行路难》、梁代文人的《燕歌行》等,和唐人歌行在语言形式上是一致的,如上文所述,唐人歌行受到梁代乐府《燕歌行》的明显影响。但在唐人集子中,往往把乐府和歌行区别开来。如《白氏长庆集》,有"新乐府",又有"歌行"。影宋本《李太白文集》,有"新乐府",又有"歌吟"。这李白集本子虽出宋代,大约还是保存着唐人分类的面目。北宋初年所编《文苑英华》,乐府和歌行也分为两类,各有二十卷。这样区分大约也是沿袭唐人的做法。

乐府和歌行区别何在呢?大致说来,可从以下四个方面看。(1)从题目看。古题乐府题目沿自古乐府,有固定名称;新题乐府虽出唐人自创,但受古题乐府影响,题目大抵简短,二字、三字者居多,长至五字者很少;歌行题目则有长有短。(2)从语言形式看。乐府有五言,也有七言、杂言;歌行则都是七言、杂言。(3)从内容题材看。乐府多叙事，多反映各种社会情况；歌行则内容更为广泛，叙事、抒情、议论均可，不以叙事为主。这方面和五言古体诗相类似。(4) 从表现角度看。乐府大抵通过第三人称叙述，作者自己不露面；歌行则多用第一人称，作者直接进行倾吐，其个性表现更为鲜明。这也和五言古体诗相类似。以上区别，只是就大体而言，不可拘泥。特别第三、第四点，例外情况也复不少。唐人有时候于乐府和歌行亦不甚区别，例如《李太白文集》歌吟类中列有《横江词》《江夏行》，而《乐府诗集》则把该两篇列入新乐府辞。又如《白氏长庆集》卷十二署作"歌行、曲引、杂言"，该卷中前面的《短歌行》《生离别》《浩歌行》等篇，均属乐府题，句式上则为七言、杂言，说明白氏此处没有把乐府、歌行二者区别。

　　七言诗中错杂三言、四言、五言以至九言等句式，这在唐以前已是如此。王闿运《八代诗选》有"杂言"三卷，所录即包括七言诗、杂言诗。《玉台新咏》卷九，所录多数为七言诗，也有少数杂言诗。七言、杂言这两个名称可以通用，唐以后所谓七言古诗，包括杂言诗。唐人所谓歌行，也包括七言、杂言。"杂言"这一名称，盛唐时已经出现。韦庄编《又玄集》，收有任华《杂言寄李白》《杂言寄杜拾遗》两诗，都是杂言体歌行。

# 四　律诗、今体诗

　　律诗在唐代又名今体诗。它和古体诗相对待，重视声律，要求平仄调协、粘缀贴切。南朝后期梁、陈时代，已有少数篇章符合律诗标准。初唐时期，诗人们进一步推敲声律，不但注意一句一联中的平仄相间，而且注意句与句间、联与联间的上下粘合，至中宗时沈佺期、宋之问、杜审言等诗人手中，终于使律诗定型化而趋于完成。唐人律诗，有各种样式，篇幅有长有短，长者达百韵以上，短者仅二韵，即今体绝句。律诗大多数除注意声律外，也重对偶，但绝句则多数不用对偶，所以对偶不是全部律诗的必备条件。现存出自唐人之手的别集，其标明律诗、今体诗者，均包括了长短不等的律诗，包括了绝句。如《白氏长庆集》有"律诗"达二十卷，杜牧《樊川文集》有"律诗"三卷，都是如此。韦庄《浣花集》十卷，均标为"今体诗"，也是如此。律诗有几种主要样式，即四韵律诗、省试诗、长律、绝句，下面分别作一些说明。

1. 四韵律诗　唐人长律，往往在题目中标明若干韵，十二韵以下的律诗，则大抵不标若干韵。五、七言四韵诗和绝句唐人均称律诗。南朝后期人所作新体诗，十句以上的还占多数。至初唐时代，四韵八句诗逐渐多起来。至沈、宋以后的盛唐时代，则律诗中四韵、二韵（绝句）的已占绝对优势。此点在唐人选唐诗《国秀集》《河岳英灵集》两书中已表现得颇为清楚。此后四韵律诗遂成为律诗中最普遍的样式。四韵律诗为什么成为律诗中最普遍的样式呢？推想起来，古代诗歌以两句为一联，一联常是一个意思单位，也是一个声律单位，四韵诗共四联，符合诗歌内容、形式两方面起、承、转、合的基本要求，因而在发展过程中被人们所普遍运用。《唐音审体》引冯班曰："律诗多是四韵，古无明说。尝推而论之，联绝粘缀，至于八句，首尾胸腹，俱已具足。"也是从声律结构上形成为一个完整体裁来说明四韵律诗的流行的。四韵律诗之外，二韵律诗（绝句）也很流行。四韵律诗中间四句讲对偶，因此必须以一联为一个小单位；二韵律诗不要求对偶，因此变为以一句为一个意思小单位，全篇四句，也符合内容上起、承、转、合的要求（当然，所谓起、承、转、合的结构，是就多数作品而言，不能绳之于全部四韵、二韵律诗）。

2. 省试诗　唐代进士科考试，自唐玄宗开元年间开始，规定考诗、赋。诗规定为五言十二句的律诗。因为考试由尚书省礼部主持，所以叫省试诗。《唐音审体》曰："唐以律赋、律诗取士。赋必八韵（指轮流用八个韵部的字押韵脚），诗必五言六韵。命题或用古事，或用时事，或用三字、四字成语，或用五言古诗（指在五言古体中取其一句为题），皆取题中一字为韵。此定格也。"[1] 如邵偃的《春风扇微和》诗题取自陶潜诗，用"春"字所在韵部押韵；薛能《天际识归舟》诗题取自谢朓诗，用"舟"字所在韵部押韵；钱起《湘灵鼓瑟》诗题取自古代传说，用"灵"字所在韵部押韵。唐人省试诗传下来的颇不少，《文苑英华》所录即有十

〔1〕 见《唐音审体》卷十一。此处引文《花薰阁诗述》本《唐音审体》失收，故根据花薰阁本的《清诗话》本亦不载。

卷，但很少佳作。

3. 长律　唐人有时称为长韵，指其用韵之多。《唐音审体》据杜牧集谓："六韵以上，谓之长韵。"钱氏所谓"六韵以上"，包括六韵诗在内。明初高棅《唐诗品汇》，也把达到六韵的诗归入排律一类。这一界线是否符合唐人原意，还可商榷。按《樊川文集》卷四，卷首总目录中署"长韵四首、律诗七十一首"，卷中长韵诗，有《往年随故府吴兴公夜泊芜湖口今赴官西去再宿芜湖感旧伤怀因成十六韵》一首，《和野人殷潜之题筹笔驿十四韵》一首，《寄内兄和州崔员外十二韵》一首，以上均于题目中标明用韵数量。另有《为人题赠》二首，均为十韵。从《樊川文集》看，似乎达到十韵的始能称为长韵。元稹《白氏长庆集序》称道白居易诗有曰："五字律诗，百言而上长于赡；五字七字，百言而下长于情。"所谓五字百言（五言百字）即五言十韵律诗。元稹这里也以百字十韵为界线，指出白居易的长律文辞富赡，其五、七言短篇律诗则长于情致。再考文学古籍刊行社影印宋抄本《元氏长庆集》（中华书局标校本《元稹集》即据此为底本）卷十至卷十四所收律诗，均为长律，共四卷三十馀首，最长者达百韵，最短者为十韵。卷十四以下各卷所收律诗，则除个别篇章外均为十韵以下短篇。如卷十四除大多数为四韵、二韵诗外，还收有六韵诗数首。《元氏长庆集》虽已非唐代原本，但出自宋代传抄，恐怕还是多少保存着唐时的面目。从上引元稹的《白氏长庆集序》和宋抄本《元氏长庆集》的编排看，元稹也把达到百字十韵的篇章视为长律。

杜甫是擅长长律巨制的作家。杜甫以前，长律长者一般二十馀韵，个别长至四十韵（杜审言《和李大夫嗣真奉使存抚河东》）。杜甫则写了四十韵甚至百韵巨篇，这对唐代中后期影响颇大。元稹、白居易都写了不止一篇的百韵长律，并以此互相酬答。元稹对此颇沾沾自喜，自诩这类诗篇"驱驾文字，穷极声韵"（《上令狐相公诗启》）。他还竭力称道杜甫的长律曰："铺陈终始，排比声韵，大或千言，次犹数百，词气豪迈而风调清深，属对律切而脱弃凡近。"（《杜工部墓系铭序》）并从这方面认为李白不逮杜甫远甚。中唐不少诗人喜欢写长律，连古文家柳宗元、刘禹锡都写有五十韵以上的长律。其风至晚唐不绝，李商隐、温庭筠都是长律能手。

唐人长律一般都是五言，七言长律很少，少数七言长律，篇幅也不大。韦縠《才调集》喜选长律，选了白居易、元稹的百韵五言长律，七言仅选杜牧《题桐叶》（十二韵）一首，诗中还有部分不讲对偶的句子。《唐音审体》卷十三、十四选五言长律共六十首，其中有杜甫、白居易、元稹的百韵长律；卷十六选七言长律仅两首，一为杜甫的《题郑十八著作虔》（八韵），一为李商隐《七月二十八日夜与王郑二秀才听雨梦后作》（八韵）。两篇都是八韵，可能唐人并不认为是长律。

明高棅编《唐诗品汇》，把长律称为排律，此后论诗者多沿用这一名称。《唐音审体》认为这名称不合理，批评道：

棅又创排律之名，益为不典。古人所谓排比声律者（按上引元稹《杜工部墓系铭序》称道杜甫长律"排比声韵"），排偶栉比、声和律整也。乃于四字中摘取二字（实际元稹原文没有"律"字，是"韵"字），于义何居？古人初无此名，今人竟以为定格，而不知怪，可叹也。

按题目名称宜简，唐人集子中用"长韵"者仅见于《樊川文集》，高棅据元稹"排比声韵"语省称排律，似也未可厚非。

4. 绝句　绝句之名，南朝已有。《南史·文学·檀超传》载，时有吴迈远者，好为篇章，宋明帝闻而召之，及见曰："此人连、绝之外，无所复有。"连，通"联"，连、绝，指联句、绝句。南朝文人间好为联句，常以四句为一个单位（即每人各作四句）。五言四句短诗，犹如从联句中割截出来的一个单元，因此呼为绝句或断句[1]。《玉台新咏》卷十有《古绝句四首》，即用以称前此五言短诗。

唐以前的绝句，大抵不调平仄，是古体绝句。《唐文粹》把一部分不讲究平仄的唐人绝句编入古调诗类，已具前述。今体绝句由于篇幅短小，唐人有时称为小律诗。《唐音审体》曰："绝句之体，五言、七言略同。唐人谓之小律诗。"按白居易《与元九书》有曰："如今年春游城南时，与足下马上

---

[1] 参考罗根泽《绝句三源》一文，收入《罗根泽古典文学论文集》，上海古籍出版社 1985 年出版。

相戏，因各诵新艳小律，不杂他篇。"小律即指绝句。许文雨《文论讲疏》释曰："按新艳小律，当指绝句。"是。

唐人在诗题中运用"绝句"字样者并不很多。用得较多者，有杜甫、白居易、杜牧、陆龟蒙等人。

# 五　乐　府

乐府是乐府诗的省称。乐府诗原是乐府机关配合音乐演唱的诗歌，但从东汉后期到唐代，文人们纷纷摹仿乐府诗体制写作歌辞，一部分还沿用旧题，它们虽并不入乐，也称为乐府。唐人写作的乐府诗数量颇多，有的写乐府诗数量多的作者，其乐府诗在集子中自成卷帙，如李白、白居易、元稹等。从体裁上看，唐代的乐府诗，有五言古体和齐梁体，有七言、杂言歌行，也有律体。唐代的乐府诗，可分为古题乐府、新题乐府、乐府新曲三类。

1. 古题乐府　乐府诗盛于汉魏六朝，唐人把汉魏六朝的乐府诗称为古乐府。唐吴兢所编《乐府古题要解》一书，所介绍的即是汉魏六朝的古乐府题旨。具体说来，汉魏六朝的鼓吹曲、横吹曲、相和歌、清商曲、杂舞曲、琴曲、杂曲等，唐人都有沿用旧题的拟古乐府，也就是古题乐府。

自晋代以至唐代前期，文人们写了许多拟古乐府，它们往往沿袭古题题旨、古辞题材，内容陈陈相因，缺乏新意。元稹《乐府古序》批评这种现象道："沿袭古题，唱和重复，于文或有短长，于义咸为赘剩。"元稹在该文中还指出，汉魏乐府古辞，注意"讽兴当时之事"，因而他主张写作古题乐府，应当"寓意古题，刺美见事"，即利用古题反映现实，进行美刺。他的十馀首《乐府古题》组诗，就是本着这一主张写作的。实际上，元稹以前，唐人的古题乐府，特别是盛唐时期的古题乐府，已经注意到表现当代之事，如李白的《将进酒》《行路难》《梁甫吟》等篇，都是表现他长安仕途失意后悲愤的心情，而不是重复古辞的内容；高适的《燕歌行》更是表现张守珪镇守幽燕时的战争情况。元稹的《乐府古题》组诗，其中一部分实际已是新题，如《梦上天》《忆远曲》《田家词》等，所以《乐府诗集》把这部分篇章归入新乐府辞。

唐人的古题乐府，采用各种样式。如李白的《长干行》为五言古体，其《蜀道难》《将进酒》为杂言古体。卢照邻的《折杨柳》（横吹曲古题）为齐梁体，隋薛道衡名作《昔昔盐》也是齐梁体。杨炯《从军行》为五言律体。崔颢《长干行》二首为五言古体绝句，李白《玉阶怨》、王昌龄《出塞》"秦时明月汉时关"篇则为五言、七言今体绝句。大体说来，用汉魏鼓吹、横吹、相和等曲古题者，多用古体；用六朝清商曲题者，则多绝句小诗。

2. 新题乐府　也叫新乐府。它不受古题约束，自创新题。上文说过，唐人有些古题乐府，也能表现新意，例如上文提及的李白、高适、元稹的若干作品。但这种古题乐府毕竟在题材内容方面受到古题的一定限制，如《将进酒》要讲饮酒，《行路难》要讲世路艰难，《燕歌行》要讲燕地征夫思妇等等。新乐府则可以完全不受古题约束，根据所要表现的内容来创立新题。

新乐府在唐代中期大盛，白居易、元稹、李绅等互相呼应，写作不少新乐府，以反映国事民生。白居易有《新乐府》组诗五十首，元稹有《和李校书新题乐府》组诗十二首（李绅《新题乐府》今不传），正式在题目中标明为新乐府或新题乐府。元稹在《乐府古题序》中，更指出新乐府的特点是"即事名篇，无复倚傍"，即根据诗歌所叙事实来取题目，不再依傍古题。元稹还认为杜甫的《悲陈陶》《哀江头》《兵车行》《丽人行》等是他们所作新乐府的前驱。元、白同时，还有张籍、王建，也写了不少声气相通的新题乐府。元、白之前，这类作品还有元结的《系乐府》十二首、《舂陵行》等，作者尚有戴叔伦、戎昱、顾况等。这类注意反映国事民生的新乐府诗，成为唐代新题乐府的一个重要部分。

考《乐府诗集》卷九十至卷一百，录新乐府辞共十一卷，除上述这类作品外，尚有不少其他题材的作品，而且贯穿于初、盛、中、晚各时期。如刘希夷的《公子行》、李白的《江夏行》，着重写男女之情；王维的《桃源行》写桃花源故事；刘禹锡的《淮阴行》《堤上行》《渡曲》《沓潮歌》等，都写各地的风俗民情；元稹的《琵琶歌》《小胡笳引》，着重描写音乐技艺。元稹在《叙诗寄乐天书》中，把自己诗歌分为十体，其中新题乐府、古题乐府具有讽谕内容者，合为"乐讽"一体；另立"新题乐府"一体，专收"模象物色"，无关讽谕之作。同时李贺也写了不少新乐府诗，其内容偏重写妇女生活和神仙幻境。李贺新乐府诗在晚唐影响很大，李商隐、温庭筠都学习他。温庭筠把他的三十多首新乐府题为《乐府倚曲》，内容也偏重写妇女生活。吴融《禅月集序》批评晚唐李贺此种诗风盛行，"有下笔不在洞房蛾眉、神仙诡怪之间，则掷之不顾"。总之，这类非讽谕性内容的新题乐府，数量很不少，不容忽视。

在体裁上，新题乐府绝大多数运用古体，尤以七言、杂言歌行体为多。白居易、元稹、张籍、王建、李贺、李商隐等的新题乐府，都是以七言体为主。唐代七言诗进一步发展，七言诗在叙述人情世态方面，较五言诗更富有表现力，因此，唐代的新乐府和变文等通俗文学作品，多数采用七言体。

新乐府的少数篇章，和古题乐府的界线不大清楚，因而前人对这些篇章的归类，也出现了分歧现象。例如杜甫的《丽人行》，元稹把它和《兵车行》《哀江头》等都视为新乐府，而《乐府诗集》卷六八却把它列入古题杂曲歌辞，其根据是《乐府广题》引刘向《别录》记载，古时有《丽人曲》之名。又如元稹《乐府古题》中的《田野狐兔行》《捉捕歌》，题目似是从古题乐府《野田黄雀行》《捉搦歌》变化而来。元稹把两篇视作古题乐府，当是由于它们从古题而来；但题目毕竟已有变化，所以《乐府诗集》卷九五把它们列入新乐府。但这类分歧现象究属少数。

3. 乐府新曲　它们是唐代配合音乐演唱的新歌曲。唐人的古题乐府，是沿用古题的案头之作，概不入乐；新乐府虽创新题，也不入乐。乐府新曲则是配合当时音乐（主要是燕乐）演唱的。《乐府诗集》把它称为近代曲，因为《乐府诗集》编者郭茂倩是宋代人，故呼产生于隋唐时代的新曲为近代曲，这里改称为新曲。《唐音审体》把它们归入古题乐府一类，理由是古乐府原本入乐，和新曲一样。这是不对的，因为二者的音乐系统不同，古乐府主要是清乐，新曲主要是燕乐。

从句式看，新曲可分为齐言、杂言两类。齐言大抵为今体诗，绝句尤多。如李白的《清平调》，刘禹锡、白居易的《竹枝》《杨柳枝》《浪淘沙》等都是七绝。杂言如白居易、刘禹锡的《忆江南》，韦应物、王建的《宫中调笑》，这种杂言已是有规则的杂言，即每首的长短句式基本上固定了，所以是词（长短句）的前驱者。不论齐言、杂言，七言句都占优势，这和新乐府多用七言句一样，说明七言句比五言句表现力更强，在唐代更为流行。从内容看，新曲大多是当时歌筵酒席歌儿舞女所唱的歌曲，篇幅又多短小，所以多言情之作，表现男女之情的作品较多，不像古题乐府、新题乐府那样多古体和歌行体，篇幅较长，多注意反映民生疾苦和社会问题。

以上古题乐府、新题乐府、乐府新曲三类，在《乐府诗集》中是区分得很清楚的。《乐府诗集》共分十二类，其中新乐府、近代曲（即乐府新曲）各列一类，古题乐府则分属于鼓吹、横吹、相和、清商、舞曲、琴曲、杂曲等类。唐代文人写作乐府新曲数量尚不多，他们还没有把它们另立一类，但在编排上把它们和古题乐府区别开来，却仍有迹象可寻。如白居易的《竹枝》《杨柳枝》《浪淘沙》《忆江南》等曲调，分别置在律诗各卷中（因其词句平仄调协，属律体），和他的《新乐府》五十首不在一块（白居易不写古题乐府）。刘禹锡文集有乐府二卷（《四部丛刊》影宋本、朱氏结一庐《剩馀丛书》本同），其中古题、新题乐府列在前面，而《竹枝》《杨柳枝》《浪淘沙》等新曲则置于最后。刘禹锡的《杨柳枝词》有云："请君莫奏前朝曲，听唱新翻《杨柳枝》。"说明作者认识到这是配合音乐的本朝新曲，而不是入乐的古题、新题乐府。

# 六 结 论

和后代把五七言诗区分为五古、七古、五律、七律、五绝、七绝不同，唐人把五七言诗大致分为古体诗、齐梁体、歌行、律诗、乐府等五类。

古体诗简称古诗，又有古风、古调诗、格诗诸名称。它的特点是不受永明声律论束缚，声调比较古朴自然，规仿汉魏晋宋的古诗。它主要用以指五言古体诗，有时也兼指七言古体。

齐梁体是在永明声病说指导下齐梁时代产生并流行的一种新体诗。其特点是重视声病，但未臻成熟合律，存在着失粘、失对以至本句平仄不调的现象，因而是古体诗发展到律体诗中间的过渡样式。从南齐永明年间直到唐中宗时律诗定型之前，齐梁体盛行，它在南朝后期诗坛占据主导地位。

歌行是指七言体、杂言体（大抵以七言为主）、篇幅一般较长的诗歌。从声调上看，唐人的歌行有古体、齐梁体、古律夹杂三种情况。大抵初唐时期盛行齐梁体，盛唐和中晚唐时期则以古体和古律夹杂体为多。齐梁体、古律夹杂体都不宜笼统称为古体，所以唐人往往于古体、律体诗之外，另列歌行一体。

律诗又名今体诗，是讲求声律、在唐代定型并流行的新诗体。除二韵律诗外，律诗还注重对偶。唐人律诗的主要样式，有四韵、六韵（多为省试诗）、长律（长韵）、二韵（绝句）等四种。长律韵数没有规定，长者达百韵，短者十韵。二韵短篇，有时称为小律诗。

唐人乐府诗可分为古题乐府、新题乐府、乐府新曲三类。古题乐府沿袭汉魏六朝古乐府旧题，在题旨、内容题材上不同程度地受到六朝古乐府的制约。新题乐府摆脱古题约束，注意表现时事等新内容，并根据内容创立新题。古题、新题乐府均不入乐。乐府新曲则是配合新音乐（燕乐）演唱的新歌曲。乐府诗的体裁多种多样，可用五言古体、齐梁体和歌行体，也可用律体。

1994 年作

（原载《中国文化》第 12 期，1995 年 12 月）

# 我研究古典文学的情况和体会

　　古人著述往往在最后附有自序，除了交代家世背景、生平遭际之外，尤其注重扼要总结自己撰著的主要内容和根本旨趣。司马迁在《史记·太史公自序》中，就用了不少笔墨逐一陈说全书各篇主旨。清人牛运震对此极为称赏，指出"凡一切纲领体例，莫不于是粲然明白，此太史公教人读《史记》之法也"，还强调这类内容"关一书之体要，不可容易看过"（《空山堂史记评注》卷十二）。班固在《汉书》最后列有《叙传》，名目虽有变化，但半数内容也在缕述此书各篇大意。近人李景星认为，"谓班氏《叙传》全仿《太史公自序》可也"，又引申道，"作书既成，将己之身世与书之大旨并揭于篇，俾后之读者有所遵循，其法至为完善"（《屺瞻草堂四史评议全书·汉书评议》）。面对卷帙浩繁的典籍，初学者难免望洋兴叹，不知从何入手，即便勉力披览，一时之间也很难掌握其要旨。通过这类提纲挈领的自序，倒是可以执简驭繁，由此循序渐进，真积力久，更能起到事半功倍的效果。

王运熙先生的学术生涯持续了六十馀年，研究领域屡有拓展变化。他晚年编定的《王运熙文集》，包括《乐府诗述论》《汉魏六朝唐代文学论丛》《文心雕龙探索》《中国古代文论管窥》和《望海楼笔记》（附《中古文论要义十讲》《谈中国古代文学的学习与研究》）等五卷，逾两百万字，尽管内容集中于研讨中古时期的各种文学现象，但所涉范围广阔，头绪纷繁，初学者在短期内难以通读。他晚年撰写的这篇带有自序性质的论文，简要回顾了自己的研究经历，详细介绍了不同领域中的主要成果，并细致总结了个人的治学心得。读者不妨据此了解其学术概貌，再依照实际需求按图索骥，继续研读相关的论著。

※※※※※※※※※※※

# 一 研究历程、方向简介

我于1947年毕业于复旦大学中文系，留任为该系教师，此后一直在复旦中文系做教学和研究工作。1981年复旦成立中国语言文学研究所，又兼任该所的研究工作。半个多世纪以来，我一直从事中国古典文学的研究工作，重点放在中古时期的汉魏六朝隋唐五代时期。大致说来，可分为三个阶段，第一阶段是从20世纪四十年代末到五十年代中期，着重研究汉魏六朝文学，重点在乐府诗方面；第二阶段是五十年代中后期，着重研究唐代文学，重点在李白诗、唐人选唐诗方面；第三阶段是六十年代初期以及"文革"后的八十年代以至九十年代前期，着重研究中国文学批评史，重点在魏晋南北朝隋唐五代文学批评方面（我是以文学史为基础来研究批评史的）。九十年代中期，我与顾易生教授主编的《中国文学批评通史》（七卷本）全部出版，我于1996年退休。从此以后，因年老体衰，以在家休息为主，只是零敲碎打地做一些力所能及的撰写工作。

五十年代，我的《六朝乐府与民歌》《乐府诗论丛》两书先后出版，结集了这方面的研究成果。九十年代，又把以后撰写和前此未及收入的乐府论文编成《乐府诗再论》，与前两书共为三编，合为《乐府诗述论》一书出版。八十年代前期，出版了《汉魏六朝唐代文学论丛》一书，它结集了汉魏六朝乐府诗以外的该阶段的文学史论文，今年又增补此后写的论文，出版了该书的增补本。八十年代后期，出版了《文心雕龙探索》《中国古代文论管窥》两书，结集了有关《文心雕龙》与其外的古文论论文。此后又写了若干这方面的论文，尚待结集。九十年代后期，出版了《当代学者自选文库·王运熙卷》《望海楼笔记》两书，前者选录了我自四十年代末到九十年代的重要论文五十馀篇；后者是短论选编，其中多数是旧作或旧作摘录，少数是新作。内容包括治学方法、乐府诗、唐诗、散文辞赋、古文论诸方面。

还有若干我主编并撰写一部分的著作。六十年代初期，出版了《李白诗选》（署"复旦大学古典文学教研组"编）、《李白研究》两书，是我与少数同事、部分学生合编的。《李白诗选》，我修改全书注释并写了前言和各篇题解。《李白研究》，全书由我修改定稿并写了一章。六十年代前期，出版了高校文科教材《中国文学批评史》（上卷），主要由我执笔。八十年代出版了该书的中、下卷，均由我与顾易生教授主编。2001年，此书又由我们修订改写，出版了《中国文学批评史新编》（两卷本）。六十年代初期，我还协助朱东润教授策划编注高校文科教材《中国历代文学作品选》（六卷本），负责前两卷（先秦汉魏六朝阶段）的统稿工作，并注释了小部分作品。八十年代中期至九十年代前期，与顾易生教授主编《中国文学批评通史》（七卷本），此书近四百万字，由复旦中国语言文学研究所中国文学批评史研究室全体成员分工协作，历时十多年，至1996年全部出齐。除主编统稿外，我参加了魏晋南北朝、隋唐五代两卷的撰写，其中论述《文心雕龙》、《诗品》、唐代中后期诗论各章节由我执笔。此书出版后，曾先后获国家教委优秀教学成果一等奖、全国优秀图书奖、上海市哲学社会科学成果特等奖、文学艺术优秀成果等奖项。此外，七十年代末，参加了《辞海》编纂工作，担任中国古代文学分科主编。八十年代前期，参加了《中国大百科全书》的编写工作，担任中国文学卷编委、隋唐五代文学分支副主编。

我还做过若干古典文学的普及工作。六十年代初，与顾易生、徐鹏两教授编注了《古代诗歌选》四册（署名王易鹏），该书针对青少年读者的需要，选篇比较得当，注释明白晓畅，因而销路甚广，颇有影响。此书于1999年由我与顾、徐两位稍作修订，增删了少数作品，改名《历代诗歌浅解》，出版了新版本。还有中级选本《李白诗选》，上文已经述及。此外，还与我的学生编写了若干关于古诗、乐府诗、李白等作品的选注与介绍，我只是做少量策划工作，或备顾问，这里就不一一列举了。

## 二　主要著作、论文及其观点

本节分类介绍我在古典文学研究方面的主要成绩与观点。

一、汉魏六朝乐府诗　《汉魏两晋南北朝乐府官署沿革考略》一文，系统叙述分析了这段时期中央政府的乐府官署沿革，它有助于对该时期乐府诗分类及其性质的了解。《汉魏六朝乐府诗研究书目提要》一文，把有关该时期乐府诗的研究著作，分为正史及政书乐志、歌辞之编集选录注释、乐府研究专著、一部分论述乐府之著作四类，自汉代以至现代学者著述，共五十八种，分别加以评述。《清乐考略》一文，对清商旧曲（相和歌辞）、清商新声（清商曲辞）的类别、发展过程作了比较细致的叙述与考订。

关于汉乐府方面。《说黄门鼓吹乐》一文，考明了汉乐四品中的黄门鼓吹乐，是指黄门倡优演唱的通俗乐曲，包括相和歌和杂舞曲，辨正了《宋书·乐志》《乐府诗集》等书长期以来对它的误解。《相和歌、清商三调、清商曲》一文，对现代学者梁启超、陆侃如等认为汉魏乐府中的清商三调不属于相和歌这一论点加以辩驳，指出相和歌包括了相和曲、清商三调，并概述了清商曲的历史发展。《汉代的俗乐和民歌》《论〈孔雀东南飞〉的产生时代、思想、艺术及其问题》二文，对汉乐府无名氏古辞与长诗《焦仲卿妻》的文学特色与成就，联系其历史社会背景，作了较为具体深入的分析。

关于六朝乐府方面。《六朝乐府与民歌》一书，对六朝通俗乐曲清商曲辞中的吴声歌曲、西曲歌两部分，作了系统深入的探究。《吴声西曲的产生时代》一文，说明吴声、西曲主要产生于东晋、宋、齐时代，阐述了它们在六朝时代的发展过程及其与当时贵族上层阶级人士文娱享乐生活的密切关系。《吴声西曲的产生地域》一文，说明吴声、西曲产生的中心地区分别是当时的京城建康（当时又叫扬州）和江陵，并进一步阐述了这一地域条件与歌辞内容、情调的关系。《吴声西曲的渊源》一文，就吴声、西曲的体制形式特点，探讨它们与歌谣与相和歌辞乐曲分解的承传关系，并指出当时七言诗一句在音乐节拍上相当于三、四、五言的两句。《吴声西曲杂考》一文，考证了《前溪歌》《子夜歌》《碧玉歌》等十多种曲调，以作者、本事为主，钩稽多方面史料，证实了《宋书·乐志》《旧唐书·音乐志》等旧籍关于这方面的记载是可信的，如沈充作《前溪歌》、人们为汝南王作《碧玉歌》等等，从而澄清了现代有的学者认为此类记载均不足置信的误解。《论六朝清商曲中之和送声》一文，更通过乐曲中和送声性质、作用的阐明，解释了现存许多吴声、西曲歌辞内容与旧籍有关作者、本事记载不相符合的疑问。《论吴声西曲与谐音双关语》一文，详细分析了吴声、西曲歌辞中出现的双关语达五十三种，并从当时民谣隐语、上层阶级谈吐两方面论述了当时普遍运用谐音双关语的社会风气。还附带介绍了六朝清商曲以外诗歌、唐代诗词运用谐音双关语的例子。《论吴声与西曲》一文，对吴声、西曲作全面概述，除上面介绍的内容外，还就其文学成就、特色与发展过程作了较多补充。吴声、西曲歌辞，在过去封建时代常被人们视为淫辞鄙曲，很少措意，五四以后，又被不少学人视为纯粹的民歌俗曲，很少注意它们与当时上层阶级人士的密切关系。我在这方面的研究，填补了空白，创获较多。

二、《文心雕龙》研究　这方面的研究论文，大多数见于《文心雕龙探索》一书，少数尚未结集。《〈文心雕龙〉的宗旨、结构和基本思想》一文，认为《文心雕龙》一书的宗旨是指导写作，全书可分为总论、各体文章写作指导、写作方法统论、杂论四个部分，提出了与时下不同的看法；指出全书的基本思想是宗经酌骚、执正驭奇。《〈文心雕龙〉产生的历史条件》一文（与杨明合作），从该时期文学评论、学术著作与学术风气情况具体剖析了它们对《文心雕龙》的影响，篇末着重指出了宋齐时代朝廷提倡儒学对《文心》一书宗经思想产生影响的历史条件。《〈文心雕龙·原道〉和玄学思想的关系》一文，指出《原道》篇的观点，兼受儒学、玄学两方面的影响，把自然之道、圣人之道合而为一。《刘勰为何把〈辨骚〉列入"文之枢纽"?》一文，论证刘勰因为把楚辞作为文学的源头，他的基本思想是宗经酌骚，所以把《辨骚》列入文之枢纽。关于风骨，是我论述《文心雕龙》的一个重要方面。我认为风骨是指作品明朗刚健的风貌。《〈文心雕龙〉风骨论诠释》一文，就《文心》全书各篇对此进行诠释。《〈文心雕龙·风骨〉笺释》一文，对《风骨》篇全文词句作笺释，注意对一部分容易误解的词句进行疏解。《从〈文心雕龙·风骨〉谈到建安风骨》一文，联系六朝的人物品评、书画评论、汉魏至唐的诗歌创作，上挂下连，纵横结合，多角度地阐述了风骨的含义、价值、提倡风骨的历史背景等问题。《刘勰的文学历史发展观》一文，指出《文心雕龙·时序》以"质文代变"（质朴与文华文风随时变化）的基本观点来论述历代文学的变化发展，并指出该篇中的"世情""时序"是指政治盛衰、社会治乱、学术思想状况、帝王提倡等各种条件。《〈物色〉篇在〈文心雕龙〉中的位置问题》一文，指出《物色》篇次在《时序》篇后面，位置并不错，两篇分别论述了文学与时代、文学与自然风景的关系，《物色》篇是南朝写景文学充分发展后在文学理论领域中的反映。《刘勰论文学作品的范围、艺术特征和艺术标准》一文，指出刘勰所谓文章的范围很广，包括了缺乏文学性的应用文字，但其重要对象首先为诗赋，其次是富有文采的骈散文；文学的艺术特征，主要表现在语言形态色泽和声调之美方面；作品的语言应当华实结合，文质彬彬。《刘勰论宋齐文风》一文，指出刘勰对南朝前期的宋齐文学，除对其艺术描写细致有所肯定外，对其为文造情、繁富冗长、新奇诡异、缺乏风骨等批评较多，此类批评有得有失。《释"楚艳汉侈，流弊不还"》一文，指出刘勰《宗经》篇中此二句，认为南朝过于华艳的文风是由楚辞艳丽、汉赋侈靡的文风极度发展形成的，所以他要大力提倡宗法儒家经典，来改变文风。《〈文心雕龙〉为何不论述汉魏六朝小说?》一文，指出《文心》不论述此类作品，其客观原因是当时包容笔记小说的史部、子部图书十分丰富，笔记小说位居末品，不遑论述；主观原因则是刘勰认为此类作品内容、艺术均缺乏价值。以上论文大多数已收入《文心雕龙探索》一书。《魏晋南北朝文学批评史》中的《文心雕龙》一章，对该书作了全面介绍，其中许多看法即是根据《探索》一书中的篇章。

三、其他汉魏六朝文学研究　除上述乐府诗、《文心雕龙》外，我在其他方面也作过若干研究。比较重要的有《文选》、四言七言诗体、陶渊明、钟嵘《诗品》等。《〈文选〉选录作品的范围和标准》一文，说明《文选》选录作品的范围是集部之文，而其选录标准则是侧重辞藻、对偶、音韵等语言之类，并就"事出于沉思，义归乎翰藻"二句提出解释。《〈文选〉所选论文的文学性》一文，指出《文选》选录论文（包括史论）颇多，它们大抵富有文采，即重视对偶、辞藻（比喻、夸张等）、音韵、用典等语言美；这种语言美成为当时人们衡量作品文学性的主要标准。《从〈文选〉选录史书的赞论序述谈起》一文，指出中国古代诗文批评，在衡量作品文学性方面，其主要标准是语言美，而不是人物形象的描写，这是我国古代文论的一个特色。《从文论看南朝人心目中的文学正宗》一文，分析归纳南朝批评家对前代作家作品的评价，赞美哪些人，不赞美哪些人，并指出当时流行的骈体文学崇尚语言美的审美标准是他们立论的根据。以上几篇论文，其共同特点都是就南朝文人重视骈文语言美这一主要审美标准来展开论述的。

《七言诗形式的发展和完成》一文，着重说明后世流行的隔句用韵的七言诗，渊源于汉魏，完成于南朝，七言近体诗亦滥觞于南朝。《汉魏六朝的四言体通俗韵文》一文，阐述在汉魏六朝时代，通俗性的四言韵文颇为流行，遍布于辞赋、隐语、乐府诗等文体中间，并指出它们与唐代敦煌文学中的俗赋有渊源关系。《论建安文学的新面貌》一文，说明建安时代，诗歌、辞赋、散文均有新的发展，小说等俳谐文也开始抬头，建安文学的显著特点是重视抒情和文采，文学性加强，标志着文学在该时代进一步趋向自觉和独立。《陶渊明田园诗的内容局限及其历史原因》一文，指出陶渊明虽然长期居住农村，但其作品却不写农民，这是因为建安以后的整个魏晋南北朝时期，作家们远离下层人民，并认为写他们是鄙俗不雅，形成风气，陶诗也不能超越这一历史局限。《陶渊明诗歌的语言特色和当时诗风的关系》一文，指出陶诗语言朴素平淡，是受东晋末年仍然流行的玄言诗风的影响。《孔稚圭的〈北山移文〉》一文，经过史实考辨，指出旧说此文系作者讽刺周颙为欺世盗名的假隐士之说不可信，实际它是作者对其好友开玩笑的一篇游戏文章。《钟嵘〈诗品〉陶诗源出应璩解》一文，指出钟嵘品评诗人，系依据作家作品的总体体貌进行考察分析，确定其风格特征与承传关系，从而解释了过去对《诗品》观点的一些误会。之后又在《钟嵘〈诗品〉与时代风气》一文（与杨明合作）和《魏晋南北朝文学批评史》的《钟嵘〈诗品〉》一章中，对这一问题作了进一步的阐述。以上所举论文，大致收入《汉魏六朝唐代文学论丛》《中国古代文论管窥》《当代学者自选文库·王运熙卷》三书。

四、李白研究　我主编的《李白诗选》，选诗两百多首，分为编年、不编年两部分；编年部分又依据李白一生经历分为五个时期，各时期前有一段小序，说明李白在该时期中的生活简历与诗歌的成就特色。此书由于选篇得当，编排新颖，解释简明通俗，深受读者欢迎，印数达数十万册。同时主编的《李白研究》共分六篇，分别论述李白的生平思想、李诗的思想艺术特色、积极浪漫主义精神，以及李诗与唐以前乐府民歌、文人作品间的继承关系。此书是建国后较早运用新观点对李白进行系统研究的著作，因此受到学界重视，但在内容上也受到五六十年代左倾思潮的影响。

五十年代，我写过《谈李白的〈蜀道难〉》一文，通过对选录该诗的《河岳英灵集》编集年代的考订，指出该诗当作于天宝十二载之前，并认为前此学人说该诗为讽刺章仇兼琼跋扈、讽劝唐玄宗不要久居蜀地等说均不足信。七十年代后期到九十年代，我又陆续写了十来篇研究李白的论文，今择其要者介绍于下。《李白的生活理想和政治理想》一文，分析说明李白的生活理想是功成身退，其政治理想是统治者无为而治，社会安定，人民生活和平宁静。其思想渊源来自儒家、道家及纵横家，而不是法家。《并庄屈以为心》一文，分析指出李白诗歌的思想内容，兼受屈原、庄周两家影响，既有屈原执著地爱国的一面，又有庄周鄙夷富贵、蔑视权贵的一面，因而构成了他诗歌内容复杂而独特的境界。《李白〈古风〉其一篇中的两个问题》一文，着重对该诗中"自从建安来，绮丽不足珍"两句进行剖析，认为李白因受当时文学界的一股复古思潮影响，强调《诗经》的风雅传统，对楚辞、汉赋以至建安诗歌均表不满，言论偏激，而在其他场合并不如此。其后在《隋唐五代文学批评史》的李白一节中，对李白的文学思想及其社会历史条件作了较为全面的论述。《论李白的平交王侯思想》一文，认为李白的平交王侯作风，其思想渊源于隐士、隐逸文人等各种类型的历史人物；其时代背景则与唐玄宗通过各种途径广开招贤之路的措施有关。《李白诗歌的两种思想倾向和后人评价》一文，指出李白诗存在着出世、入世两个方面，后人往往仅注意其中的一面，因而产生不同评价。又因李白不少艺术性突出的诗篇流露出明显的出世思想，因而被后来不少人误认为是一位超尘脱俗的诗仙。以上所举论文，大抵见于拙著《汉魏六朝唐代文学论丛》《当代学者自选文库·王运熙卷》。

五、其他唐五代诗文研究　除李白外，我还研究其他诗文，主要有唐人选唐诗、白居易、韩愈等。唐人选唐诗，先是写了《释〈河岳英灵集序〉论盛唐诗歌》一文，就该集的议论，阐明盛唐诗歌具有风骨、声律兼备的特征，并对唐玄宗时代朝廷提倡儒学对诗风所起影响作了具体论证。稍后《〈河岳英灵集〉的编集年代和选诗标准》一文（与杨明合作），分析该集所选诗篇，指出其下限不可能是天宝四载，而应是十二载；并论证其选诗标准是风骨、兴象二者，且指出它更强调风骨，故选篇以古体居多。《元结〈箧中集〉和唐代中期诗歌的复古潮流》一文，阐述唐代中期存在着一个以沈千运、孟云卿、元结为代表的复古诗派，该派诗人注意规仿汉代古诗，反对写作近体诗。之后又在《隋唐五代文学批评史》的高仲武、韦縠两节中，分别论述《中兴间气集》、《才调集》二集的选诗标准，指出《间气集》推重从容闲雅的酬赠、送别诗，推重宗法王维的钱起、郎士元等作者，推重清雅工致的五言律诗，反映了大历诗人的创作风尚；指出《才调集》偏爱声调和谐、词采华艳的律体，尤爱长律。

关于个别作家研究方面。《陈子昂和他的作品》一文，前面论述了陈子昂的生平、思想和冤死原因，后面着重分析了他的《登幽州台歌》等代表作品的产生背景和艺术特色。《略谈〈长恨歌〉内容的构成》一文，分析白居易对唐玄宗既有讽刺、又有同情的复杂感情，该文后部分论证方士入仙山会见杨妃幽灵这一情节出自民间传说，赋予李、杨故事以丰富的想象和同情。《讽谕诗与新乐府的关系和区别》一文，阐述讽谕诗、新乐府这两个名称既有联系又有区别：讽谕诗可以运用多种诗体写作，新乐府只是其中的一种主要体裁；

唐代新乐府除表现讽谕内容外，还有不少篇章表现非讽谕性的内容。《〈旧唐书·元稹白居易传论〉〈新唐书·白居易传赞〉笺释》一文，指出白居易在唐五代被许多人认为是时文（骈体诗赋文）的规范性作家，《旧唐书》编者站在骈文家立场，故对他称誉极高；《新唐书》编者站在古文家立场，评价就大不相同。《韩愈散文的风格特征和他的文学好尚》一文，探讨韩文风格特征与其诗相近，力反庸弱，追求奇崛，与唐代流行的一般骈文或骈句较多的散文相比，反而显得深奥；韩愈对前代和当代文学，也往往推崇奇崛艰深之作。韩愈作品及其文学主张与当时大多数文人崇尚平易流美的骈体文的主体相背，故其古文运动在唐五代开展并不顺利，这一局面到北宋才得到改变。

在参与编写《隋唐五代文学批评史》的基础上，我写了两篇综合性的论文。一是《唐代诗文古今体之争和〈旧唐书〉的文学观》，论述唐代诗、文两体长期存在着古体、今体（即近体）并表现在理论上的争论，《旧唐书》编者在总结这一问题时，明显地表现出偏袒今体、扬元白抑韩愈的态度。另一是《唐人的诗体分类》，探讨唐人对五、七言诗分类与宋元以后不同，大致分为古体诗、齐梁体、歌行、律诗、乐府五类，钩稽史料作具体论证。以上论文，大抵见于拙著《汉魏六朝唐代文学论丛》《当代学者自选文库·王运熙卷》。

六、唐代小说研究　这方面论文写得不多，但也有若干自己的看法。《试论唐传奇与古文运动的关系》一文，针对现代的两种看法——唐传奇由古文运动的推动而发展，古文运动由于古文家用古文试作小说获得成功而发展，进行驳难；认为唐传奇文体源于汉魏六朝的志怪小说，到唐代接受变文等影响，更趋通俗化。《简论唐传奇和汉魏六朝杂传的关系》一文，则补充论述唐传奇的内容和文体，受到汉魏六朝杂传作品的颇大影响。《〈虬髯客传〉的作者问题》一文，考证《虬髯客传》不是杜光庭所作，很可能出自中唐时人之手；并阐述了张说与唐代小说的关系。《读〈虬髯客传〉札记》一文，则补充论述此传当出于中唐时期，传末指斥的"人臣之谬思乱者"当指德宗朝的叛臣朱泚；并分析了传中几个人物与历史、传说的关系。《唐代诗歌与小说的关系》一文（与杨明合作），说明唐代不少诗歌与小说配合，有诗歌直接与传奇互相配合、小说中穿插诗歌等三种方式；此外还有不少诗歌虽不配合小说，但叙述爱情、神仙、历史等故事，富有小说情趣，它们对后代通俗文学也产生影响。以上论文均见于拙著《汉魏六朝唐代文学论丛》。

七、古文论研究　上面已经提到不少属于或涉及古代文学理论批评的论文，这里再作若干补充。一是通论性的范围超越汉魏六朝唐五代的论文。我颇注意文论概念的辨析，有一组文章，分别对体、文气、文质、风骨、比兴等概念进行分析。《文质论与中国中古文学批评》一文，又进一步指出因特别重视语言的文与质，因而文质论成为中国中古文学批评的一个核心问题，它在南朝以至唐前中期文学批评中尤为鲜明。二是有两篇着重论述有关严羽文学批评的文章。《全面地认识和评价〈沧浪诗话〉》一文，阐述严羽论诗，除重兴趣外，还重视体制、格力、气象、音节等因素，力求全面地认识《沧浪诗话》的全貌；并指出严羽最推崇的盛唐诗人是李白、杜甫，而不是王维。《说盛唐气象》一文，探讨盛唐气象这一概念源出严羽，其意义是指盛唐诗歌的风貌特征，具体说就是浑厚、雄壮，接着阐述盛唐气象形成的两个原因，一是盛唐时代人们特定的心理状态和精神面貌，二是对前代诗歌优秀传统的继承与发扬。此外，我参与写作《魏晋南北朝文学批评史》的《文心雕龙》《诗品》两章，除阐述刘、钟两书理论外，注意介绍其对作家作品的评价，各列专节仔细分析，以求全面地掌握两书的思想全貌。我写《隋唐五代文学批评史》中的唐中晚期诗论，对一些重点批评家杜甫、白居易、司空图等都作了较为全面的分析，皎然一节论述尤详，对其《诗式》后四卷的内容也予重视，对其中分五格品诗的内容，作了较细致的剖析。以上所提到的论文，大抵见于拙著《中国古代文论管窥》。

## 三　关于研究方法的体会

我研究中国古代文学，包括古代文学创作和古代文学理论批评，一贯的宗旨是求真，从大量文献资料出发，尊重事实，实事求是地进行考订和分析，力求阐明研究对象的真实面貌，并注意联系与文学有关的种种条件，说明该文学现象形成的原因，即不但知其然，而且探索所以然，这与宏观把握有着紧密联系。五四以来，中国文史哲研究界从治学态度、方法看，有所谓信古、疑古、释古等派的区别，我比较赞同释古一派的主张，学风也与之相近。下面略述我在研究方法方面的若干主要体会。

一、对重要原著注意认真钻研，做到融会贯通。　我研究汉魏六朝乐府诗，注意阅读《乐府诗集》，特别是包含大量通俗歌曲的相和歌辞、清商曲辞两部分，不但精读其歌辞，而且细读各项题解，其中引用了许多重要材料（有些原书后世已经亡佚），往往一字一句细读，不轻易放过，从而逐渐对原著融会贯通，并找出可贵的材料。后来研究《文心雕龙》也是如此。当然，在精读这些原著时，也要注意参照重要的有关著作比照细读。例如读《乐府诗集》时，注意读《宋书·乐志》，它保存了丰富的原始材料，其中著录的汉魏相和歌辞，保存了原来的分解节拍格式，对研究乐府诗体制特别珍贵。在研究《文心雕龙》时，注意细读《文选》、钟嵘《诗品》，三书产生于同一时代，不少看法互相沟通，比较对照，《文心》的不少观点就容易获得理解。

二、注意广泛全面地发掘并掌握有关史料，开阔视野以期对原著获得确切深入的了解。　文学作品产生于一定的历史社会背景中，它们与有关的历史社会条件关系密切，息息相通；因而对有关的历史社会情况掌握得愈多愈充分，就愈能认识文学现象的真相。例如我研究六朝乐府吴声、西曲时，除重视读正史、政书、类书中的有关音乐部分，丁福保《全汉三国晋南北朝诗》，严可均《全上古三代秦汉三国六朝文》外，还注意读汉魏六朝的笔记小说，有关的地理志书（如《太平寰宇记》）等，各获不少有价值的史料，帮助说明吴声、西曲中的一部分问题。研究其他对象也是如此。例如研究《河岳英灵集》，注意盛唐诗风特点与当时政治措施、学风转变的联系。对陶渊明诗的内容局限与陶诗在南朝评价不高，注意它与当时文人创作与批评标准的联系。对不少文学现象或问题，注意把它们放在政治与学术文化的历史大背景下，放在文学发展的历史长河中加以观照和认识，使微观考察与宏观把握相结合，力求确切深入地认识所研究的文学现象。

三、评论作家作品（包括文论家及其论者），要注意掌握全面情况，统观全人，不要以偏概全。　古代作家作品的情况往往不是单纯直线，而是丰富复杂多方面的，不同时间的心态变化、不同场合的需要等等因素，往往使他们说出观点色彩颇不相同的话。我们研究时一定要注意这类复杂现象，顾及各个方面，避免以偏概全，导致分析评价的偏颇。例如《文心雕龙》，既有反对南朝柔靡文风、提倡明朗刚健文风的积极一面，又有反对南朝文学技巧细致新巧、片面提倡简古的保守一面。又如李白诗歌，既有追求自由、求仙出世的一面，又有渴求建功立业的一面，这两种思想倾向在其作品中表现都很鲜明。又如严羽的诗论，既有提倡兴趣，要求诗歌意趣深远的一面，又有提倡格力、气象，要求诗歌风格雄浑的一面。过去有些研究者对刘勰、李白、严羽等作品，往往只强调其某一方面，因而导致认识上的片面性，我们一定要注意避免重蹈覆辙。过去有的作者，在某种情况下为了突出某种主张，往往发出片面之辞。例如白居易在其《与元九书》中，为了强调讽谕诗的价值和作用，故意贬低其感伤、杂律诗；但统观白氏文集，可以看出他对其感伤、杂律诗实际是颇钟爱的。李白少数篇章中大力提倡复古、贬低楚辞以后作品的言论，也是一时片面之辞。某些文学家感情丰富，在某种情况下好发片面夸张之论，对此应注意细加辨认。

四、把作家的创作与其文学主张联系起来研究，把文论家的理论原则与其对作家作品的评价联系起来研究。 中国古代不少著名作家，除创作许多作品外，还发表过不少文学主张，把二者联系起来探讨，就可以更加全面准确把握研究对象的真实面貌。例如中唐诗人元结，作品力求古朴，在理论上也是大力主张复古，并以此思想为指导编选《箧中集》，二者可谓同声相应。又如韩愈，诗风奇崛，其古文与当时流行的平易流畅的骈文相比，也显得古奥，他在理论上也推重像元结、李观、孟郊乃至樊宗师等风格古奥的作家。把二者联系起来考察，就能认识韩文的主要特色及其在唐代影响不大的原因。同时，我们还要注意把文论家的理论原则与其对作家作品的评价结合起来研究。古代文论家提出的理论，往往比较概括，有时还要说些冠冕堂皇的门面话，使人不易捉摸，其文学观念，往往在作家作品评价中表现得更为鲜明突出。例如唐代《中兴间气集》的编者高仲武，在该书序言中声称诗歌应"著王政之兴衰，表《国风》之善否"，"体状风雅"，似乎着重提倡反映政治社会现实的诗，实际该集所选篇章大多数是描写诗人日常生活及其感受，最推重宗法王维闲雅诗风的钱起、郎士元等作者。还有严羽的诗论，过去不少评论者对他有一种误解，认为他提倡兴趣，是着重推崇王维一派隐遁山林、宁静闲逸的志趣；实际不是如此，他所谓兴趣，是指诗歌要有抒情性、形象性等艺术特征，用以反对宋代江西诗派着重说理的弊病。他并不推崇王维，《沧浪诗话》中无一处提及，他最推崇的乃是李、杜的雄浑诗风。本项所言，意思也是力求全面观照，可说是对上一项的一点补充。

　　五、论点要创新，论据力求坚实有力。　写论文不像编写教材那样着重传授必要的知识，而贵在有新意。我的体会是：只要肯下工夫，细心耐心地阅读原著及有关资料，实事求是地客观地进行全面的考察和分析，往往能提出前此学人未注意到甚至误解的问题，提出新观点。这里应注意摒弃浮躁和急于求成的心理。如果不从大量的实际情况出发，刻意标立新说，或以某种外来的学说为依据，勉强找一些事实比附，这样得出的看法大抵经不起考验，是缺乏生命力的。研究的对象有生有熟，一般说来，熟的题目对象过去开掘的人多，不容易出新意；好在中国古代文学领域异常广阔，遗产丰富，过去没有染指或染指很少的作家作品还十分繁富，我们今后有着广阔的研究空间。即使是熟对象，也还是有继续开掘的馀地。新的论点，一定要有坚实的论据来支持，否则就缺乏说服力。例如李白《蜀道难》一诗的产生年代和主旨，过去有一种说法，认为作于安史之乱以后，是为讽刺唐玄宗出奔蜀地而作，表面看去颇有道理，后来经过学人考证（我也参与其中），因为此诗被收入殷璠所编《河岳英灵集》，而该集的编定，肯定在安史乱前，因此讽刺玄宗奔蜀之说肯定不能成立了。再如《虬髯客传》的作者，过去一般常署为杜光庭，但是有疑问：唐末苏鹗所撰笔记《苏氏演义》说此篇系"近代学者"所作，按当时行文习惯，近代是指时间上比较接近的前代，不可能指晚唐的杜光庭；一些较早的典籍如《太平广记》《崇文总目》《通志·艺文略》对此篇均不署作者名氏，洪迈《容斋随笔》始署作杜光庭；杜光庭是一位编辑家，其所编《神仙感遇传》（此书收录《虬髯客传》，但对原文有简化）、《墉城集仙录》等大抵辑录他人文字成书。把这些证据合起来看，说杜光庭并不是《虬髯客传》的作者，就颇有说服力了。有时候，可能酝酿出一种颇有价值和可能性的观点，但又缺少充分的证据，不妨暂时保留着，等待日后进一步搜集证据，或者用推测的口气提出来启发别人的思考也可。在提出新观点时，如果证据有有利于自己的，也有不利于自己的，千万不要只撷取有利于自己的证据，抛弃掩盖不利于自己的证据。文学史研究也是一种科学，凭主观臆测是行不通的。

六、注意考察古代作品的体制、形式、语言特点。　文学作品是以语言为手段，通过一定的形式表现出来的。中国古代文学种类繁多，各有其体制特色。因此我们研究古代作品，除重视其内容外，一定要注意其体制、形式、语言方面的特色，否则有些问题就会弄不明白，甚至形成误解。例如乐府相和歌辞中的《雁门太守行》，南朝清商曲辞中的《丁督护歌》《乌夜啼》等曲，现存歌辞内容均与史籍所载本事不相符合，引起后人不少误会。其实按照乐府诗体制，后来的歌辞，往往只是利用原来曲调的声调，其内容不一定要与本事相符。这就是郭茂倩所谓"但因其声而作歌"（《乐府诗集》卷八七）的现象。这是理解许多乐府诗篇的一个关键问题。中国古代文学创作，自东汉开始，骈体文学形成并发展，在魏晋南北朝达到全盛，在文坛占据主导地位。该时期不但文章，而且诗歌、辞赋均崇尚骈体，要求对偶工整，辞藻华丽，音韵和谐，乃至用典精密，这些成为创作风尚与审美标准的主流。我们看萧统《文选》选录史书，选录了《后汉书》《宋书》等的若干论赞，因为它们具有骈体文学之美；不选《史记》生动的人物传记，因为它们不具有这种文学美。刘勰、钟嵘评论文学，均崇尚文采，要求文采与风骨相结合。其所谓文采，即指上述对偶、辞藻、音韵、用典等语言、修辞之类。钟嵘《诗品》对曹植评价最高，誉为诗中之圣，即因其诗风骨、文采兼备，"骨气奇高，词采华茂"；同时置陶潜于中品，置曹操于下品，即因两人诗作缺少文采。这种创作风尚与审美标准，到北宋古文运动取得胜利之后，才有了明显的转变。再如诗歌有多种样式，五古、七言歌行、律诗、绝句等，各有不同的体制特色与主导风格。就大体说，许多文人往往认为，五古欲其古雅，七言歌行欲其驰骋奔放，律诗欲其精严，绝句求其自然活泼。许多作家往往各有偏长，如王维特长五律，李白特长七言歌行和绝句，李商隐特长七律等等。批评家也往往各有偏爱，以唐人选唐诗而论，则殷璠《河岳英灵集》更重古体，元结《箧中集》偏嗜五古，高仲武《中兴间气集》钟爱清丽的五律，韦縠《才调集》重视华美的律诗，尤嗜富赡的长律。总之，中国古代文学创作和文学批评的不少现象，如果注意从体制、形式、语言方面加以考察和分析，就容易获得合理的解释。

（原载《贵州文史丛刊》2003 年第 1 期）

# 编　选　后　记

　　王运熙先生毕生从事中国古典文学研究，在汉魏六朝隋唐五代的文学史和文学批评史领域尤有卓绝的贡献。为方便初学者研习揣摩，本书从五卷本《王运熙文集》（上海古籍出版社2012年）中遴选出部分代表性论文，希望能在有限的篇幅内尽量呈现他在中古文学研究方面所取得的成就。

　　说起中古文学的断限，在现代学界其实并无统一的划分标准。比较通行的意见是指汉魏两晋南北朝，最具影响的著述当属刘师培编纂的《中国中古文学史讲义》（北京大学出版部1917年）；不过此后诸如徐嘉瑞所撰《中古文学概论》（亚东图书馆1924年）、陆侃如与冯沅君合著《中国诗史》（大江书铺1931年）的"中代"部分，则又将下限一直延伸到唐代。王先生晚年亲手编选过《中古文论要义十讲》（复旦大学出版社2004年），就采纳了后一种较为宽泛的界定。为简便起见，本书在命名时也沿用了这种提法。

　　为帮助初学者循序渐进、有条不紊地了解中古文学的基本面貌和研究方法，本书由浅入深，共分为三个部分："奠基篇"是有关治学门径的短论，"进阶篇"是针对个别作家、作品的专论，"拓展篇"是贯串数代或整合各体的通论。每篇论文前都附有笔者撰写的"导读"（"奠基篇"合并为一则），一方面努力考索相关的历史背景和学术渊源，另一方面也尝试揭示其问题意识和处理方式，偶尔还会根据个人心得做一些必要的引申或补充，希望能借此激发读者深入探究的兴趣。

  在二十多年前的求学阶段，笔者在业师杨明先生的引导下，就仔细拜读过王先生的著述并深受教益，此后又有机会直接得到过他的悉心教诲。时光匆遽，不知不觉间王先生离开我们已经十年了，可每每回想起他昔日平实谆切的教导，依然觉得历久弥新而启人深思。纪念一位学者的最好方式，莫过于认真研读其著述，并努力遵循他指示的正确方向继续前行。本书选目虽然多存遗珠之憾，导读也容有疏漏讹谬，却正是笔者多年来心摹手追的真实记录。

杨　焄

甲辰岁首